Walter Bachm

Morde, Matsch, Marillenknödel

Ein Alpenkrimi

MIDNIGHT

Midnight by Ullstein
midnight.ullstein.de

MIX
Papier aus verantwortungsvollen Quellen
FSC® C083411

Originalausgabe bei Midnight
Midnight ist ein Verlag
der Ullstein Buchverlage GmbH, Berlin
September 2018

Umschlaggestaltung:
zero-media.net, München
Titelabbildung: © FinePic®
Innengestaltung: deblik Berlin
Gesetzt aus der Quadraat Pro powered by pepyrus.com
Druck- und Bindearbeiten: CPI books GmbH, Leck

ISBN 978-3-95819-204-1

Kapitel 1

Seit Wochen regnete es in Strömen. Die Flüsse waren angeschwollen und es drohte Hochwasser. Die Bauern entlang der Salzach lauschten in der Nacht auf das Rauschen des Flusses. Man kannte das bereits aus den letzten Jahren. Jedes Mal, wenn es Hochwasser gab, veränderte sich das Geräusch. Es klang anders. Nicht lauter und nicht leiser als sonst. Aber eben anders. Die Wachmannschaften der Feuerwehren entlang des Flusses waren in steter Alarmbereitschaft. Alle hofften, dass es endlich aufhören würde zu regnen. Aber auch das wäre kein Garant dafür, dass es kein Hochwasser gab. Da der Regen auch in den Bergen in Strömen fiel, kamen zusätzliche Wassermassen dazu, selbst wenn es im Tal trocken zu werden schien. Bei den Krimmler Wasserfällen waren es zum Beispiel von der Quelle bis zum Wasserfall achtzehn Kilometer, die das Wasser zurücklegen musste, ehe es in schäumender Gischt zu Tale rauschen konnte.

Ängstlich beobachteten die Leute die Fälle. Je mehr von oben floss und unten ankam, umso höher stieg der Wasserpegel der Salzach an. Schon oft war es vorgekommen, dass selbst Orte wie Mittersill unter Wasser standen. Die Straßen und Bahngleise waren unterspült worden und somit beinahe der gesamte Verkehr lahmgelegt.

Auch in diesem Jahr schien es so weit zu kommen. Erste Anzeichen dafür waren die Murenabgänge, die sich entlang des Flusses ereigneten. Teils waren sie harmlos, aber manchmal rissen sie auch ganze Häuser und Siedlungen mit in die Tiefe. Straßen wurden unpassierbar und Wiesen und Almen rutschten regelrecht ins Tal ab.

Chefinspektor Martin Egger lebte schon seit seiner Kindheit im Tal. Sorgenvoll sah er aus dem Fenster seines Hauses in Zell am See.

»Moanst es hert boyd auf?«, fragte ihn Julia, seine Frau.

»I hoffs. Herst as? Do geht scho wieda de Sirene. Hoffentli is do koan wos passiert«, antwortete er nachdenklich.

»Papa? Spielst du eine Runde Autorennen mit uns?«, fragte Moritz, einer seiner beiden zwölfjährigen Söhne, hoffnungsvoll. Martin und Julia sprachen Hochdeutsch mit den Kindern, um deren Sprachgedächtnis zu schulen.

Die Zwillinge Max und Moritz stammten aus seiner ersten Ehe mit Leni, die bei einem tragischen Unglück ums Leben gekommen war. Die beiden waren rechte Lausbuben, und so unterschiedlich, als ob sie keine Zwillinge wären. Moritz war schlank und schlaksig, hatte blonde Haare, blaue Augen und Sommersprossen wie seine Mutter. Er war auch der lebhaftere der beiden. Während er gern mit seinen Freunden Fußball spielte und sich am liebsten draußen aufhielt, zog sich Max, der Ruhigere, lieber mit einem Buch in sein Zimmer zurück und las. Er war etwas pummeliger geraten, hatte dunkelbraune gelockte Haare wie sein Vater und die braunen Augen stammten ebenfalls unzweifelhaft von Martin. Aber Moritz hatte ein besonderes Talent, das Max manchmal abwertend als unnütze Zeitverschwendung bezeichnete: Moritz war musikalisch hochbegabt, was er ebenfalls von seiner Mutter hatte, die Musikerin in Salzburg gewesen war und dort auch zeitweise gelehrt hatte. Julia, Martins jetzige Frau, hatte ebenfalls eine Ausbildung im Salzburger Mozarteum genossen und unterrichtete manchmal zu Hause andere Kinder. Das Zusatzeinkommen tat der ganzen Familie gut.

»Ich hab dich gefragt, ob du mit uns Autorennen spielst«, wiederholte Moritz etwas ungehalten.

»Später vielleicht, aber nicht jetzt.«

»Oooch Papa, nie hast du Zeit für uns. Heut musst du nicht arbeiten. Du hast doch frei und da könntest du doch …«

»Ich hab gesagt, ein bisserl später«, antwortete Martin und fügte hinzu: »Es könnt ja sein, dass …«

»Du wieder gerufen wirst? Dann sollten wir umso schneller mit dem Spielen anfangen. Wer weiß, wie lange du zu Hause bist. Außerdem ist das Wetter draußen selbst für Verbrecher zu schlecht. Da gehen die sicher nicht raus«, widersprach Moritz.

»Na gut, dann spiel ich halt jetzt mit euch«, gab Martin lächelnd nach. Er wusste genau, dass Moritz recht hatte. Viel zu oft musste er die beiden vernachlässigen. Stets kam irgendetwas dazwischen. Mal war es ein Mord, mal ein Überfall oder etwas anderes, das seinen Einsatz erforderlich machte. Er ging mit Moritz nach oben, wo Max bereits auf sie wartete.

Moritz grinste seinen Bruder an und hielt ihm die flache Hand hin. »Her mit der Schokolade!«

Martin schaute ihn verblüfft an. »Was soll das jetzt?«, fragte er.

»Max hat mit mir gewettet, dass ich es nicht schaffe, dich zum Spielen zu bewegen. Wie du siehst, hab ich gewonnen!«

Missmutig drückte ihm Max eine Tafel Schokolade in die Hand. »Da hast du sie. Aber das nächste Mal gewinne ich«, sagte er.

Martin setzte sich auf die Bettkante, von wo man einen guten Blick auf den Fernseher hatte.

Moritz drückte ihm einen Controller in die Hand und forderte ihn auf: »Du nimmst den roten Wagen, ich den blauen und Max kann den grünen nehmen.«

Es wurde ein spannendes Rennen. Mal war Max vorne, mal Moritz. Martin schafft es nicht, die beiden zu besiegen. Immer wieder bat er um Revanche. Die Jungs hatten sichtlich Spaß daran, ihn verlieren zu sehen.

Als sie bei der vierten Runde angelangt waren und Martin es endlich schaffte, an den beiden vorbeizukommen, hörte er Julia rufen: »Martin? Martin! Telefon!«

»Ich komm gleich!«, rief er zurück.

»Beeil dich! Es ist deine Dienststelle!«

Bedauernd drückte Martin Moritz den Kontroller in die Hand. »Ihr habt es gehört. Ich muss rangehen. Vielleicht ist es wichtig.«

»Ach, nicht schon wieder«, sagte Max enttäuscht und seufzte.

»Ich kann nichts dafür. Tut mir leid.« Martin verließ das Zimmer. Unten an der Treppe stand Julia mit dem Telefon. Sie drückte es ihm in die Hand. Martin nahm es und meldete sich: »Egger?«

»Herr Chefinspektor. Zentrale Zell hier. Wir haben eine Leiche. Sie müssen sofort nach Krimml fahren. Dort ist eine Mure abgegangen und dabei eine Leiche aufgetaucht. Herr Faltermeier ist bereits unterrichtet. Er wartet vor seinem Haus auf Sie.«

»Gut. Ich fahr gleich los. Wo sagten Sie ist der Murenabgang genau?«

»In Krimml beim Bahnhof.«

»Ist sonst jemand verletzt worden?«

»Nein, sonst niemand. Es ist auch keine neue Leiche. Es ist ein Fund.«

Martin legte auf und sagte zu Julia: »Host as ghert? I muaß los.«

»Bei dem Sauweda?«

»Ja, es hüft nix. I muaß durt hi.«

Kapitel 2

Martin nahm seine Jacke vom Haken, zog sie an und fuhr zu Josef, seinem Freund und Kollegen. Der wartete schon auf der Straße vor seinem Haus auf ihn. Mit hochgezogenem Jackenkragen lief er auf und ab, als sich Martin näherte.

Er riss die Beifahrertüre auf und stieg ein. »Geht so wos nit schnölla? I bin noß bis auf de Haut.«

»I kon aa nit fliang«, bekam er zur Antwort. Martin hatte wegen des starken Regens langsam fahren müssen. Es dauerte daher auch noch eine ganze Weile, bis sie an der Unglücksstelle ankamen. Schon von Weitem waren die blinkenden Blaulichter der Einsatzfahrzeuge zu sehen. Dazwischen blitzten die gelben Leuchten der Bauhofsfahrzeuge. Die Straße war von der Feuerwehr abgesperrt worden, und so blieb Martin nichts anderes übrig, als sein Auto auf dem Parkplatz des Bahnhofs abzustellen.

Sie stiegen aus. Gewohnheitsmäßig ging Martin an den Kofferraum und öffnete ihn. »Mist varreckta!«, schimpfte er, als er hineinblickte.

»Wos is?«, fragte Josef neugierig, der neben ihn getreten war.

»Do schau eini! I hob koane Gummistiefe nit dabei.«

Normalerweise hatte Martin für solche Einsätze sowohl Gummistiefel als auch Bergschuhe für sich und Josef in seinem Kofferraum. Ganz einfach, um für alle Fälle gewappnet zu sein. Aber auch von den Bergstiefeln war nichts zu sehen.

»De hob i beim letztn Moi mit ins Haus gnumma. De Julia hots ma butzt«, versuchte er zu erklären.

»Ja und du host as nimma ins Auto einidoa«, kombinierte Josef vorwurfsvoll.

»Und iatz?«, fragte Martin.

»Iatz wean mer woih mit unsane Sunntogsschuah in den Dreck einigeh miaßn«, meinte Josef.

Martin schlug den Deckel zu. Sie zogen ihre Jackenkragen hoch und rannten über die Straße. Am gegenüberliegenden Straßenrand blieben sie stehen und betrachteten den Bereich, in dem die Leiche gefunden worden war, erst einmal von außen. Knöcheltief stand der Schlamm in der Wiese. Überall hatten sich Wasserlachen gebildet. Dennoch befanden sich etliche Männer darauf. Augenscheinlich waren dies nicht nur ihre Einsatzkräfte, sondern auch Beamte der Polizeistation in Neukirchen. Sie trugen weiße Bauhelme. Andere Helfer wiederum blaue oder rote. Zwei oder drei Mann liefen geschäftig mit gelben Helmen auf dem Kopf hin und her. Sie gaben Anweisungen, die Martin und Josef von ihrem Standpunkt aus nicht verstanden. Martin schüttelte es bei dem Gedanken, den Sumpf mit seinen Schuhen, die er sich erst vor Kurzem neu gekauft hatte, betreten zu müssen.

»Was ist jetzt mit euch? Wollt ihr Wurzeln schlagen?«, rief ihnen eine bekannte Frauenstimme zu.

»Andrea?«, fragte Martin erstaunt und schaute in die Richtung, aus der die Stimme kam.

Dort stand sie. Trotz der widrigen Umstände sah sie aus wie eine junge Göttin. Selbst die gelbe Jacke und der weiße Helm auf ihrem Kopf konnten sie nicht verunstalten. An den Füßen trug sie rote Gummistiefel, mit denen sie so tief im Schlamm steckte, dass das Wasser oben hineinlief. Sie stapfte mit großen Storchenschritten auf sie zu. Dabei verursachte sie schmatzende Geräusche. Es dauerte ein wenig, aber endlich erreichte sie die beiden.

»Wieso bist du schon hier?«, fragte Martin. Er und Josef redeten nur miteinander im Dialekt. Mit Andrea oder anderen sprachen sie Hochdeutsch. Dies war so vereinbart, um Verständnisprobleme zu vermeiden. Auch Andrea war es lieber, nicht im Dialekt zu sprechen. So brauchte sie keine Rücksicht darauf zu nehmen, ob jemand in der Nähe war.

»Ich war halt ein bisserl schneller als ihr«, meinte sie und lachte. »Nein, Blödsinn. Ich war mit Karli und Beppi drüben in Krimml. Wir wollten mal wieder richtig gut essen. Aber dann …«

»Klingelte das Handy und du musstest los?«, ergänzte Josef.

Sie nickte nur. Dann schaute sie die beiden von oben bis unten an. »So könnt ihr da nicht reingehen. Ihr versaut euch eure Klamotten. Außerdem braucht ihr Helme.«

»Helme? Wozu das denn? Hier kann doch nichts herunterfallen«, fragte Josef erstaunt.

»Das ist schon richtig. Aber das hier ist im Moment eine Baustelle, und auf Baustellen hat man einen Helm zu tragen. Egal, ob was runterfallen kann oder nicht. Das ist Vorschrift, sagt der Bauleiter«, erklärte Andrea.

Ein Mann in leuchtend gelbem Arbeitsanzug kam auf sie zu. Er trug zwei Helme in den Händen, die er Martin und Josef reichte. Er sagte: »Aufsetzen. Sonst kommen Sie mir nicht aufs Gelände!«

»Sind Sie der zuständige Mann hier?«, fragte Martin.

»Was heißt zuständig? Hier ist jeder zuständig. Auch Sie, sobald Sie nur einen Fuß in den Schlamm stecken«, antwortete er und schaute dabei auf die Füße der beiden. »Aha? Stiefel gibt's wohl bei euch nicht?«, fragte er herablassend.

»Doch, aber …«

»Einen Moment«, sagte der Bauleiter und unterbrach Martin. Er ging davon und stapfte dabei mit seinen gelben Gummistiefeln ebenso im Storchenschritt wie zuvor Andrea. Etwa hundert Meter weiter stand ein Container, in dem der Mann verschwand. Kurz darauf kam er wieder heraus. Er hatte zwei Paar gelbe Gummistiefel dabei. Als er bei Martin und Josef ankam, reichte er ihnen die Stiefel. »Ziehen Sie lieber die an. Um Ihre Schuh wär's schad.«

Martin nickte dankbar und zog einen Schuh aus. Mit dem Schuh in der Hand versuchte er, seinen Fuß in den Stiefel zu stecken. Dabei hüpfte er auf einem Bein hin und her. Er hatte große Schwierigkeiten, das Gleichgewicht zu halten.

Andrea hielt sich die Hand vor den Mund und kicherte. »Weißt du, wie du ausschaust? Wie ein einbeiniger Frosch in brauner Jacke«, sagte sie.

»Du hast gut lachen. Du hast deine Stiefel ja schon an«, knurrte er beleidigt. Josef grinste ebenfalls. »Grins ned so bled! Hüf ma liaba!«, schimpfte Martin. Endlich hatte Martin seine Stiefel an.

»Herr Egger, Herr Faltermeier! Kommen Sie bitte?«, rief jemand aus der Mitte des Sumpfes.

»Da wird nach dir verlangt«, sagte Josef, griff sich Martins Schuhe und entfernte sich damit.

»Nach dir aber auch!«, rief ihm Martin hinterher. Josef ging zum Auto, dort wechselte er ebenfalls das Schuhwerk. Martin richtete den Helm auf seinem Kopf gerade und wagte einen Schritt in den Sumpf. Schon beim ersten Schritt versank er mehr als knöcheltief in der braungrünen Masse. Dabei verlor er das Gleichgewicht und wäre wohl gestürzt, wenn ihn Andrea nicht an der Hand gehalten hätte.

»Komm, alter Mann. Lass dir helfen«, stichelte sie.

»Ich bin kein alter Mann«, murrte er, war aber dennoch dankbar, dass ihm Andrea half, als er den nächsten Schritt tat.

»Du musst langsam gehen. Gaaanz langsam«, erklärte ihm Andrea.

Wieder versank er im Morast und hatte Mühe, nicht hinzufallen. Der nächste Schritt war noch mühsamer als der erste, denn dafür musste er den Fuß aus dem Schlamm ziehen. Saugende und schmatzende Geräusche waren zu hören. Martin hatte das Gefühl, als würde jemand an den Stiefeln ziehen. Er fühlte sich wie ein angehender Seiltänzer, als er Schritt für Schritt an Andreas Hand weiterging. Endlich waren sie bei dem Kollegen angelangt, der nach ihm und Josef gerufen hatte. Er war von der Spurensicherung.

»Himmeherrschaftkreizkruzifix no amoi!«, erklang plötzlich eine Stimme hinter ihnen. Ohne sich umzudrehen wusste Martin, dass es Josef war, der da so unanständig fluchte.

Andrea aber wandte sich um. »Um Gottes willen!«, rief sie, ließ Martins Hand los und rannte so schnell es ging zu Josef. Natürlich dauerte es eine Weile, denn Andrea musste aufpassen, dass sie nicht hinfiel. Martin drehte sich nun ebenfalls um. Er sah Josef, der vornüber im Schlamm lag und hilflos winkte. Dann war Andrea bei ihm angelangt und half ihm auf die Beine. Martin wandte sich dem Kollegen zu, der sich offenbar ein Lachen nicht verkneifen konnte.

Er fragte ihn: »Und? Was haben Sie für mich?«

Der Kollege zeigte zu einem Frontlader, der unweit des Abhangs in der vormals grünen Wiese im Morast stand. »Dort auf der Schaufel liegt eine Leiche. Wir können nicht erkennen, ob es ein Mann oder eine Frau ist. Der Gerichtsmediziner ist aber schon da und untersucht sie.«

Martin hob einen Fuß. Er merkte sofort, dass er wieder ins Schwanken geriet. Also ließ er den Fuß sinken.

»Das muss man erst lernen«, sagte der Kollege und grinste ihn an.

»Können Sie es denn schon?«, fragte ihn Martin.

»Na ja, so ganz klappt's auch noch nicht. Aber wenn man sich langsam bewegt, geht es«, antwortete der.

Vorsichtig und langsam machte Martin weitere Schritte. Dabei spreizte er die Arme weit vom Körper, um das Gleichgewicht besser halten zu können. Mittlerweile war seine Jacke völlig durchnässt, und er spürte die Feuchtigkeit bis auf die Haut durchdringen. Er verfluchte sich selbst, dass er nicht draußen auf der Straße gewartet hatte. Aber alles Fluchen und Schimpfen half nichts. Er musste da jetzt durch. Koste es, was es wolle. Bei jedem Schritt fühlte es sich an, als ob er zentnerschwere Gewichte an den Beinen hätte. Endlich kam er bei dem Baufahrzeug an.

Erschöpft hielt er sich daran fest, bis er Otto den Gerichtsmediziner hörte: »Wo bleibst du denn? Ich schwimm hier gleich weg!«

»Ich komm ja schon!«, rief Martin und hangelte sich an dem Lader bis zur Schaufel nach vorne.

»Was haben wir?«, fragte Martin schnaufend.

Otto zeigte auf die Schaufel. »Da, es ist nicht mehr viel übrig von der

Leiche. Ich kann jetzt noch nicht sicher sagen, ob es ein Toter oder eine Tote ist. Das weiß ich erst, wenn ich die Überreste genauer angeschaut hab.«

»Aber einen Verdacht hast du?«

»Na ja, weißt du, eigentlich möchte ich darüber noch nichts sagen. Aber sie sieht mir ganz nach einer jungen Frau aus. Da ist noch eine Gürtelschnalle zu erkennen. So eine trägt normalerweise kein Mann. Außerdem steckt an einem Fingerknochen noch ein Ring. Den werde ich aber erst in der Gerichtsmedizin entfernen.«

»Wie lange liegt sie schon hier?«, fragte Martin.

»Ich schätze so etwa anderthalb bis zwei Jahre?«

Endlich war auch Josef angekommen. Gestützt von Andrea stand er neben dem Lader.

Martin sah ihn an. »Woaßt wia du ausschaugst?«, begann er lachend. »Wia a indischer Schlammspringer!«

»Ha. Sötn so glacht. Di mecht i sehng, wann du in Dreck einifoist!«

»A so steigst mer aba nit in mei Auto«, sagte Martin zu ihm.

»Des wead i woih miaßn, wann i nit z'Fuaß laffa soy«, antwortete Josef.

»Das kriegen wir dann schon hin«, meinte Andrea und versuchte, den beiden den Wind aus den Segeln zu nehmen.

Martin hielt sich an der Laderschaufel fest, als er nähertrat, um sich die Reste der Leiche noch einmal genauer anzuschauen. Er konnte nicht viel erkennen. Er sah nur einen Haufen Knochen, einen skelettierten Schädel und etwas Gelbgrünes in der Mitte des Skeletts. Das schien die Gürtelschnalle zu sein, von der Otto zuvor gesprochen hatte. »Wer warst du?«, fragte Martin leise.

»Die Antwort wirst du von ihr nicht bekommen«, sagte Andrea trocken.

»Weißt du eigentlich, wie die Leiche gefunden wurde?«, fragte Martin Andrea.

»Ja, ich hab mit dem Bauleiter gesprochen. Die haben eine Meldung hereinbekommen, dass hier eine Mure abgegangen sei. Gemeinsam mit der Feuerwehr sind sie dann hierhergefahren. Es gab zwar keine nennenswerten Schäden, aber der Dreck musste aus der Wiese. Sie haben dann den Lader und einen Laster von einer Baufirma kommen lassen, der sollte den Dreck wegbringen. Dabei ist das Skelett zutage gekommen.«

Sie stapften zurück zur Straße. Der Rückweg durch den Schlamm war einfacher als der Hinweg. »Fahren wir ins Büro?«, fragte Martin.

»Nein, ich noch nicht. Ich komm später nach. Ich muss erst meine nassen Sachen loswerden«, erwiderte Andrea.

»Steht dir übrigens gut«, meinte Josef.

»Was?«, fragte Andrea.

»Dieser gelbe Mantel. Wo hast du den denn her? Ich hätt auch so einen brauchen können. Ich bin nass bis auf die Haut«, sagte Josef.

»Den hab ich vom Bauleiter bekommen. Er hat gmeint, dass es doch schad wär, wenn so eine hübsche Frau wie ich nass werden tät«, sagte sie und lächelte.

»Viel geholfen hat's aber nicht.«

»Nein, nicht wirklich. Ich bin trotzdem pitschnass.« Sie zog die Jacke aus. Martin und Josef gaben ihr ihre Helme.

»Die bring ich später zurück. Der Bauamtsleiter hat gesagt, es pressiert nicht so. Ich kann sie im Bauhof abgeben. Die Gummistiefel auch«, erklärte Andrea. Martin und Josef entledigten sich auch noch der Gummistiefel, die sie bei Andrea in den Kofferraum warfen.

Martin sperrte den Wagen auf. Josef wollte so wie er war einsteigen, doch Martin protestierte: »Ich hab gesagt, dass du mir so nicht in mein Auto kommst!«

»Wie soll ich sonst ins Büro kommen? Fliegen kann ich nicht!«, erwiderte Josef.

»Dann fahrst eben mit der Andrea«, erwiderte Martin.

»Nein, nein, nein! Das kommt überhaupt nicht infrage. Du steigst nicht bei mir ein. Jedenfalls nicht so!«, protestierte Andrea.

Josef schaute hilflos um sich. »Was jetzt? Wie soll ich heimkommen?«, fragte er.

»Kommens, Herr Kommissar«, sagte der Bauleiter, der die Auseinandersetzung mitbekommen hatte. »Setzen Sie sich in meinen Laster. Ich bring Sie heim.« Er zeigte auf einen Lkw, der am Straßenrand stand.

»Wie? So wie ich ausschau?«, fragte Josef.

»Das macht doch nichts. Der ist innen eh dreckig und da kommt's auf das bisserl auch nicht mehr an«, antwortete der Bauleiter und grinste ihn an. Josef warf noch einen zornigen Blick zu Martin und Andrea. Der Bauleiter half ihm in den Lkw einzusteigen, da die Stufen hoch zum Führerhaus recht steil waren. Dann fuhren sie alle gemeinsam ab.

Kapitel 3

Andrea und Josef waren bereits im Büro, als Martin dort ankam. »Na? Wie geht's euch?«, fragte er.

»Wie man's nimmt«, antwortete Andrea. »Mich frierts und der Herr Josef meint, ihm wär's hier im Büro zu warm. Ständig macht er das Fenster auf«, sagte Andrea und zog die Schultern hoch. Sie hatte einen dicken Wollpulli an und einen wollenen Schal um den Hals gewickelt.

»Also ich find's ganz angenehm«, meinte Martin und zog seinen Mantel aus.

»Du bist ja grad erst gekommen«, winkte Josef ab.

»Haben wir schon irgendwelche Ergebnisse, Andrea?«, fragte Martin.

»Nein, bisher noch nichts. Die SpuSi ist ja noch draußen beim Suchen und Otto meint, das dauere noch ein wenig.«

»Aber ich hab was!«, rief Josef freudig und zog einen kleinen Plastikbeutel aus der Tasche.

Er gab ihn Martin. »Hier, das hat der Bauleiter gefunden und mir gegeben. Er hat gemeint, das könne vielleicht wichtig sein«, erklärte er.

Martin schaute den Beutel an und hielt ihn dann gegen das Licht. Er konnte aber nicht genau erkennen, was sich darin befand. »Und? Was soll das sein?«, fragte er deshalb Josef.

»Das ist ein Medaillon mit einer Kette dran. Das haben die Arbeiter im Dreck gefunden. Vielleicht gehört's ja zu unserer Leiche?«

Martin gab ihm den Beutel zurück. »Bring das Ding zur Kriminaltechnik. Die sollen sich drum kümmern. Vielleicht hat das ja jemand anderes verloren.«

Josef verließ das Büro.

Martin nahm Platz. »Was glaubst du, Andrea? Könnte es sich bei der Toten um eine der Vermissten von uns hier handeln?«

Andrea schnäuzte sich. »Muss ja eigentlich. Irgendjemandem muss sie ja gefehlt haben«, meinte Andrea schniefend und schnäuzte sich abermals. »Könntst du mal bitte die Heizung höher drehen? Ich frier wie ein nasser Hund«, bat Andrea.

Martin ging zum Heizkörper und drehte am Thermostat. »Die ist voll aufgedreht. Wärmer geht's nicht mehr.«

»Aber mir ist kalt«, beschwerte sie sich und holte ihren Mantel von der Garderobe.

»Du willst doch nicht hier im Büro …?«

»Warum, nicht? Soll ich hier sitzen und erfrieren?«, gab sie zurück und schlüpfte in den Mantel. Sie zog ihn vorne zusammen. »Könntst du mir bitte einen Braunen holen? Ich brauch jetzt was Warmes zum Trinken«, bat sie Martin.

»Ich hol dir eine Suppe aus dem Automaten. Das ist besser«, antwortet er.

»Automatensuppe? Pfui Teufel! Dann lieber nichts!«

Martin sah sie besorgt an. »Ich fürcht, du hast dich erkältet da draußen.«

»Ja, haaa… haaatschiee. Das befürchte ich auch.«

»Zum Wohlsein. Ich glaub, es ist besser, wenn du heimfährst und dich in ein heißes Bad legst. Karli soll dir einen Tee mit Rum machen«, schlug Martin vor.

»Tee mit Rum? Ach geh, schleich dich mit so was! Das trink ich nicht!«, näselte sie.

»Dann eben ein heißes Bad und danach sofort ins Bett!«

»Aber wer macht meine Arbeit hier?«

»Vanessa natürlich. Ich ruf sie an. Die kommt sicher gerne.«

»Heut am Sonntag? Das glaub ich weniger«, erwiderte Andrea.

»Ach was. Wenn sie hört, dass du erkältet bist, kommt sie sicher.«

»Aber sie hat doch eh schon so viele Überstunden. Tu ihr das nicht an. Ich glaub, sie wollte heut mit ihrer Mutter was unternehmen.«

»Bei dem Wetter?«, sagte Martin und zeigte aus dem Fenster. Draußen goss es immer noch wie aus Kübeln.

»Na ja, Man kann ja auch ins Museum gehen oder nach Salzburg fahren. Da gibt's immer was zu sehen. Auch wenn man nicht raus kann«, meinte Andrea.

»Ob die Vanessa kommt oder nicht – du fährst sofort heim und legst dich ins Bett«, bestimmte Martin streng.

»Ich hab gedacht, ich soll erst ins heiße Bad?«

»Das kannst du halten, wie du willst. Ab jetzt!«, befahl Martin.

»Aber meine Arbeit?«

»Ich hab gesagt, ich ruf die Vanessa an und jetzt Schluss mit der Diskussion!«

Josef kam zurück. »Was ist? Was sagen die Kollegen?«, fragte ihn Martin.

»Tja, das Kettchen könnte tatsächlich zu der Leiche gehören. Die Oxidation weist jedenfalls darauf hin, dass es so lange im Boden gelegen sein könnte. Die haben das Medaillon auch aufgemacht und da waren zwei Bilder drin, offensichtlich zwei Frauen. Da ...«

»Dann haben wir ja Bilder ... Haaatschieee! Damit können wir an die Presse!«, freute sich Andrea.

»Leider nicht«, bremste Josef ihren Enthusiasmus. »Die Bilder sind bereits so verwittert, dass man kaum mehr etwas erkennen kann. Die ...«

»Haatschieee! Die Technik müsste das doch irgendwie ... hatschie! Hinkriegen?«

»Jetzt reicht's, Andrea. Du hockst dich jetzt in dein Auto und fährst heim. Ich kann dich hier so nicht arbeiten lassen!«, sagte Martin laut.

Andrea sah ihn beleidigt von der Seite an, als sie aufstand und zur Türe ging.

»Oiso? Wos soggt de KTU no?«, fragte Martin Josef.

»Oiso de vo da KTU moanan, do hot de Andrea scho recht, dass se zumindest probiern kenna, ob de Büdl nit wieda zum Rekonstruiern gangatn. Aba mia hom no wos«, sagte Josef und blinzelte geheimnisvoll.

»Und des waar?«

»In dem Medaillon sand nit nur Büdl gwen. Do woarn aa Hoar drin. Wos des zum Bedeitn hot, wissen de Kollegen no nit. In am kloana Plastikbeitl. Des kanntat gonz voschiedene Bewandtnisse hom. Leicht sand des Hoar vo am Kind, leicht Hoar vo am Mo oda a Frau. Des miassns erscht no untasuacha.«

»Hmmm. Wos mach mer dann iatz? Mia kennan an dem Foi no nit oarbatn, weil mer ja no koane Ergebnisse nit hom«, überlegte Martin laut.

»Nacha foahrn mer hoit wieda hoam«, schlug Josef vor.

»Hom mer nit no Berichte und Protokolle zum Schreim?«, fragte Martin.

»Ja, scho, aba ...«

»Nix aba. De wean iatz gschriem, sunst wead des nix meah. Wenn mer scho do sand, dann wead a goarbat!«

Kapitel 4

Weder Josef noch Martin schrieben gern Berichte oder Protokolle. Dafür hatten sie eigentlich Vanessa. Inspektorin Vanessa Bieringer war eine neue Ermittlerin, die noch nicht lange im Team war. Eine schwere Schussverletzung, die sie sich bei einem Einsatz mit Martin zugezogen hatte, zwang sie dazu, Innendienst zu leisten. Dazu gehörte natürlich auch das Schreiben der ungeliebten Berichte. Martin wollte Vanessa dann doch nicht bei ihrem Ausflug mit ihrer Mutter stören, und so mussten Josef und Martin ihre Schreibarbeiten wohl oder übel selbst erledigen. Natürlich hätte das auch bis zum nächsten Tag Zeit gehabt, aber Martin mochte keine aufgeschobenen Dinge. So setzten sie sich an ihre Plätze und schrieben ihre aufgelaufenen Dokumente.

Sie schrieben etwa zwei Stunden. Draußen wurde es allmählich dunkel und es regnete immer noch.

Jemand klopfte an die Bürotür. »Herein!«, rief Martin und schaute auf die Türe.

Otto, der Gerichtsmediziner, betrat das Büro. Er trug einen Schnellhefter bei sich, den er Martin auf den Tisch legte. »Hier, mein vorläufiger Bericht. Ich hab alles zusammengefasst, was ich bisher gefunden hab. Die Identität der Leiche ließ sich noch nicht feststellen, aber ich hab das Gebissschema an die Zahnärzte im Land weitergeleitet. Ich hoff, dass ich bis morgen Abend erste Nachrichten bekomme.«

»Gut, Otto. Was kannst du uns schon sagen?«, fragte Martin.

»Was glaubst du, warum ich euch den Ordner gebracht hab? Lest selber nach. Viel ist es ohnehin nicht«, antwortete Otto ungehalten.

Martin nahm seufzend den Hefter und schlug ihn auf. Es waren tatsächlich nur wenige Blätter, die er darin vorfand. Enttäuscht schloss er ihn wieder. »Das ist alles? Mehr hast du nicht?«

»Leider nein. Mehr war in der kurzen Zeit nicht rauszufinden.«

»Na ja, dass das Opfer weiblich war, haben wir ja so schon festgestellt. Dazu ...«

»Ich hab das noch mal forensisch überprüft. Du hast recht, es handelt sich bei der Leiche um eine Frau. Etwa neunzehn Jahre alt, von stabiler Statur, ich würd sagen, sie stammt von einem Bauernhof oder hat auf einem gearbeitet. Sie war eins siebzig groß. Des Weiteren hab ich festgestellt, dass sie mit ziemlicher Sicherheit mit einem dünnen Draht stranguliert wurde. Eine Klaviersaite oder so. Es gibt entsprechende Spuren am Halswirbel.«

»Was noch?«, fragte Josef.

»Lies das! Dann weißt du es«, antwortete Otto und zeigte auf den Ordner.

»Jetzt komm schon, Otto. Wir wissen doch, dass du gerne referierst. Also lass uns an deinem Wissen teilhaben«, erwiderte Josef.

Otto seufzte. »Na gut. Dann will ich mal nicht so sein. Also, wie ich weiter festgestellt habe, hatte sie vor geraumer Zeit einen Bruch der Tibia, also des Schienbeins. Der ist aber gut verheilt. Ferner einen Bruch der Elle, was aber erst etwa sechs bis acht Wochen vor ihrem Tod passiert sein muss. Der Kallus ist noch nicht ganz gebildet.«

»Das ist doch schon was!«, sagte Josef freudig.

»Moment!«, bremste ihn Otto. »Ich bin noch nicht fertig! Ich hab dann noch eine leichte S-Skoliose, also eine Rückgratverkrümmung, festgestellt. Woher die kommt, kann ich nicht mit Sicherheit sagen. Es gibt verschiedene Ursachen. So gibt es die juvenile ...«

»Halt Otto! Danke, das reicht. Fachchinesisch verstehen wir ohnehin nicht. Sie hatte also so etwas wie einen Buckel?«, unterbrach ihn Martin.

»Na ja, wenn ihr das so nennen wollt. Ich dagegen ...«

»Es reicht, Otto!«, riefen beide unisono.

»Wie sieht es mit DNA aus? Hast du da schon was?«, fragte Martin.

»Gut, dass du das ansprichst. Die DNA-Auswertung dauert noch ein wenig. Aber ich hab von der KTU Haarproben bekommen.«

»Was heißt das nun wieder?«, fragte Josef dazwischen.

»Ich wäre dir sehr dankbar, wenn du mich nicht immer unterbrechen würdest«, meinte Otto scheinbar beleidigt.

»Entschuldige bitte. Aber ich kann es eben nicht erwarten, bis du uns deine Wissensergüsse mitgeteilt hast. Also? Was ist mit den Haaren?«

»Also, die Technik hat mir Haarproben gegeben. Die stammen aus dem Medaillon. Zunächst dachte ich ja, dass da vielleicht genetische Spuren zu finden wären. Aber ...«

»Die sind vernichtet, weil sie zu alt sind?«

Otto schaute Martin missbilligend an und fuhr fort: »Nein. Es gab keine genetischen Spuren daran, denn die Haare wurden augenscheinlich abgeschnitten und dann aufbewahrt. Die DNA lässt sich vor allem durch Körperzellen bestimmen, die der Haarwurzel anhaften. Ich zeig dir das mal«, sagte Otto und griff nach Martins Haaren.

Martin schlug seine Hand weg. »Untersteh dich.«

»Na dann eben nicht. Aber du weißt, was ich meine. Das ist genauso wie bei den Zähnen. Da kann man anhand der Zahnwurzel noch nach Jahren DNA sichern.«

»Und in diesem Fall nicht?«

»Nein, ich sagte doch, dass da kein Material dran ist. Ich glaube aber, dass sie einer Erwachsenen gehörten.«

»Unserer Leiche vielleicht?«, mutmaßte Josef.

»Vielleicht. Aber das kann ich nicht sagen, dafür gibt es bisher keine Hinweise.«

»Ist das alles?«, fragte Martin.

»Vorläufig ja. Aber wir sind an der Analyse dran. Die weiteren Ergebnisse könnt ihr euch später aus dem System holen.«

»Gut, Otto. Dann danke ich dir schon mal für deine Erläuterungen.

Entschuldige bitte, dass wir dich ein paar Mal unterbrochen haben«, sagte Martin.

»Ist schon gut. Ich versteh ja eure Neugier. Also servus die Herren!«, sagte Otto und verließ das Büro.

»So. Iatz föht uns bloß no a Bericht vo da SpuSi«, meinte Josef.

»Schaun mer hoit glei amoi noch«, antwortete Martin darauf und tippte Daten ein. »Do hob i wos!«, rief er aus.

Er las still und kam zu keinem Ergebnis. »Oiso, wos de rausgfundn hom, bringt uns koa Stückerl weida«, meinte er enttäuscht.

»Mit dene Fotos aa nit?«, fragte Josef.

»Naa, no nit. Des dauert no. Des is in Oarbat. De hom des an eahnan Spezialistn weidagem«, erklärte Martin.

»Oiso? Moch mer weida mit unsana Schreiberei?«, fragte Josef.

»Moch mer weida.«

Nach einer halben Stunde öffnete sich die Bürotür. Eine junge Frauenstimme rief: »Hallo? Bin ich hier richtig bei der Mordkommission? Ich hab gehört, hier wird eine Schreibkraft gebraucht?«

»Vanessa!«, riefen Martin und Josef unisono.

»Was machst du denn hier?«, fragte Martin.

»Ich habe Andrea angerufen, weil ich von ihr ein Rezept gebraucht hab, und dann erfahren, dass sie krank ist. Da war mir klar, dass ihr dringend Hilfe gebrauchen könnt. Andrea hat zwar gemeint, dass das nicht notwendig sei und ich meine Freizeit genießen soll, aber ich kann euch doch nicht im Stich lassen. Da hätte ich ein schlechtes Gewissen«, antwortete Vanessa fröhlich. »Was ist mit euren Berichten? Her damit«, sagte sie und begab sich zu ihrem Platz.

Als Martin und Josef keinerlei Anstalten machten, ihr das Gewünschte zu geben, forderte sie noch einmal: »Also? Was ist jetzt? Rückt sie schon raus. Ich will arbeiten!«

»Aber du hast doch frei«, wunderte sich Josef. »Mir würde nicht im Traum einfallen an einem freien Tag freiwillig zu arbeiten.«

»Dir nicht, aber mir. Zumal ich seh, dass hier Not an der Frau ist«, sagte sie und grinste.

»Aber du hast auch jede Menge Überstunden. Du musst die doch abbauen?«, warf nun Martin ein.

»Ach was Überstunden! Ich hock lieber hier, als draußen im Regen rumzulaufen«, erwiderte sie.

»Und deine Mutter? Was sagt sie dazu? Andrea meinte, du wolltest den Tag heut mit ihr verbringen«, wunderte sich Martin.

»Ach was. Mama ist heut fix und fertig. Sie hat gestern wieder eine Chemo bekommen und da kann sie meist eh nicht so, wie sie gerne möchte«, erklärte sie. »Also? Was ist jetzt? Bekomm ich die Unterlagen oder nicht?«

Erleichtert, von der ungeliebten Schreibarbeit erlöst zu sein, gaben Martin und Josef ihr, was sie verlangte.

Ohne zu klopfen trat Gerhard Meiler von der Spurensicherung ein. Zunächst bemerkte Martin nicht, dass er sich im Raum befand. Erst als Meiler ihm einen Schnellhefter auf den Tisch legte, sah er überrascht auf. »Gerhard? Hast du schon was für uns?«

»Das will ich meinen. Die ersten Ergebnisse stehen hier im Protokoll. Die sind auch bereits im System.«

»Und? Gibt's was Besonderes?«

»Ja, das gibt es. Es betrifft den Ring, der gefunden wurde.«

»Ja und? Was ist damit?«

»Die Brillanten, die da drauf sind, sind keine Brillanten. Das sind Zirkonia«, erklärte Meiler.

»Aha? Also nichts Wertvolles?«

»Jetzt nicht mehr. Früher ja. Der Ring war sicher so seine zehntausend Euro wert. Jetzt hat er allerdings nur noch Materialwert von ein paar hundert Euro.«

»Und? Was heißt das für uns?«

»Darf ich?«, fragte Meiler und zeigte auf den Stuhl neben Martins Schreibtisch.

»Ja, sicher.« Martin machte eine einladende Geste auf den freien Platz neben sich.

»Die Sache ist die«, begann Meiler. »Der Ring selbst wurde sicher von einem Juwelier gemacht. Nach Maß. Irgendwann kam die Besitzerin in Geldnot und wollte den Ring verkaufen. Wahrscheinlich aber hatte sie das entsprechende Zertifikat nicht. Deshalb hat ihn auch keiner angekauft. So wie ich die Lage sehe, hat die Besitzerin dann die Steine ausgetauscht und die echten verkauft.«

»Welcher Juwelier bei uns hier macht so etwas? Wer tauscht echte Brillis mit Zirkonia aus? Da muss doch kriminelle Energie dahinterstecken? Für Diamanten braucht man doch auch einen Herkunftsnachweis?«

Meiler hob die Schultern. »Keine Ahnung. Vielleicht hat sie das in Deutschland oder Italien machen lassen?«

»Nun gut. Hast du sonst noch etwas, das für uns wichtig sein könnte?«

»Wie man's nimmt. Bei den Fotos in dem Medaillon – also ich seh da keine große Chance, da jemals wieder was zu erkennen. Wir haben es probiert. Die Bilder sind zwar etwas besser geworden, aber Passbilder sind es nicht gerade.«

»Aber man kann erahnen, ob es sich darauf um einen Mann beziehungsweise eine Frau handelt?«

»Das schon, ja. Aber sicher kann man nur sein, wenn man Originale hat. Zum Vergleich, verstehst du?«

»Dann schick mir mal die Bilder rüber. Vielleicht kann man ja ...«

»Vergiss es, Martin. Mehr als unsere Leute da rausbekommen haben, bringt keiner raus«, widersprach Meiler.

»Aber ihr habt doch sicher Fotos von dem Medaillon gemacht? Die könnten wir an die Presse geben und fragen, wer es kennt, beziehungsweise, wer den Besitzer kennt?«, warf Josef ein.

»Natürlich. Das können wir«, bestätigte Meiler.

»Na, dann macht das mal«, forderte ihn Martin auf.

Meiler verließ das Büro wieder.

»So! Ich hab's!«, rief Vanessa. »Was liegt noch an? Was darf ich noch für euch tun?«, fragte sie.

Josef und Martin sahen sich ratlos an.

»Eigentlich nichts«, antwortete Martin.

»Ich habe auch nichts mehr«, sagte Josef.

»Was haltet ihr davon, wenn wir drei zusammen was trinken gehen?«, fragte Vanessa.

»Was meinst du, Josef?«, fragte Martin.

»Ich hab Zeit. Warum eigentlich nicht? Was ist mit dir? Musst du nicht heim zu Frau und Kindern?«, fragte Josef an Martin gewandt.

Martin schaute auf die Uhr. »Halb sechs? Na ja, ein Glasl geht schon. Aber ich muss daheim Bescheid geben.«

Martin rief zu Hause an und erklärte Julia, dass er etwas später käme, da er mit Vanessa und Josef den Abend noch ein wenig ausklingen lassen wollte. Julia war zwar nicht sonderlich begeistert darüber, ließ es aber gut sein. Vanessa und Josef aßen auch in dem Lokal, in dem sie einkehrten. Martin hielt sich lieber zurück, da er wusste, dass Julia sicher etwas vom Abendbrot für ihn aufheben würde. Natürlich trank er keinen Alkohol. Julia mochte es nicht, wenn er nach Bier roch. Josef und Vanessa verzichteten ebenfalls darauf. Da sie sich in einem Lokal der gehobenen Klasse befanden, schaltete er sein Handy aus. Er wollte nicht den Unwillen der anderen Gäste dadurch erregen, dass sein Handy klingelte. Er war auch der Meinung, dass sich so etwas weder in der Oper noch im Theater oder Kino gehörte.

Vanessa meinte zu Martin: »Deine Buben, glaub ich, sind so weit, dass du ihnen eigene Inliner kaufen kannst. Die Leihdinger sind auf Dauer nichts und wie es aussieht, gefällt ihnen das Skaten.« Vanessa, die sehr sportlich war, brachte Max und Moritz das Fahren auf Inlinern bei. Martin war zunächst skeptisch gewesen, denn er fürchtete Verletzungen. Aber Vanessa hatte ihn beruhigt, sodass er es schließlich doch zuließ. Natürlich passierte das eine oder andere Missgeschick, und Julia hatte genug damit zu tun, zerrissene Hosen zu flicken oder ramponierte Ellbogen zu versorgen.

Während sie sich unterhielten, klingelte Josefs Telefon. Schuldbewusst sah er sich um, dachte aber nicht daran, sich zu entschuldigen. Er meinte nur: »Ich bin bei der Arbeit und nicht in der Oper.« Was aber die anderen Gäste nicht davon abhielt, ihn abfällig anzusehen.

Josef meldete sich und übergab das Handy Martin. »Für dich. Staatsanwalt Diederich.«

Martin nahm das Handy entgegen. »Egger?«

»Herr Chefinspektor! Schön, dass ich Sie doch noch erreiche. Haben Sie Ihr Handy ausgeschaltet?«

»Ja, hab ich. Wir sind grad in einem Restaurant beim Essen und da schickt es sich nicht, zu telefonieren«, erklärte er dem Staatsanwalt.

»Gut, das seh ich ein. Beim Essen möchte ich auch nicht gestört werden. Also Herr Egger. Weshalb ich anrufe, ist Folgendes: Ich hab eine Pressekonferenz anberaumt. Sie beginnt in einer halben Stunde. Ich muss Sie bitten, dabei anwesend zu sein. Es geht um den Fall mit der Murenleiche. Wir haben da ein Bild von einem Medaillon, das auf Ihre Anweisung hin veröffentlicht werden soll. Natürlich benötigen die Herrschaften dazu noch weitere Informationen. Deshalb brauch ich auch Sie dazu.«

»Gut, ich komme, Herr Staatsanwalt!«, sagte er laut genug, dass es jeder im Lokal hören musste. Als er auflegte, sah er sich verstohlen um. Dabei bemerkte er, wie die anderen Gäste miteinander tuschelten. Vermutlich rätselten sie nun, was dieser seltsame Gast mit einem Staatsanwalt zu tun hatte. Josef und Vanessa grinsten, als Martin Josef das Handy zurückgab.

»Also, ich muss jetzt los. Die Pflicht ruft. Josef, könntest du bitte meine Rechnung übernehmen? Ich geb dir das Geld morgen zurück«, bat er. Er wartete gar nicht auf Josefs Antwort, sondern verließ eilig das Lokal.

Die Pressekonferenz verlief so, wie Martin es gewohnt war. Die Journalisten stellten ihre Fragen und der Staatsanwalt beantwortete sie gemeinsam mit ihm. Natürlich tauchten auch Fragen auf, die Martin noch nicht beantworten konnte. Nach einer Dreiviertelstunde war alles gesagt.

»Gehen wir noch auf einen Schoppen?«, fragte ihn der Staatsanwalt nach der Konferenz.

»Das geht leider nicht, Herr Staatsanwalt. Ich müsste längst daheim sein. Meine Frau macht sich sonst noch Sorgen«, lehnte Martin ab.

»Gut, dann vielleicht ein andermal?«

»Gerne. Gut Nacht, Herr Staatsanwalt!«

»Gute Nacht, Herr Egger.«

Daheim schlich Martin ins Haus wie ein Einbrecher. Bereits vor dem Haus entledigte er sich seiner Schuhe, um strumpfsockert hineinzugehen. Aufs Duschen verzichtete er, um nur ja niemanden zu wecken. Im Schlafzimmer hörte er Julias leises Schnarchen. Er schlüpfte unter die Bettdecke.

»Bist endli dahoam?«, flüsterte Julia.

»Ja, es hot no a wengal dauert. Mia hom no a Pressekonferenz khobt. Da Staatsanwoit woitats a so.«

Julia seufzte leise. »Iatz bis ja do. Guat Nocht.«

»Guat Nocht, Julchen«, sagte er und schloss die Augen.

Kapitel 5

Am nächsten Morgen holte Martin Josef ab. Als sie im Büro eintrafen, saß Vanessa bereits an ihrem Platz und telefonierte aufgeregt.

»Was ist denn hier los?«, fragte Martin.

Vanessa legte auf. »Ihr habt doch gestern bei der Pressekonferenz gesagt, dass eine Hotline für Hinweise eingerichtet wird. Jetzt rufen dauernd Leute an, die etwas melden wollen. Herr Wallner ist mit seinem kompletten Team in der Telefonzentrale. Wenn zu viele Anrufe eingehen, werden sie automatisch an uns weitergeleitet.« Wieder klingelte Vanessas Telefon. Sie nahm den Anruf an.

Martin und Josef begaben sich an ihre Plätze. Martin beobachtete Vanessa, die alles mitschrieb. Plötzlich läutete auch Josefs Apparat. Auch er nahm den Anruf entgegen und begann sofort zu schreiben.

Als sie das Gespräch beendet hatte, kam Vanessa zu Martin. »Habt ihr bei der Pressekonferenz auch gesagt, was sich in dem Medaillon befindet?«

»Nein, haben wir nicht. Warum?«

»Ich hab da ein paar interessante Informationen bekommen. Die Anrufer wussten von den Bildern und den Haaren. Auch die Namen hab ich jetzt.«

»Die Namen? Welche Namen?«

»Nun, es gab da Leute, die meinten, dass sie das Medaillon kennen würden, weil sie es an Mädchen aus dem Ort gesehen haben. Sie konnten das Medaillon genau beschreiben. Und sie erwähnten Gravuren, also eingravierte Namen auf dem Schmuckstück.«

»Aha? Und was sind das für Namen?«

»Es handelt sich dabei seltsamerweise um zwei Mädchennamen. Die eine heißt Franzi Bergmann und die andere Sabine Ebersbacher. Beide sind seit zwei Jahren abgängig. Die Eltern haben sie damals als vermisst gemeldet. Es hieß, dass Sabine zu ihrer Freundin Franziska gegangen sei und zuvor gesagt habe, dass sie am Abend nicht nach Hause käme. Ich hab das bereits überprüft«, sagte Vanessa.

»Zu Franziska? Kann es sein, dass es sich bei Franzi und Franziska um dasselbe Mädchen handelt? Hast du die Adressen?«

»Ja, hab ich. Aber ich würde gerne noch warten, bis wir auch die Ergebnisse aus der Telefonzentrale haben. Vielleicht ergibt sich ja eine noch konkretere Spur.«

»Gut, dann warten wir erst mal ab. Hast du auch die Adressen der Anrufer?«

»Ja, auch die sind notiert.«

»Was ist mit den anderen Anrufern? Wie viele waren es?«

»Es sind bisher ... wart mal, ich zähl nach«, sagte Vanessa und ging zu ihrem Platz. »Zweiundachtzig Anrufer!«, rief sie Martin zu.

»Wie viele haben das Medaillon genau beschreiben können?«

»Das waren drei. Einer dieser drei hat gesagt, dass er das Medaillon zuerst bei Franziska gesehen hat und etwa ein halbes Jahr später bei Biene. Allerdings waren da andere Bilder drin.«

»Wie kam das? Hast du ihn gefragt?«

»Nein, ich denk, da müssen wir noch mal nachhaken.«

Josef hatte das Gespräch beendet. Er kam zu den beiden hinüber. »Also ich hab da einen ganz Verrückten dran gehabt. Der meinte doch glatt, das Medaillon gehöre seiner Frau. Er schwor Stein und Bein. Er sagte, er habe das Medaillon seiner Frau zum zehnten Hochzeitstag geschenkt und kurz darauf sei sie verschwunden. Vermutlich mit irgendeinem Lover, den sie im Urlaub kennengelernt hatte.«

»Hat er anonym angerufen oder Namen angegeben?«

»Er hat sich vorgestellt, aber auf seine Aussage können wir glaub ich nichts geben.«

»Wie kommst du darauf?«

»Er konnte nicht gleich sagen, wie seine Frau heißt.«

Martin schüttelte nur den Kopf. Es kam häufig vor, dass Menschen sich mit vermeintlichen Informationen bei der Polizei meldeten, nur um Aufmerksamkeit zu bekommen.

Es klopfte an der Türe. »Herein!«, bat Martin.

Wallner betrat das Büro. Er schien sehr aufgeregt. »Herr Chefinspektor. Sie glauben ja gar nicht, was Sie und der Herr Staatsanwalt mit Ihrer Pressekonferenz angerichtet haben. Wir kommen kaum noch dazu, aufs Klo zu gehen. Anrufe über Anrufe. Bisher etwa tausend. Ich hab viel zu wenig Leute dafür. Das habe ich auch dem Herrn Diederich gesagt. Der hat sich dann zu uns gesetzt und telefoniert nun ebenfalls.«

»Der Staatsanwalt?«, fragte Josef überrascht.

»Ja, er wollte uns unbedingt unterstützen.«

»Was haben Sie bisher für uns? Haben Sie bereits eine Vorauswahl relevanter Informationen getroffen?«, fragte Martin.

»In der Tat. Bisher sind neunhundertdreiundzwanzig Anrufe bei uns eingegangen. Aus den Beschreibungen der Anrufer hab ich zwei wichtige Namen herausfiltern können und …«

»Sabine Ebersbacher und Franziska Bergmann etwa?«, unterbrach ihn Martin.

»Ja, woher wissen Sie das?«, fragte Wallner verwundert.

»Weil wir dieselben Namen haben«, sagte Martin und grinste ihn an.

Wallner gab ihm ein paar Formulare. »Hier, das sind die Adressen der Leute, die uns die Mädchen genannt haben.«

Martin nahm die Papiere an sich und legte sie auf seinen Tisch. »Danke, Herr Wallner. Richten Sie dem Staatsanwalt bitte einen schönen Gruß aus«, sagte er.

»Werd ich machen. Auf Wiedersehen allerseits«, antwortete Wallner und verließ das Büro. Vanessa telefonierte wieder. Josef ebenfalls.

Martin sah sich die Listen an. *Alles Leute aus derselben Ortschaft. Ob es da einen Zusammenhang gibt?* »Vanessa?«

»Ja? Ich telefonier grad!«

»Gut, dann komm ich später noch mal auf dich zu«, sagte Martin. Er wartete ein paar Minuten, bis Vanessa den Hörer auflegte.

»Hast du jetzt Zeit?«, fragte er.

»Ja. Was brauchst du?«

»Ich brauch die Adressen der beiden Mädchen. Die hast du doch in der Liste der Abgängigen?«

»Ich hab sie schon rausgeschrieben«, sagte sie und brachte ihm den Zettel. »Weißt du, was putzig ist an den beiden?«

»Nein, aber du wirst es mir sicher gleich verraten.«

»Die haben beide am selben Tag Geburtstag. Völlig identisch. So, als ob es nur ein Mädchen wär. Allerdings verschiedene Wohnadressen.«

»Dann müssten die sich ja zumindest von der Schule her gekannt haben«, schlussfolgerte Martin.

»Davon geh ich aus. Wenn beide Mädchen mit demselben Anhänger gesehen wurden, waren sie vielleicht befreundet.«

»Da könntest du recht haben, Vanessa. Wir werden dem nachgehen.«

Josef warf den Hörer seines Telefons auf das Gerät. »Ja Himmelherrschaftszeiten noch mal! Bin ich denn hier in einem Deppenhaufen? Du glaubst nicht, welchen Blödsinn manche treiben! Rufen hier an und stehlen uns unsere Zeit!«, schimpfte er, während er zu Martin kam.

»Jetzt reg dich nicht auf«, versuchte ihn Martin zu beschwichtigen. »Hilf mir lieber, die Anrufer zu überprüfen.«

Gemeinsam suchten sie die Datenbanken durch. Nach einer halben Stunde gab Martin auf. »Nichts. Aber auch gar nichts. Die scheinen alle sauber zu sein.«

»Hast du geglaubt, dass ein Schwerverbrecher bei uns durchklingelt?«, feixte Josef.

»Nein, aber irgendeine andere Information wäre sicher hilfreich gewesen. Ich denk, wir werden erst mal zu den Eltern der Mädchen fahren müssen.«

»Gut, dann auf. Fahren wir«, forderte Josef.

»Aber den Streber lassen wir daheim«, antwortete Martin und grinste.

»Kann ich mitkommen?«, fragte Vanessa.

»Leider nein. Du weißt doch. Für dich ist Innendienst angesagt.«

»Ach komm, Martin. Wegen dem kleinen Loch in meiner Brust ...«

»Das geht nicht. Du bist einfach nicht fit genug«, erwiderte Martin.

»Ach Manno.«

Im Auto wagte Josef einen Versuch: »Du, Martin?«

»Ja, wos is?«

»Kanntast du dia nit vurstön, dass de Vanessa aa amoi wieda im Außendienst dabei is?«

»Naa, konn i nit.«

»Aba se is doch wieda fit und schau, so wia de drauf is, hot ses gwieß vodeant, wieda mit uns ...«

»Naa hob i gsoggt und dabei bleibts!«

»Aba schau Martin. Du muaßt ihra a Chance gem. De konn nit füa den Rest ihra Dienstzeit im Büro hockn und unsane Berichte schreim.«

»Nacha hätts Friseus oda Vokäuferin wean miassn.«

»Oiso woaßt! Du bist a richtiga Sturschädl. Du gibst dia oiwei no de Schuid dafüa, dass se boid gsturm waar und ...«

»Is nit a so? Bin i nit schuid dron gwen, dass se do gleng is in ihram Bluad? Bin nit i des gwen, dea wo iahra nit zuaghert hot, wias mi ongruafn hot? Bin i nit schuid, dass se in den Hintahoit kemma is? Ich mecht des nit no amoi dalem, dass i se owedrong muaß zum Heli und zur Rettung! I mecht nit no amoi betn miassn um ihra Lem!«

Josef schwieg ein paar Minuten. Er sah Martin ernst an. »Du mogst se. Hob i recht?«

Martin überlegte nicht lange, ehe er antwortete: »Ja, i mog se. I mog se ois Kollegin und ois Mensch. Se is a anständigs Maderl und absolut zuverlässig. I dadat ma wünschn, es gab mehra von ihra Surtn.«

Kapitel 6

Sie kamen am Haus der Familie Bergmann an. Schon von außen war erkennbar, dass hier nicht gerade eine arme Familie wohnte. Erker und eine Sprossenwand, an der eine Rose hochkletterte, gaben dem Haus etwas Herrschaftliches.

Als sie auf die Haustüre zugingen, wurde sie geöffnet. Ein Mann kam heraus, der Martin im ersten Moment suspekt war. Er trug einen sicher sündhaft teuren maßgeschneiderten Seidenanzug, dazu ein ebenfalls seidenes Hemd, und um seinen Hals war ein Schal gewunden, der die gleiche Farbe hatte wie das Einstecktuch in der Brusttasche des Anzugs. Die Schuhe blitzten und man konnte sich sicher darin spiegeln, wenn man nur nahe genug dran war.

Die pomadisierten Haare waren glatt nach hinten gekämmt, und seine kalten blauen Augen blitzten angriffslustig, als er mit leiser Stimme, die fast heiser klang, sagte: »Wer sind Sie? Was wollen Sie? Haben Sie das Schild an der Wand nicht gesehen? Dann will ich es Ihnen schnell mal vorlesen.« Er zeigte auf ein Schild, das an der Hauswand befestigt war. »Da steht groß und deutlich, Betteln und Hausieren verboten. Können Sie nicht lesen?«, fragte er mit einem spöttischen Blick.

Martin zog seinen Ausweis. »Doch, können wir. Sie auch?«, fragte er und hielt dem Mann seinen Dienstausweis vor die Nase.

Der Mann nahm ihn und las ihn mit hochgezogenen Augenbrauen. »Kriminalpolizei? Was verschafft mir die Ehre?«, fragte er, als er Martin das Dokument zurückgab.

»Sind Sie Herr Bergmann?«, fragte Martin.

»Ja, der bin ich. Worum geht es? Hab ich falsch geparkt?«

»Nicht, dass wir wüssten, und wenn, sind wir nicht deswegen hier. Aber zunächst möchte ich uns vorstellen. Mein Name ist, wie Sie auf dem Ausweis erkennen konnten, Chefinspektor Egger und das«, er zeigte auf Josef, »ist mein Kollege Herr Oberinspektor Faltermeier. Es geht um Ihre Tochter.«

»Franzi? Haben Sie sie gefunden? Kommen Sie mit ins Haus. Ich möchte, dass Sie das in Anwesenheit meiner Frau erzählen«, sagte er und rannte die Treppe hoch.

Er riss die Haustüre auf, stellte sich daneben und verbeugte sich leicht. »Darf ich bitten? Drinnen die zweite Türe rechts. Da ist meine Bibliothek. Dort finden Sie auch meine Frau«, sagte er.

Martin und Josef gingen voraus bis zu der genannten Türe. Josef klopfte und wartete ab, bis er von drinnen ein zögerliches »Herein?« hörte. Josef öffnete die Türe und wollte eintreten.

Im selben Moment drängelte sich Bergmann an ihm vorbei zu seiner Frau, die am Fenster stand. »Liebling! Stell dir vor, man hat Franzi gefunden!«, rief er und nahm sie in die Arme.

»Um Himmels willen, wo ist sie? Warum haben Sie sie nicht ...«, begann sie.

»Es tut mir leid, aber noch können wir nicht sagen, ob wir Ihre Tochter gefunden haben«, begann Martin.

»Aber was wollen Sie dann hier? Was wollen Sie von uns?«, fragte Bergmann wütend.

»Wir haben eine Leiche gefunden, wissen aber nicht, wer es ist. Sicher haben Sie davon in der Zeitung gelesen oder es in den Nachrichten gehört. Wir suchen nach Zeugen, die ein bestimmtes Schmuckstück identifizieren können, das an der Leiche war.«

»Welches Schmuckstück?«, fragte Bergmann.

»Nun, es handelt sich dabei um ein Medaillon, das ...«

»Das Medaillon? Unsere Franzi hatte ein Medaillon. Aber sie sagte uns, dass sie es beim Ausreiten verloren hatte«, erzählte Frau Bergmann.

»Kennen Sie Sabine Ebersbacher?«, fragte Josef.

»Sabine? Ja, natürlich. Sie war die beste Freundin von Franzi. Sie haben jede freie Minute gemeinsam verbracht. Sie war oft hier bei uns. Franzi erlaubte ihr sogar, auf Felix zu reiten. Felix war Franzis Pferd. Nicht mal ich durfte das«, erklärte Herr Bergmann.

»Kann es sein, dass Ihre Tochter Sabine das Medaillon geschenkt hat?«, fragte Martin.

»Ja, das halte ich durchaus für möglich«, stimmte Frau Bergmann zu.

»Und was ist mit einem Ring? Besaß Ihre Tochter einen Brillantring?«, fragte Josef.

»Ja, aber den hat sie irgendwo liegen gelassen. Das war schon sehr ärgerlich. Das Stück hat etliche tausend Euro gekostet«, sagte Herr Bergmann.

»Wie sah der aus?«, fragte Martin und schaute Bergmann eindringlich an.

»Na ja, ein Ring halt. Weißgold mit drei Brillanten drauf.«

»Hatte Ihre Tochter einen Freund? Einen festen Freund?«, fragte Martin.

»Einen Freund? Nein, sicher nicht. Den einen oder anderen Bekannten aus der Schule, ja. Manchmal war sogar einer dabei, der für uns durchaus akzeptabel gewesen wäre. Aber einen festen Freund? Nein. Auf keinen Fall. Sie hat ihre gesamte Freizeit mit Sabine verbracht, da war kein Platz für einen Mann.«

»So weit ging die Freundschaft?«, hakte Martin nach.

»Ja, in unseren Augen sehr weit – viel zu weit. Aber darum geht's ja jetzt nicht«, sagte Frau Bergmann und wechselte das Thema. »Möchten Sie einen Braunen? Darf ich Ihnen sonst etwas anbieten? Einen Tee mit Schuss vielleicht?«

»Nein, danke. Wir sind im Dienst«, lehnte Martin ab.

»Eine Frage hätte ich noch«, sagte Josef.

»Und die wäre?«, fragte Herr Bergmann.

»Was für Fotos waren in dem Medaillon?«

»Wir haben ihr kleine Passbilder von uns reingelegt, damit sie ihre Eltern immer bei sich trägt«, erzählte Herr Bergmann.

»Interessant. In dem gefundenen Medaillon waren die Bilder zweier Frauen zu sehen. Vielleicht wurden sie ausgetauscht, als das Medaillon verschenkt wurde. Vielleicht sind nun Sabine und Franziska darauf zu sehen. Was hielten Sie von Sabine? Wie war sie so?«, wollte Martin wissen.

»Na ja, sie war eigentlich ein nettes Mädchen. Ein richtig liebes Mädchen. So zum Gernhaben, verstehen Sie? Aber nur nach außen hin. Ich hab sie gleich durchschaut«, sagte Frau Bergmann.

»Als Sie dann merkten, dass Sabine und Ihre Tochter ein Verhältnis hatten. Was dachten Sie da?«

»Ich hätt sie umbringen können! Ja, das meine ich ernst«, sagte Herr Bergmann erregt. »Sie wäre der Grund dafür gewesen, dass wir niemals Enkel bekommen hätten. Und das alles hier«, er machte mit der Hand eine ausladende Bewegung, »das alles haben wir für Franzi aufgebaut. Genauso wie unser beträchtliches Vermögen. Alles für Franzi und ihre Kinder! Dann kommt die daher und ...«

»Sie hätten sie also umbringen können? Haben Sie es vielleicht getan?«, fragte Josef vorsichtig.

»Nein, natürlich nicht«, antwortete Bergmann erregt.

»Nun, wir wissen bisher nur, dass die Leiche, die gefunden wurde, eventuell Sabine Ebersbacher sein könnte. Wenn dem so sein sollte, haben Sie sich jetzt auf die Liste der Tatverdächtigen eingetragen«, antwortete Josef.

»Aus diesem Grund müssen wir Sie bitten, uns jetzt in die Dienststelle zu begleiten«, ergänzte Martin. Josef nahm sein Handy und forderte eine Streife zur Übernahme eines vorläufig Festgenommenen an.

»Ich schlage vor, Sie besorgen sich einen Anwalt«, riet ihm Martin noch.

Sie warteten, bis nach einer Viertelstunde der Streifenwagen kam und Bergmann mitnahm. Fragen, die eventuell noch offen waren, konnten sie dem Mann auch in der Dienststelle stellen.

Martin und Josef verabschiedeten sich von Frau Bergmann und fuhren zur Familie Ebersbacher.

Das Haus, in dem die Familie wohnte, machte von außen einen eher ärmlichen Eindruck. Auf dem Dach fehlten ein paar Schindeln und der Gartenzaun hätte auch mal wieder repariert werden müssen. Das Gartentor hing schief in den Angeln und quietschte gotterbärmlich, als Josef es aufdrückte. Seitlich vom Haus aber befand sich ein Gemüsegarten, der peinlichst gepflegt worden war. Kein Unkraut und kein Halm waren zwischen den Salatköpfen und Gurkenpflanzen zu sehen. Etwas weiter hinten bemerkte Martin eine Blumenrabatte, die mit Rosen verschiedenster Sorten bepflanzt war. Rote, gelbe und rosarote Rosen blühten dort in vollster Pracht. Daneben mannshohe Dahlien. Auch hier war alles sauber und gepflegt.

»Wer sind Sie und was wollen Sie?«, riss eine herrische Stimme Martin und Josef aus ihren Gedanken. Martin drehte sich um. Vor sich sah er einen Mann in abgerissener Arbeitskleidung. Nicht sehr groß, eher einen Kopf kleiner als Martin, mit einem alten Cordhut auf den lockigen blonden Haaren und einem Gesicht, das von Entbehrungen und Leid gezeichnet war.

»Herr Ebersbacher?«, fragte Martin.

»Steht vor Ihnen. Was wollen Sie und wer sind Sie?«

Martin zog seinen Ausweis, zeigte ihn Ebersbacher und stellte sich vor: »Wir sind Chefinspektor Egger und Oberinspektor Faltermeier. Wir sind hier, weil wir ein paar Fragen an Sie haben. Es geht um Ihre Tochter Sabine.«

»Ja? Was ist mit ihr? Haben Sie sie endlich gefunden?«, fragte er aufgeregt.

»Nun, das wissen wir noch nicht. Deshalb sind wir ja hier«, antwortete Martin.

»Kommen Sie mit«, sagte Ebersbacher und bedeutete ihnen, ihm zu folgen. Martin und Josef gingen mit ihm ins Haus. Auch hier sah es nicht gerade nach Reichtum aus. Ein völliger Gegensatz zum Haus der

Bergmanns. Eine Kommode und ein alter Schrank standen im Flur. So alt, dass sie schon beinahe ins Heimatmuseum gepasst hätten. Auf dem gescheuerten Holzfußboden lag ein Fleckerlteppich, der einige Auflösungserscheinungen hatte. In der Küche, in die sie Ebersbacher führte, stand eine aus rohem Holz gezimmerte Eckbank, davor ein ebensolcher Tisch und zwei Stühle. In einer Ecke des Raumes war ein alter Holzofen untergebracht, dessen gusseiserne Platte bereits Sprünge und Risse aufwies. Frau Ebersbacher stand vor einem alten Küchenschrank, dessen vormals weiße Farbe allmählich abblätterte. Sie drehte sich um und sah Martin und Josef verwundert an.

»Die zwei Herren sind von der Polizei. Sie sind wegen Bienchen da«, erklärte ihr Mann.

Sofort keimte ein Hoffnungsschimmer in Frau Ebersbachers Augen auf. »Haben Sie Bienchen gefunden? Wo ist sie? Wo war sie so lange? Warum haben Sie sie nicht mitgebracht?«

Die Frau war ihrem Mann im Aussehen ähnlich. Auch sie war gezeichnet von harter körperlicher Arbeit, vielleicht sogar dem Mangel an ausreichend Essen. Sie trug eine verschlissene Kittelschürze, wie Martin sie noch von seiner Großmutter kannte. Die Füße steckten in alten Filzpantoffeln, deren Vorderseite offen war wie ein weit aufgesperrter Mund. Daraus schauten ihre Strümpfe hervor, die offenbar selbst gestrickt waren. Unter der Schürze trug sie einen hellgrauen Pullover. Auch dieser schien handgemacht zu sein. Ihre grauen Haare, die sicher mal blond gewesen waren, hatte sie zu einem Dutt gebunden und am Hinterkopf vermutlich mit Haarnadeln zusammengesteckt. Alles in allem erinnerte ihn die Frau an seine Großmutter, auch wenn sie sicher noch nicht so alt war.

Ihre aufmerksamen braunen Augen musterten Martin und Josef fragend, als sie wiederholte: »Was ist mit Bienchen? Ist sie …?« Sie ließ die Frage im Raum stehen. Martin fiel es außerordentlich schwer zu antworten. Er empfand eine gewisse Sympathie für sie.

Er schluckte ein paar Mal, ehe er antwortete: »Es tut mir leid. Aber das kann ich Ihnen noch nicht sagen. Wir haben eine weibliche Leiche gefunden. Aber ob es sich dabei um Ihre Tochter handelt, steht noch nicht mit abschließender Gewissheit fest.«

Sie faltete die Hände und blickte nach oben. »Lieber Gott. Bitte lass es nicht Bienchen sein.« Sie schaute Martin Hilfe suchend an.

»Dann besteht die Möglichkeit, dass sie noch lebt?«

»Auch das ist möglich«, stimmte Martin zu. Dabei hatte er allerdings ein flaues Gefühl in der Magengegend. Es konnte durchaus sein, dass es sich bei der Toten um ein anderes Mädchen oder eine andere Frau handelte. Insgeheim hoffte er sogar, dass dem so war. Aber nachdem Sabine bereits zwei Jahre verschwunden war, war die Wahrscheinlichkeit, dass sie noch lebte, gering.

Er wandte sich an Herrn Ebersbacher. »Ihre Tochter war doch mit Frau Bergmann befreundet? Ich meine Franzi Bergmann?«

»Ja die Franzi! Die war so ein liebes Mädchen. Sie war oft hier bei uns. Unsere Biene und Franzi waren ein Paar, einfach schön, wenn man die beiden zusammen sah. Die zwei haben sich so geliebt, wie man es sich nur wünschen kann!«, sagte Frau Ebersbacher entzückt.

»Sie wussten, dass die beiden mehr waren, als nur Freundinnen?«, fragte Martin verwundert.

»Ja natürlich! Wir hatten auch nichts dagegen. Wenn sich jemand so liebt wie die beiden, kann man doch nichts dagegen haben.«

Martin sah sie verblüfft an. Damit hatte er nicht gerechnet. Die Frau hatte zuvor noch den Eindruck erweckt, sie sei besonders christlich.

Deshalb fragte er noch einmal nach: »Sie wissen schon, was das bedeutet?«

»Ja sicher! Die beiden waren lesbisch. Na und? Sabine hätte uns zwar keine Enkel schenken können, aber das Wichtigste ist doch, dass die beiden glücklich waren. Da gab es für uns keinen Grund, dagegen zu sein.«

»Haben Sie bei Ihrer Tochter einmal ein Medaillon gesehen?«

»Ja. Das hat Franzi ihr geschenkt. Da waren Bilder ihrer Eltern drin. Die haben die Mädchen entfernt und durch eigene ersetzt. Einen Ring hat sie auch von Franzi bekommen. Ein wunderschönes Stück. Der muss ein Vermögen gekostet haben. Ich hab noch geschimpft deswegen, aber Biene meinte, das sei so eine Art Verlobungsring.« Sie zeigte auf ein Foto auf der Anrichte. »Da, schauen Sie. Das sind die beiden. Sehen sie nicht glücklich aus?«

Martin betrachtete das Foto. »Ja, Sie haben recht. Die beiden sehen wirklich beneidenswert glücklich aus. Jetzt habe ich aber noch eine andere Frage, Frau Ebersbacher«, sagte er.

»Fragen Sie nur, fragen Sie«, antwortete sie.

»Wissen Sie noch, wann Sie Ihre Tochter zum letzten Mal gesehen haben? Wann haben Sie zum letzten Mal mit ihr gesprochen? Hat sie sich von Ihnen verabschiedet, bevor sie verschwand?«

Sie dachte nur kurz nach. »Ja, das weiß ich noch, als ob es gestern gewesen wäre. Ich habe es der Polizei auch bereits erzählt, als wir die Vermisstenanzeige aufgegeben haben. Sie hat sich verabschiedet und gemeint, dass sie zu Franzi ginge und am Abend wahrscheinlich nicht heimkäme.«

»Dann haben Sie sie nie wiedergesehen?«, fragte Martin.

»Nein, nie wieder. Die Hoffnung stirbt zuletzt, aber wir haben uns inzwischen damit abgefunden, dass sie wahrscheinlich tot ist. Mit dieser Krankheit konnte sie nicht lange überleben.«

»Welche Krankheit? Was fehlte ihr denn?«, fragte Josef.

»Nun, sie hatte eine schwere Nierenerkrankung, die unbedingt eine Transplantation erforderte. Wir, mein Mann und ich, wollten ihr helfen. Wir wären zu einer Lebendspende bereit gewesen. Aber die Untersuchungen, die deswegen gemacht wurden, haben ergeben, dass wir beide keine geeigneten Spender gewesen wären.«

»Wie das denn? Normalerweise sind die nächsten Anverwandten doch die besten Spender für so etwas«, erwiderte Martin verwundert.

Frau Ebersbacher hob hilflos die Schultern. »Ich verstehe ja nichts davon. Ich kann nur das wiedergeben, was uns die Ärzte gesagt haben.«

»Wurde dann nach einem anderen Spender gesucht?«

»Sie kam auf eine Warteliste und wir haben gehofft, dass bald ein passender gefunden wird«, antwortete Frau Ebersbacher.

»Hat Franzi sich denn auch testen lassen?«, fragte Josef.

»Ja natürlich! Das gehört sich doch so. Dabei ist aber wohl ein Fehler unterlaufen«, sagte Frau Ebersbacher.

»Was ist denn passiert?«, fragte Martin interessiert.

»Na ja, wie soll ich sagen? Die Ärzte haben die DNA verglichen und dabei festgestellt, dass Franzi eigentlich unsere Tochter sein müsste. Was natürlich absurd ist. Vermutlich haben sie die Proben vertauscht.«

»Hatten die Ärzte eine Erklärung dafür?«, wollte Martin wissen.

»Ja, als die Ärzte festgestellt haben, dass Franzi und Biene dasselbe Geburtsdatum haben und auch in derselben Klinik zur Welt kamen, äußerten sie den Verdacht, dass die beiden verwechselt worden sein könnten. Aber das kann nicht sein! Ich hätte das doch sofort gemerkt! Eine Mutter merkt doch so etwas oder?«

Martin sah sie zweifelnd an. »Sind Sie sich da sicher? Können Sie es ausschließen, dass Franzi Ihre Tochter war?«

»Natürlich! Franzi war nicht unsere Tochter. Aber trotzdem haben wir dafür gesorgt, dass sie sich bei uns immer zu Hause gefühlt hat«, sagte Frau Ebersbacher nachdenklich. »Ich hab sie auch sehr gerne gemocht«, fügte sie hinzu.

»Gab es denn ein Merkmal, an dem Sie sicher erkennen konnten, dass Biene Ihre Tochter ist? Ich meine damit ein Muttermal oder Ähnliches. Manchmal kommt es doch vor, dass Kinder Muttermale oder Leberflecken an den gleichen Stellen wir ihre Eltern haben«, sagte Martin.

Ohne lange zu überlegen antwortete Herr Ebersbacher: »Nein, so etwas hatte sie nicht. Aber jetzt, wo Sie es erwähnen, fällt mir ein, dass Biene einmal erzählt hat, dass Franzi ein ähnliches Muttermal hat wie meine Frau.«

Martin wollte das Paar nicht weiter drängen, denn die Erinnerung an die Tochter war sicher schmerzhaft. Er hatte ohnehin genügend Informationen gesammelt, um ein wenig weiterzukommen. »Wir müssen dann wieder los. Ich brauche von Ihnen allerdings noch eine Speichelprobe, um sicherzugehen, ob die Tote Ihre Tochter ist oder nicht«, sagte er und suchte in seiner Jackentasche nach Röhrchen. Leider fand er sie nicht, da er wieder einmal vergessen hatte, welche einzustecken.

Er zog ein Päckchen Papiertaschentücher aus der Tasche und gab Herrn und Frau Ebersbacher jeweils eines davon. »Bitte spucken Sie darauf«, bat er und holte zwei kleine Plastiktütchen aus einer anderen Tasche. Die beiden taten wie gewünscht und gaben ihm die Taschentücher zurück. Josef holte einen Filzstift aus der Tasche und beschriftete die beiden kleinen Beutel. Martin steckte sie ein und verabschiedete sich. »Auf Wiedersehen, Frau Ebersbacher, Herr Ebersbacher. Wir melden uns wieder, wenn wir Genaues wissen.«

Kapitel 7

In der Dienststelle wartete Vanessa schon aufgeregt auf sie. »Wo bleibt ihr denn so lange? Dieser Herr Bergmann macht noch alle verrückt! Er verlangt nach dem Staatsanwalt, er verlangt nach seinem Anwalt und er verlangt nach euch!«

»Wir können nicht überall gleichzeitig sein. Der Herr wird sich etwas gedulden müssen«, sagte Josef ruhig. Martin und Josef begaben sich an ihre Plätze.

»Mir stellt sich die Frage, ob eine Mutter wirklich erkennen kann, welches Kind ihr eigenes ist«, gab Martin zu bedenken.

»Also ehrlich gesagt, ich verstehe deine Frage nicht. Natürlich erkennt eine Mutter ihr Kind!«, antwortete Vanessa.

»Ich weiß, das ist eine blöde Frage, aber augenscheinlich wurden in diesem Fall in einer Geburtsklinik zwei Kinder verwechselt. Kann es sein, dass eine Mutter das nicht merkt?«

»Man hört ja ab und zu davon, dass so etwas passiert. Es sollte zwar nicht sein, aber ich denke, das kann durchaus vorkommen«, erklärte Vanessa.

Es klopfte kurz an der Türe. Ehe Martin antworten konnte, kam Otto ins Büro. Er trug wieder einen Schnellhefter bei sich, den er Martin auf den Tisch legte. »Ich hab hier die Meldungen der Zahnärzte, denen ich das Zahnschema der Toten geschickt hab. Das Ergebnis ist eindeutig. Es handelt sich bei der Toten um Sabine Ebersbacher«, sagte er.

»Schreibst du bitte mit Vanessa das Protokoll, Josef? Ich gehe runter zu Bergmann und unterhalte mich mal mit ihm«, sagte Martin.

Martin begab sich in den Verhörraum und stellte die Aufnahmegeräte ein. Es dauerte nur wenige Minuten, bis ein Beamter Bergmann brachte.

»Bitte setzen Sie sich, Herr Bergmann«, sagte Martin und zeigte auf einen Stuhl.

Bergmann nahm Platz und sah Martin erwartungsvoll an. »Was wollen Sie eigentlich von mir? Ich hab nichts getan, ich verstehe nicht, warum ich hier bin«, sagte Bergmann.

»Das habe ich Ihnen bereits gesagt, Herr Bergmann. Ich verdächtige Sie des Mordes an Sabine Ebersbacher«, erklärte Martin.

»Ich habe nichts dergleichen getan, und mein Anwalt hat mir geraten, auch nichts weiter dazu zu sagen.«

»Wie Sie wollen, Herr Bergmann. Wenn Sie mir nichts zu sagen haben, dann werde ich Ihnen etwas erzählen. Die Gerichtsmedizin hat festgestellt, dass es sich bei der Toten um Sabine Ebersbacher handelt. Also die Freundin Ihrer Tochter. Nun meine Frage an Sie, Herr Bergmann: Wie haben Sie es getan? Haben Sie Frau Ebersbacher erschlagen? Haben Sie sie erwürgt, erdrosselt oder gar erschossen?«

»Sie glauben doch nicht allen Ernstes, dass ich mich dazu äußern werde?«, wich Bergmann aus.

»Sie haben bei unserem letzten Gespräch bereits deutlich gemacht, was sie von der Verbindung der beiden Frauen hielten.«

»Hören Sie mir eigentlich zu? Ich werde nichts mehr sagen.«

Martin ließ sich nicht beirren. »Herr Bergmann, ich muss Ihnen jetzt etwas mitteilen, das Ihnen nicht gefallen wird. Bei unseren bisherigen Ermittlungen sind Fakten zutage getreten, die darauf hindeuten, dass Sie eventuell Ihre eigene Tochter umgebracht haben«, sagte Martin und wartete die Reaktion Bergmanns ab.

Diese kam sofort. Bergmann schoss zunächst die Röte ins Gesicht, danach wurde er kreidebleich. »Ich habe niemanden umgebracht! Schon gar nicht meine Tochter!«

»Und wenn doch?«

»Ich habe es nicht getan, verdammt noch mal!« Bergmann lief auf und ab. Die Erregung war ihm deutlich anzusehen.

»Aber irgendjemand muss es getan haben, und Sie haben das perfekte Motiv dazu. Außerdem haben Sie es uns quasi gestanden.«

»Ich habe nichts gestanden! Es gibt nichts zu gestehen!«

»Nun gut. Wussten Sie, dass Sabine schwer nierenkrank war? Dass sie eine Spenderniere gebraucht hätte? Dass Sie wahrscheinlich der richtige Spender gewesen wären? Haben Sie ihr die Nierenspende verweigert? Hat sie Sie deswegen erpresst? Sie hätten ihr Leben retten können! Wussten Sie das? Hätten Sie es getan? Hätten Sie eine Niere gespendet, wenn es um Franziska gegangen wäre?«

Martin wusste, dass er weit gegangen war, wahrscheinlich viel zu weit. Aber er wollte den Mann aus der Fassung bringen. Vielleicht machte er dann einen Fehler. Vielleicht ergab sich eine neue Spur? Spuren waren ohnehin nur eine andere Bezeichnung für Fehler, die der Täter machte.

Immer noch rannte Bergmann auf und ab.

Langsam machte es Martin nervös. »Setzen Sie sich!«, befahl Martin.

Bergmann ignorierte ihn und lief weiter.

»Ich habe gesagt, Sie sollen sich setzen!«, wiederholte Martin.

Bergmann sah ihn abfällig an, ehe er Platz nahm. Martin lehnte sich zurück und beobachtete Bergmann, der zusehends unsicher wurde. Er knetete seine Hände und sein Blick wanderte unstet hin und her.

»Was sind Sie eigentlich von Beruf, Herr Bergmann?«, fragte Martin.

»Wieso ist das wichtig?«

»Für mich ist im Moment alles wichtig, was mit Ihnen zu tun hat.«

»Ich bin Pharmazievertreter«, antwortete Bergmann widerwillig.

»Haben Sie auch mit Drogen zu tun?«

»Wo denken Sie denn hin? Ich habe nichts mit Drogen zu tun! Ich verkaufe Medikamente und besuche Ärzte!«

»Aber Sie haben die Möglichkeit, an Drogen zu kommen?«

»Theoretisch ja. Aber was sollte ich damit?«

»Herr Bergmann, in dem Medaillon wurden auch Haare gefunden«, berichtete Martin und konfrontierte ihn mit den neuesten Ergebnissen aus der Gerichtsmedizin. »Unsere Untersuchungen haben ergeben, dass derjenige, von dem die Haare sind, jahrelang Drogenmissbrauch betrieben hat. Jetzt stellt sich mir natürlich die Frage, wenn das Ihre Haare sind ... Wobei ich mich frage, wozu das gut sein soll. Normalerweise, wenn überhaupt, nimmt man dann Locken eines verstorbenen Angehörigen, und wie ich sehe, sind Sie wohlauf.«

»Weiß der Teufel, von wem die Haare sind! Sie sagten doch selber, dass die Tote Sabine Ebersbacher ist! Das Medaillon haben Sie bei ihr gefunden! Vielleicht waren sie von Sabine?«

»Das ist richtig, das habe ich gesagt. Aber ich habe auch gesagt, dass die Tote eventuell Ihre Tochter ist.«

Wieder sprang Bergmann auf und rannte im Raum auf und ab. »Sie sind verrückt! Wissen Sie das? Erst behaupten Sie, die Tote sei meine Tochter! Dann wieder behaupten Sie, die Tote sei Sabine Ebersbacher! Wann entscheiden Sie sich endlich?«

Martin beobachtete ihn eine Weile und sah, wie Bergmanns Kaumuskeln arbeiteten. Auf seiner Stirn bildete sich Schweiß, und er knetete die Hände, bis die Knöchel weiß wurden. »Wessen Kind die Tote ist, wird ein DNA-Test zeigen. Dazu werden wir eine Speichelprobe von Ihnen nehmen müssen. Ich hoffe, Sie haben nichts dagegen«, sagte Martin ruhig.

»Wenn's der Wahrheitsfindung dient«, sagte Bergmann.

»Das tut es, glauben Sie mir«, antwortete Martin.

Bergmann beugte sich zu Martin und sah ihm in die Augen. »Jetzt mal ehrlich, Herr Chefinspektor. Was haben Sie eigentlich gegen mich in der Hand? Welche Beweise? Was berechtigt Sie dazu, mich hier festzuhalten? Ich sage es Ihnen! Nichts! Sie haben gar nichts! Also lassen Sie mich jetzt wieder gehen!«

Martin blieb ruhig. »Wann Sie wieder gehen, entscheide nicht ich, sondern der Haftrichter.« Martin gab dem Beamten, der mit im Raum war, einen Wink und stand auf. Der Beamte führte Bergmann ab.

Martin ging in den Nebenraum und holte sich den Chip mit der Aufzeichnung des Verhörs. Im Büro setzte er sich an seinen Platz und dachte nach. *Was ist, wenn er es nicht getan hat?*

»Lässt du uns an deinen Gedanken teilhaben?«, fragte Josef.

Martin sah hinüber. »Was? Wie meinst du das?«

»Ich seh doch, dass du angestrengt nachdenkst. Vielleicht kann man dir auf die Sprünge helfen?«

»Ja, vielleicht. Was glaubt ihr passiert, wenn sich nun herausstellt, dass Sabine tatsächlich die Tochter von Bergmann ist?«, fragte er an Vanessa und Josef gewandt.

»Dann wäre Franzi wohl die Tochter von Familie Ebersbacher?«, schlussfolgerte Vanessa.

»Wenn die Familie das gewusst hätte, wäre wahrscheinlich alles ganz anders gelaufen ...«

»Oder auch nicht«, unterbrach ihn Vanessa.

»Wir haben wahrscheinlich einen gewaltigen Knoten in der Denke«, begann Josef. »Wenn die Tote Sabine Ebersbacher ist, wo ist dann Franziska Bergmann? Warum ist auch sie verschwunden?«

»Du hast recht«, stimmte Martin zu. »Wir müssen Franziska finden. Hast du schon Einblick in ihre Konten beantragt? Vielleicht findet sich da ein Hinweis.«

»Ja, ich hab's an die Staatsanwaltschaft weitergegeben. Mir wurde zugesichert, dass wir den Beschluss heute noch bekommen.«

Vanessa meinte: »Ich hab ein wenig nachgedacht. Ich glaube, dass wir etwas vernachlässigen.«

Martin sah sie verwundert an. »Was meinst du?«, fragte er.

Sie stützte ihren Kopf auf die Hand. »Gehen wir mal davon aus, dass die beiden Mädchen in der Klinik verwechselt wurden. Frau Ebersbacher ist der Meinung, dass sie das sicher gemerkt hätte. Was ist, wenn es wirklich so war? Wenn sie es gespürt und sie und Frau Bergmann darauf angesprochen hat?«

»Dann hätten sie das Ganze rückgängig gemacht und jede hätte ihr eigenes Kind bekommen«, meinte Josef.

»Du hast recht. Das wäre die logischste Erklärung. Was aber, wenn die beiden das erst viel später bemerkt haben? Ich meine nach zwei oder drei Jahren? Sie haben sich an die Kinder gewöhnt und sie als ihre eigenen betrachtet. Hätten sie die Kinder dann immer noch ausgetauscht? Das wäre für die Mädchen doch sicher nicht gut gewesen?«

»Jetzt red nicht lange um den heißen Brei herum. Sag endlich, was du meinst!«, verlangte Martin.

»Gut, dann mach ich's kurz: Die beiden könnten sich getroffen und eine Vereinbarung abgeschlossen haben. Jede behält das Kind, das sie als ihr eigenes anerkannt hat, und alles geht so weiter wie bisher.«

»Und wo ist jetzt die Pointe?«, fragte Josef.

»Welche Pointe? Da gibt's keine«, antwortete Vanessa.

»Aber irgendwie muss es doch weitergehen? Es kann doch nicht sein, dass die Kinder bei falschen Eltern aufwachsen und alles ist eitel Freude und Sonnenschein?«, widersprach Josef.

»Also ich denke mir das so: Die beiden Mädchen sind gemeinsam in den Kindergarten gegangen und danach zur Schule. Später dann ins Gymnasium. Sie sind also gewissermaßen gemeinsam aufgewachsen. Als sie dann älter wurden, haben sie ihre Zuneigung zueinander entdeckt, und daraus ist dann mehr geworden. Das Ende kennen wir ja«, erklärte Vanessa.

»Da beißt sich die Katze in den Schwanz!«, widersprach nun Martin. »Wenn dem wirklich so gewesen sein sollte, dann kann Bergmann unmöglich der Mörder eines der Mädchen sein. Er wird doch sicher nicht so brutal sein, seine eigene Tochter zu ermorden. Wenn deine Theorie stimmt und er wusste, wer sie wirklich ist«, fuhr er fort.

»Wir haben bisher noch keinen Beweis dafür, dass er der Täter ist. Im Moment ist das nur eine Vermutung von dir«, erwiderte Josef.

»Wie wir wissen, war Sabine sterbenskrank und brauchte dringend ein Spenderorgan«, begann Vanessa. »Dass sie das nicht sofort bekommen hat, war eben Schicksal. Vielleicht hat sie ja irgendwie herausgefunden, dass Franzis Eltern eigentlich ihre Eltern waren? Vielleicht ist sie auch zu Herrn Bergmann gegangen und hat ihn zur Rede gestellt?

Vielleicht hat sie verlangt, dass er ihr eine Niere spendet? Vielleicht hat sie auch ...«

»Vielleicht, vielleicht! Das sind mir zu viele vielleicht! Hast du nicht eine Idee ohne vielleicht? Was wir brauchen, sind Fakten und Beweise! Wir müssen Franziska finden!«, echauffierte sich Martin. »Kümmere dich mal um den Beschluss, damit wir Einsicht in Franziskas Konten bekommen«, knurrte Martin Josef an. Josef verließ das Büro.

Martin sah zu Vanessa hinüber. »Hast du sonst noch so eine Idee? Vielleicht eine ohne vielleicht?«

»Nein, habe ich nicht«, antwortete sie leicht gekränkt.

»Ich meine das nicht böse. Im Grunde genommen hast du ja recht. Die Menschen sind schlecht und der Gedankengang, den du hattest, war vielleicht gar nicht so verkehrt. Wir müssen wahrscheinlich nur anders ansetzen. Zunächst müssen wir mal herausfinden, wo sich Franziska zuletzt aufgehalten hat«, versuchte Martin sie zu beruhigen.

»Falls sie noch lebt«, sagte Vanessa zweifelnd.

»Falls sie noch lebt. Es könnte auch sein, dass sie Sabine umgebracht hat«, überlegte Martin laut.

»Das kann ich mir nicht vorstellen. Die beiden haben sich geliebt. Da bringt man sich nicht um!«, widersprach Vanessa.

Kapitel 8

Eine halbe Stunde später kam Josef zurück und wedelte mit einem Blatt Papier. »Hier ist der Beschluss. Wir können loslegen!«, rief er.

»Na, dann mach mal«, forderte ihn Martin auf.

»Weißt du, was wir vergessen haben?«, fragte Vanessa.

»Nein, was denn?«, antwortete Martin.

»Wir brauchen auch einen Beschluss, um die Konten von Sabine zu überprüfen«, entschied Vanessa.

»Du könntest recht haben. Am besten kümmern wir uns gleich darum«, stimmte Martin zu.

Josef telefonierte mit der Bank. Es dauerte nicht lange, bis er erleichtert rief: »Alles in Ordnung! Ich brauch jetzt nur noch einen Beamten rüberschicken, der die Sachen abholt.«

»Das kann ich doch machen! Ich kann doch zur Bank fahren!«, bot Vanessa an.

»Das geht nicht und das weißt du«, widersprach Martin.

»Bitte Martin«, sagte Vanessa und sah ihn flehend an.

Martin blieb hart. »Nein, du bleibst hier. Das soll einer von Wallners Männern machen.«

»Sei doch nicht so. Ich möchte auch mal wieder raus unter Leute. Bitte lass mich fahren«, flehte sie.

Martin rang mit sich, gab aber schließlich nach: »Na gut. Dann fährst eben du. Mach mir aber keinen Unsinn.«

»Welchen Unsinn soll ich da schon machen, wenn ich zur Bank fahre? Ich kann höchstens über eine rote Ampel fahren oder vielleicht ein bisschen zu schnell unterwegs sein. Ich geh auch gleich zur Staatsanwaltschaft und nehm den Beschluss mit«, sagte sie und lachte.

Josef sah ihr nachdenklich hinterher. Nach einer Weile drehte er sich zu Martin. »Woaßt, wos mia aufgfoihn is?«

»Naa, woaß i nit«, brummte Martin.

»De Buidl vo de Madl. In da Vomisstnmödung. Host du dia de ongschaut?«

»Naa, hob i nit. I hob bloß des Buidl bei da Frau Ebersbacher gsechn. Wos is damit?«

»Schaus da amoi on. Du weast di wundan«, sagte Josef und zeigte auf seinen Bildschirm.

Martin holte sich die Dateien auf seinen Monitor. »Des gibt's ja woih nit!«, entfuhr es ihm. »De Sabine hot dunkle Hoar und de Franziska blonde! Des is ja ...«

»Da beste Beweis, dass des mit de votauschtn Kinda stimma muaß. De Frau Ebersbacher is blond, ihra Mon a und bei da Familie Bergmann sand olle zwoa dunklhoorig«, sagte Josef und grinste Martin an.

»Obwoih – des muaß ja nit so sei. Des kannt Zuafoi aa sei«, meinte Martin.

»Iatz woat mer hoit amoi den DNA-Befund ob. Nacha wiss ma des sicha«, sagte Josef.

»Apropos DNA! Herrschaftszeitn no amoi! I muaß den Otto onruafn. Dea muaß no de Speichelprob vom Bergmann nehma.«

Martin nahm das Telefon und rief in der Gerichtsmedizin an. »Doktor Spannagl?«, meldete sich Otto.

»Servus Otto. Ich bin's, Martin. Ich habe eine Bitte. Könntest du bei unserem Gast, Herrn Bergmann, eine Speichelprobe nehmen? Für den DNA-Abgleich mit unserer weiblichen Leiche. Es sieht ganz danach aus, als ob er der Vater wäre.«

»Hast du seine Zustimmung?«

»Ja, hab ich.«

»Gut, dann nehm ich die gleich.«

»Danke Otto. Sers.« Martin legte auf. Kurz darauf klingelte Martins

Handy erneut. Er zog es heraus und schaute aufs Display. Vanessa. Es war ein Videoanruf. Martin nahm ihn an. Er sah Vanessa, die ihn mit weit aufgerissenen Augen anblickte.

»Vanessa? Was ist denn los?«

Sie erwiderte nichts. Aufmerksam starrte Martin auf das Handy. Er sah, wie Vanessa es drehte und offensichtlich in ihre Brusttasche steckte. Es kam eine Person in sein Blickfeld, die mit einer Sturmhaube maskiert war. Sie hielt eine Waffe in der Hand und fuchtelte damit wild herum. Die Bank wurde überfallen!

Martin winkte heftig zu Josef hinüber, der sofort zu ihm kam. Martin zeigte auf das Display und flüsterte Josef zu: »Do scheints an Übafoi z'gebn. Ruaf de Kollegn on.« Josef warf noch einen Blick auf das Display, nickte kurz und rannte zu seinem Schreibtisch. Während Josef telefonierte, beobachtete Martin weiter das Geschehen auf seinem kleinen Bildschirm. Er sah, wie Vanessa sich der maskierten Person näherte. Die Person sagte etwas zu Vanessa, was Martin aber nicht verstand, da es wegen der Maske nur gedämpft zu hören war.

Vanessas Antwort war aber unüberhörbar: »Legen Sie die Waffe weg. Das hat doch keinen Sinn. Sehen Sie, hier überall sind Kameras. Was wollen Sie denn mit dem Geld anfangen? Man wird Sie jagen und erwischen.« Während Vanessa redete, ging sie offenbar auf den Mann zu. Dass es ein Mann sein musste, war an seiner Statur zu erkennen. Auch die Stimme, die nun deutlicher zu vernehmen war, klang dunkel.

»Leg dich auf den Boden wie die anderen! Los, mach schon!«, befahl er. Offenbar kam Vanessa seiner Aufforderung nach, denn Martin erkannte auf dem Bildschirm, wie sich der Boden näherte. Schließlich war der Bildschirm dunkel. Er hörte nichts mehr.

Trotzdem schaltete er das Handy nicht ab, sondern fragte Josef: »Und? Hast du sie erreicht? Fahren sie hin?«

»Sind schon unterwegs!«, antwortete Josef.

Gespannt sahen beide auf das Display, aber es blieb dunkel. Nichts mehr war zu hören oder zu sehen. Man erkannte nur, dass Vanessas Handy noch an war. Weiter nichts.

»Kumm, mia foahrn hi!«, beschloss Martin.

Während der Fahrt schimpfte Martin vor sich hin: »I Depp! I hirnloses Oarschloch! Muaß i se durt hischickn! Wenn ihra wos passiert? I wea mei Lem nimma froh. Wieda bin i schuid, wenn ihra ... Herrschaftszeitn no amoi! Gengts weg!«

Ein Wagen vor ihm wollte partout nicht zur Seite fahren, obwohl Martin mit Blaulicht und Signalhorn fuhr. Martin fuhr dicht auf, wartete einen passenden Moment ab und überholte. »Schreib dia dem sei Numma auf! Dea kriagt a saubane Rechnung vo uns!«, sagte er aufgebracht zu Josef. Josef notierte geduldig das Kennzeichen des Wagens, der sie behindert hatte. Es fiel ihm nicht leicht zu schreiben, da Martin im Höchsttempo durch die Stadt fuhr. Endlich waren sie am Stadtplatz angelangt, wo die Bank ihren Sitz hatte. Überall war abgesperrt und die uniformierten Kollegen hatten Mühe, die Schaulustigen zurückzuhalten.

Martin stellte den Wagen ab und rannte auf den Lkw zu, in dem er die Einsatzleitung vermutete. Er hetzte die Treppe hinauf und stürmte in den Wagen. Drinnen fand er neben Beamten auch einen Kollegen vor, den er von anderen Einsätzen bestens kannte. Es war der Einsatzleiter der COBRA, Oberst Wolkenstein.

»Wie kommst du denn hierher?«, fragte Martin ihn verwundert.

»Wir haben mit den Kollegen der Tiroler Kräfte eine Übung oben am Wilden Kaiser absolviert und waren deshalb in der Nähe. Natürlich sind wir gleich hergefahren, als wir hörten, was los ist.« Wolkenstein zeigte auf einen Bildschirm in der Nähe. »Eine mutige Frau, die Kleine. Die redet mit dem Kerl, als seien sie beim Kaffeeklatsch.« Martin schaute auf den Bildschirm und erkannte mit Schrecken, dass Vanessa aufrecht vor dem maskierten Räuber stand. Schnell zog er sein Handy heraus und schaute auf das Handy. Deutlich sah er den Maskierten vor sich. Sogar das Weiße in seinen Augen war erkennbar. Ebenso genau sah man auch die feinen Äderchen, die den Augapfel durchzogen.

»Was hast du da?«, wollte Wolkenstein wissen.

Martin zeigte ihm das Handy. »Hier, sie hat mich angerufen, als sie mitbekommen hat, was los ist. Ich hab dann die Kollegen alarmiert.«

»Dann ist das eine von deinen Kolleginnen?«

»Ja das ist Vanessa Bieringer.«

»Bieringer? Bieringer? Der Name sagt mir doch was? Kann es sein, dass das die Kollegin ist, die vor Kurzem angeschossen wurde?«

»Ja, das ist sie. Ich hoffe bloß, dass nicht wieder etwas passiert.«

Wolkenstein zeigte erneut auf den Bildschirm. »Das glaube ich nicht. Schau mal, die hat den Typen ganz schön im Griff.«

Martin hörte aus seinem Handy Vanessas Stimme. »Na komm, gib schon auf. Schau mal aus dem Fenster. Da draußen wimmelt es von Polizisten. Glaubst du, du kommst hier raus und kannst einfach heimgehen?«

Der Täter erwiderte etwas, was aber nicht zu verstehen war.

Man hörte nur Vanessa, wie sie sagte: »Du kannst uns schon als Geiseln nehmen. Aber das würde ich mir gründlich überlegen. Damit unterschreibst du dein Todesurteil. So, wie ich die Leute da draußen kenne, zögern sie nicht eine Sekunde, dir den Kopf wegzublasen, wenn du Menschenleben gefährdest.«

Martins Herz klopfte bis an den Hals. Er spürte jeden Pulsschlag.

»Woher ich das weiß, dass die schießen werden? Ich komm gerade aus dem Knast und kann dir helfen, hier herauszukommen. Ich hab vor fünf Jahren selbst eine Bank überfallen. Ich kenne mich aus. Ich weiß, wo's rausgeht! Aber ich hab auch festgestellt, dass es sich nicht rentiert, wegen ein paar Euronen jahrelang im Knast zu sitzen. Willst du das? Willst du wirklich einsitzen?«

In Martins Hirn rumorte es. *Was treibt sie denn da? Was hat sie vor? Sie muss da raus! Schnellstens!*

Wieder hörte er ihre Stimme. »Na, komm schon. Hauen wir ab. Ich zeig dir auch mein Piercing und mein neues Tattoo. Schau«, gurrte sie.

Wolkenstein rempelte Martin an. Als Martin aufblickte, rief Wolkenstein: »Da! Schau, was sie jetzt macht!« Zu Martins Entsetzen sah er, wie Vanessa ihre Bluse aus der Hose zog und auf ihren Bauch zeigte.

»Das Tattoo? Wo ich das hab? Was denkst du? Das ist genau da, wo es keiner sehen kann, wenn ich es nicht will. Aber dir würde ich es zeigen«, sagte sie leise, als der Mann nach unten blickte und etwas sagte.

Martin packte Wolkenstein am Arm. »Schau zu, dass du sie da rausbringst! Die redet sich um Kopf und Kragen. Wenn der mitkriegt ...! Nicht auszudenken! Sie hat eine kranke Mutter zu Hause! Und ich bin schuld! Ich hab sie hierher geschickt! Ich ...«

»Jetzt reg dich mal wieder ab. Wir holen sie da schon raus. Aber eines muss ich dir sagen. So eine toughe Kollegin könnte ich in meinem Team auch brauchen«, meinte Wolkenstein lässig.

Offenbar tat sich wieder etwas auf Martins Handy. Er blickte darauf und traute seinen Augen nicht. Er sah nur noch schwarz. Schwarz mit ein paar hellen Flecken! Das schien der Pullover des Täters zu sein. Vanessa war augenscheinlich ganz nah an ihn herangetreten. Auf Tuchfühlung gegangen, so schien es. Plötzlich war das Bild verschwommen, verwischt und verwackelt. Martin konnte nichts mehr erkennen.

Erst Wolkensteins Ruf »Jawoll! Zeigs ihm! Noch eine und noch eine! Ja, Mädchen! Gut so!« brachte ihn dazu, wieder auf den Bildschirm zu schauen. Jetzt sah er, worüber sich Wolkenstein freute. Vanessa wirbelte herum, ihre Bewegungen waren kaum zu erkennen, aber der Täter flog quer durch den Kundenraum. Offenbar benommen blieb er in einer Ecke liegen.

Wolkenstein rief, nein er schrie: »Zugriff! Sofort Zugriff! Los! Worauf wartet ihr?« Martin sah auf dem Bildschirm, wie die dick verpackten Kollegen der COBRA zunächst die Türe aufsprengten und in die Bank stürmten. Ein paar von ihnen stürzten sich auf den Räuber und nahmen ihn in ihre Mitte. Vanessa klopfte sich die Hände ab. Martin sah, wie sie das Handy aus ihrer Tasche zog und vors Gesicht hielt.

»Na, Chef? Wie hab ich das gemacht?«, fragte sie.

Er nahm sein Handy in die Hand. »Darüber unterhalten wir uns später«, knurrte er wütend und trennte die Leitung. Gemeinsam mit Josef, der die Situation ebenfalls gespannt verfolgt hatte, stieg er aus dem Wagen.

»Wüst ihra Ärger mochn?«, fragte Josef.

»Do konnst di drauf volassn. Dera vozöh i wos. De spinnt doch komplett!«

»Wos hätts denn doa soyn? Zuaschaun, wia dea a poar Leit obknoit? Du hättst as aa nit anderscht gmacht.«

»I waar aba nit so nah an den ronganga!«

»Hätts leicht blosn soyn oda wos? De Vanessa hot des oanzig richtige gmocht!«

»Ja. Nimms no in Schutz! Du host ja koa Ahnung nit, wos i füa a Ongst um se khob hob!«

Kapitel 9

Da sie hier ohnehin nichts mehr ausrichten konnten, fuhren sie zurück in die Dienststelle. Martin war nicht in der Lage, auch nur einen Handgriff zu tun, geschweige denn, einen klaren Kopf zu behalten. Also wartete er ab, bis Vanessa zurückkam.

Es dauerte beinahe eine Stunde, bis die Bürotüre aufgerissen wurde und Vanessa hereinstürmte. »Das war klasse! So was bräuchte ich öfter! Was sagt ihr?«

Martin sah sie ernst an. »So etwas machst du mir nie wieder! Nie! Verstehst du?«

Vanessa sah ihn verständnislos an. »Aber warum denn? Ich konnte doch gar nicht anders. Ich bin Polizeibeamtin und habe die Pflicht einzuschreiten, wenn so etwas passiert. Darüber habe ich einen Eid abgelegt! Was hätte ich denn sonst tun können? Mich einfach hinlegen und abwarten, was passiert? Der Typ stand doch unter Drogen! Der war unberechenbar!«

»Genau deswegen hättest du dich heraushalten müssen! Du hast nicht nur die Pflicht, andere zu beschützen, sondern auch die Pflicht zum Selbstschutz«, wies Martin sie zurecht.

»Aber ich ...«

»Ich will jetzt nicht mehr darüber reden.«

Die Bürotüre ging erneut auf und Andrea stürmte herein. Sie lief sofort zu Vanessa, stemmte ihre Fäuste in die Hüften und holte tief Luft. »Sag mal, du hast sie wohl nicht alle? Was sollte diese Aktion? Kaum bin ich einen Tag nicht hier, machst du Blödsinn. Dich kann man wirklich nicht alleine lassen!«

»Was hättest du denn an meiner Stelle getan? Hättest du tatenlos zugesehen? Hättest du zugelassen, dass der Typ jemanden erschießt? Ich hab nur das getan, wofür ich ausgebildet wurde.«

Vanessa sprang auf und schaute Andrea scharf an. »Du hast ja keine Ahnung, wovon du redest! Du warst nicht dabei! Du hast nicht gesehen, wie die anderen Kunden vor Angst zitterten! Eine Frau war dabei, die war schwanger! Und ein Kind, ein kleines Mädchen! Hätte ich zulassen sollen, dass der Typ sie erschießt? Was hättest du getan? Ha!? Was? Erklär es mir!«

Andrea war offenbar auf diese Attacke nicht gefasst gewesen, denn sie wich einen Schritt zurück und fauchte: »Wo war denn deine Waffe? Warum hast du nicht geschossen?«

»Ich hab sie nicht dabeigehabt. Sie liegt sicher eingeschlossen in meinem Schreibtisch. Ich sollte doch nur zum Filialleiter!«, wehrte sich Vanessa.

Martin stand auf und ging zu den beiden. Er wollte verhindern, dass die Situation eskalierte. »Nun mal langsam, ihr zwei. Ich bin zwar auch nicht damit einverstanden, was Vanessa gemacht hat. Aber ich finde, dass wir sie jetzt in Ruhe lassen sollten. Sie hat wirklich nur das getan, was jeder von uns getan hätte. Außerdem war es ganz gut, dass sie die Waffe nicht dabeihatte. Wenn der Täter die gesehen hätte, als Vanessa am Boden lag, hätte er sicher sofort geschossen.«

Andrea sah ihn wütend an. »Willst du sie jetzt in Schutz nehmen? Mich hättest du sofort suspendiert! Aber nein, hier geht es ja um Vanessa! Du hast immer noch Schuldgefühle!«

»Schuldgefühle hin oder her. Es war korrekt, was sie getan hat.«

»Woher kommt der plötzliche Sinneswandel?«, mischte sich Josef ein.

Martin drehte sich zu ihm. »Du hältst dich da raus!«

Vanessa kramte in ihrer Hosentasche und zog ihre Geldbörse heraus. Sie griff hinein und entnahm ihr etwas, das sie Martin in die Hand drückte.

Verwundert sah Martin darauf. »Was ist das denn?«, fragte er.

»Schau es dir an. Schau es dir genau an«, sagte Vanessa. Martin drehte das Teil hin und her und erkannte, dass es sich um ein Foto handelte. Ein Passfoto.

»Wo hast du das her?«, wollte er wissen.

»Das stammt aus der Geldbörse des Täters. Wolkenstein hat es ihm abgenommen. Als ich gesehen habe, was es ist, habe ich darum gebeten«, erklärte sie.

Josef stand auf und kam näher. Er nahm Martin das Passfoto aus der Hand und betrachtete es. »Das ist ja nicht zu fassen! Wie kommt der an das Bild?«, fragte er.

»Sie wird es ihm gegeben haben, was sonst?«, fragte Andrea, die nun ihrerseits Josef das Bild aus der Hand nahm.

»Bringt mir den Kerl sofort her! Ich muss mit ihm reden!«, befahl Martin.

»Das wird nicht gehen«, sagte Vanessa.

»Und warum soll das nicht gehen? Wir ermitteln hier in einem Mordfall.«

»Herr Bergmann befindet sich momentan im ...«, sagte Vanessa.

»Sag das noch mal! Wie heißt der Kerl?«, rief Martin erregt.

»Bergmann, Oliver Bergmann. Er ist der Sohn von unserem Bergmann, der in der Zelle sitzt, beziehungsweise der Bruder von Franziska Bergmann«, erklärte Vanessa. »Und er befindet sich gerade bei den Kollegen vom Raubdezernat«, erklärte sie weiter.

»Wie kommt der an das Foto?«, fragte Josef ebenfalls aufgeregt.

»Das müsst ihr ihn schon selber fragen. Ich bin sicher, er kannte Sabine«, sagte Vanessa und lächelte wissend.

»Ich muss rüber zu den Kollegen!«, sagte Martin, nahm Andrea das Foto aus der Hand und rannte aus dem Büro. Er sprintete den Flur entlang bis zur Türe, hinter der die Kollegen vom Raubdezernat saßen.

Ohne zu klopfen riss er die Türe auf und trat ein. »Wo ist er?«, rief er und sah sich suchend um.

»Wer?«, fragte einer der Beamten, die im Raum saßen.

»Bergmann junior natürlich! Der Täter vom Raubüberfall! Wo ist er?«

»Der ist unten im Vernehmungsraum mit Oberinspektor Zeilinger«, erklärte einer der Kollegen.

»Gut, dann gehe ich da runter«, antwortete Martin und rannte in den Keller.

Vor der Türe zum Vernehmungsraum blieb er kurz stehen, schnaufte einmal durch und klopfte. Von drinnen kam keine Antwort. Deshalb öffnete er die Türe und betrat den Raum. Er erblickte einen jungen Mann, der wie ein Häufchen Elend auf einem Stuhl saß.

Ein anderer stand ihm gegenüber und sprach auf ihn ein: »Nun reden Sie schon, Herr Bergmann. Wieso haben Sie die Bank überfallen?«

Bergmann reagierte nicht. Er zitterte am ganzen Körper. Offensichtlich ging es ihm nicht gut.

»Herr Bergmann! Verstehen Sie mich?«, fragte Zeilinger. Wieder keine Reaktion.

Martin trat näher. Er zeigte auf Bergmann und fragte Zeilinger: »Kann ich mal mit ihm reden? Vielleicht bekomme ich ja eine Antwort.«

»Du bist doch von der Mordkommission? Du hast mit diesem Fall nichts zu tun«, sagte Zeilinger zu Martin.

»Das ist jetzt egal. Dieser Mann hängt vielleicht bei einem Mord mit drin. Die Aufklärung hat, wie du weißt, Vorrang«, erklärte Martin.

Zeilinger hob die Schultern. »Na gut, versuch dein Glück. Aber erwarte nicht zu viel. Der Typ ist voll auf Entzug.« Martin trat an Bergmann heran. Er legte das Foto auf den Tisch und zeigte darauf. »Wie sind Sie an dieses Foto gekommen? Wer hat es Ihnen gegeben?«, fragte ihn Martin.

Mit zitternden Fingern nahm Oliver Bergmann das Passbild und schaute es an. »Biene? Das ist Biene«, stammelte er.

»Das weiß ich. Das ist Sabine Ebersbacher. Wie kommen Sie an das Foto?«

»Weiß nicht?«

»Woher kennen Sie Frau Ebersbacher?«

»Weiß nicht?«, antwortete Bergmann und zuckte mit den Schultern.

»Was haben Sie mit Frau Ebersbacher gemacht? Haben Sie sie umgebracht? Wo ist Ihre Schwester Franziska?«

Wieder zuckte Bergmann mit den Schultern. »Weiß nicht?«

»Du siehst, es macht wenig Sinn, mit ihm zu reden. Ich glaube, es ist besser, wenn wir einen Arzt holen«, sagte Zeilinger.

»Mist. Ich denke, du hast recht. Hol einen Arzt. Ich kann später noch mal mit ihm reden«, sagte Martin. Er nahm das Foto wieder an sich und ging zurück in sein Büro.

»Und? Was sagt er?«, wollte Andrea wissen.

»Nichts. Der ist voll auf Entzug, und ich glaube nicht, dass wir so schnell etwas von ihm erfahren.«

»Soll ich mal mit ihm reden? Vielleicht sagt er mir ja was?«, bot Vanessa an.

»Im Moment würde ich davon abraten. Selbst wenn er dir etwas sagt, ist diese Aussage nicht relevant, weil er momentan nicht zurechnungsfähig ist«, erklärte Martin.

»Hauptsache wir bekommen irgendeine Information von ihm. Meinst du nicht auch?«, fragte Andrea. »Schließlich geht es darum, die vermisste Franziska zu finden.«

Martin überlegte und antwortete dann: »Gut, Vanessa. Probier, ob du etwas von ihm erfährst.«. Vanessa verließ das Büro.

»Was machst du eigentlich hier?«, fragte Martin Andrea.

»Ich hab im Radio gehört, was passiert ist. Haaatschie! Da musste ich einfach herkommen«, antwortete Andrea.

»Du gehst jetzt wieder heim und legst dich in dein Bett. Ich will dich hier erst wieder sehen, wenn du gesund bist«, befahl Martin.

»Aber ich kann doch jetzt ...«

»Schieß mir du nicht auch noch quer. Ich hab gesagt, du sollst nach Hause gehen!«

Andrea murmelte etwas vor sich hin, wandte sich wortlos ab und verließ das Büro. Sie schien beleidigt zu sein. Martin hatte aber nicht den Kopf, um sich darüber Sorgen zu machen. »Ich gehe jetzt zu Bergmann senior«, sagte er zu Josef und verließ ebenfalls das Büro.

Der Wachmann sperrte die Zelle auf und Martin betrat sie. Bergmann senior saß auf seiner Pritsche, offenbar in Gedanken versunken. Er schrak hoch, als er Martin erkannte.

»Was wollen Sie hier? Wann komme ich endlich raus? Ich halte das nicht länger aus!«, sagte er aufgebracht. Er stand auf und kam auf Martin zu.

»Setzen Sie sich wieder!«, forderte ihn Martin auf.

»Was wollen Sie von mir? Ich hab nichts getan, und ich wüsste nicht, was ich Ihnen noch sagen sollte«, sagte Bergmann, ohne auf Martins Aufforderung einzugehen.

Martin blieb stehen und schaute Bergmann lange an, bevor er zu ihm sagte: »Herr Bergmann, wir haben Ihren Sohn verhaftet. Er hat eine Bank überfallen, und jetzt möchte ich von Ihnen wissen, wie lange Ihr Sohn schon drogenabhängig ist.«

Bergmann sah ihn entsetzt an. »Oliver? Oliver hat eine Bank überfallen? Das gibt es doch nicht! Warum hat er das getan?«

»Das weiß ich auch nicht, deswegen bin ich ja hier. Ich möchte von Ihnen Informationen über Ihren Sohn. Also, wie lange ist er schon abhängig? Kannte er Sabine Ebersbacher?«

»Sabine? Ja natürlich kannte er sie. Sie war ja oft genug bei uns zu Hause. Sie haben als Kinder häufig gemeinsam gespielt und ihren Spaß gehabt. Ich denke, er war damals ein bisschen in Sabine verliebt. Ich selber hätte nichts dagegen gehabt, wenn aus den beiden ein Paar geworden wäre. Aber da war ja die Sache mit Franzi. Oliver und Franzi hatten oft Ärger deswegen miteinander. Er gab ihr die Schuld, dass Sabine von ihm nichts wissen wollte.«

»Können Sie sich vorstellen, dass Oliver Sabine umgebracht hat?«, fragte Martin.

»Oliver? Sabine umbringen? Niemals! Niemals hätte er das fertig gebracht! Er hat sie doch geliebt!«

»Aber Sabine ihn nicht?«

»Nein, sie war ja mit Franzi zusammen«, sagte er leise und setzte sich.

»Also Herr Bergmann, jetzt noch einmal zu meiner Frage. Wie lange nimmt Ihr Sohn schon Drogen?«

»Lassen Sie mich nachdenken«, sagte er und schwieg eine Weile. Martin wartete ab. Endlich schien Bergmann die Antwort einzufallen. »Das ist jetzt etwa drei Jahre her, als ich ihn das erste Mal mit einer Spritze erwischt habe. Ich weiß nicht, wie lange vorher er schon Drogen genommen hat. Aber ich weiß, dass Sabine schuld daran war. Nur ihretwegen hat er damit angefangen. Er ist einfach nicht damit fertig geworden, dass sie sich mehr für Franzi interessierte.«

»Ist zwischen ihnen irgendetwas vorgefallen? Ich meine damit, ist Oliver Sabine gegenüber handgreiflich geworden?«

Bergmann nickte. »Ja, soweit ich weiß, einmal. Sabine war wieder einmal bei Franzi auf dem Zimmer, und da habe ich Franzi plötzlich fürchterlich schreien gehört. Ich bin dann hoch. Da habe ich gesehen, wie Franzi Oliver verprügelte. Als ich sie zur Rede stellte, sagte sie, dass Oliver sich Sabine gegen deren Willen genähert hätte.«

»Zu der Zeit nahm Oliver schon Drogen?«, fragte Martin nach. Bergmann nickte nur. »Woher bekam Oliver das Geld für seine Drogen? Haben Sie es ihm gegeben, oder hat er es sich anderweitig besorgt?«

»Von mir hatte er es nicht. Ich kann mir nur vorstellen, dass er es sich bei Freunden geliehen hat, obwohl er genau wusste, dass er es nicht zurückbezahlen konnte. Aber das schien ihm wahrscheinlich egal zu sein.«

»Dann wird er wohl die Bank überfallen haben, weil er kein Geld mehr für Drogen hatte?«

»Davon gehe ich aus, Herr Kommissar. Seit Franzi weg ist, hat er mich immer wieder um Geld gebeten. Aber ich habe ihm nichts gegeben, weil ich wusste, dass er es ausgeben würde, um seine Sucht zu stillen.«

»Wovon hat er sonst gelebt? Hat er gearbeitet?«

»Gearbeitet? Ab und zu hatte er einen Gelegenheitsjob, ja. Aber richtig regelmäßig nicht.«

»Woher hatte Ihr Sohn die Waffe? Ist die von Ihnen?«

»Nein, ich besitze keine Waffe. Wozu auch? Ich brauche so ein Schießeisen nicht.«

»Welchen Beruf hat Ihr Sohn erlernt?«

»Buchhändler. Er war Buchhändler.« Bergmann schwieg eine Weile und fuhr dann nachdenklich fort: »Dass es so weit kommen musste. Früher hatten die beiden ein gutes Verhältnis. Ja, eigentlich mehr als gut. Die beiden haben sich richtig gemocht. Erst als Sabine Franzi irgendwie herumbekam, war es vorbei. Dann haben die beiden sich nur noch gehasst.«

»Könnte es nicht sein, dass die Initiative zu dem Verhältnis von Franzi ausging?«

»Von Franzi? Niemals. Sie war ein ganz normales Mädchen wie alle anderen auch. Sie hätte von sich aus sicher nie diesen unheilvollen Schritt getan.«

»Wie kam es dazu? Wissen Sie das?«

Bergmann hob die Schultern. »Wie soll ich das wissen? Ich war nicht dabei, als es begann«, meinte er.

»Wie können Sie dann behaupten, dass das Verhältnis von Sabine begonnen wurde?«

»Das sagte ich doch schon! Franzi hätte niemals von sich aus damit angefangen.«

»Sie glauben also, dass Franzi einen Mann geheiratet hätte, wenn Sabine nicht gewesen wäre? Hätte das nicht auch mit einer anderen Frau passieren können? Man kann doch seine Sexualität nicht einfach wie ein Hemd wechseln.«

»Warum nicht? Wenn man sich zusammenreißt, warum sollte das nicht funktionieren?«

»Haben Sie Sabine deshalb umgebracht?«

Bergmann sprang auf. Er stellte sich vor Martin und sah ihn wütend an. »Was glauben Sie eigentlich, wen Sie vor sich haben? Ein Monster? Ich habe Sabine nicht getötet! Ich könnte niemals einen Menschen umbringen!«, rief er zornig aus.

»Ihre Frau hat bei unserem Besuch bei Ihnen zu Hause angedeutet, ebenfalls nicht glücklich über die Verbindung der beiden Frauen gewesen zu sein.«

»Natürlich war sie auch nicht begeistert. Wie gesagt, wir hatten so viele Pläne. Wir haben ihr die Ausbildung bezahlt und sie hätte von mir als Pharmareferent den Kundenstamm übernehmen können.«

»Da kommt Sabine daher und macht alle Ihre Pläne kaputt?« Bergmann nickte. »Aber Franziska ist auch verschwunden.«

»Ja, am selben Tag wie Sabine. Ich bin mir sicher, Franzi ist noch irgendwo. Es ist Ihre Aufgabe, sie zu finden, und jetzt lassen Sie mich bitte in Ruhe. Ich habe keine Lust mehr, mir von Ihnen etwas unterstellen zu lassen.«

»Wie Sie wollen«, antwortete Martin und stand auf. Er verließ die Zelle.

Auf dem Flur traf er auf Vanessa. »Und? Hast du was von Oliver rausbekommen?«, fragte er sie.

»Nein, nichts. Er hat nur ständig gejammert, dass er einen Schuss braucht. Jetzt wird er in die Klinik gebracht. Der Arzt hat gemeint, das wäre besser so.«

»Gut, was ist mit den Unterlagen von der Bank? Hast du sie?«

Sie schüttelte bedauernd den Kopf. »Leider nein. Oliver ist uns dazwischengekommen und nachher stand der Filialleiter dermaßen unter Schock, dass ich nicht mehr mit ihm reden konnte. Man hat ihn auch gleich in die Klinik gebracht.«

»Dann fährst du am besten morgen noch einmal hin. Da muss es doch auch einen Vertreter geben«, sagte Martin.

»Wirklich? Ich darf noch mal hin?«, antwortete sie und strahlte wie ein Kind an Weihnachten.

»Ja ausnahmsweise. Obwohl ...«

»Ich mach so etwas auch nicht wieder. Du kannst dich auf mich verlassen«, versicherte sie.

»Na ja. Es wird wahrscheinlich auch nicht so schnell wieder passieren, dass ein Überfall stattfindet, während du dort bist.«

Sie gingen gemeinsam zurück ins Büro. Josef schien auf sie zu warten, denn er kam gleich zu Martin, als die beiden das Büro betraten.

»Stell dir vor! Frau Bergmann war grade hier. Sie wollte zu ihrem Mann. Ich hab das natürlich abgelehnt. Sie hatte eine Tasche dabei mit den nötigsten Sachen für ihn. Ihr Anwalt hatte ihr dazu geraten. Einen Besucherschein hat sie auch beantragt«, erzählte er.

»Hast du ihr auch gesagt, dass ihr Sohn ebenfalls bei uns zu Gast ist?«, fragte Martin

»Natürlich. Ich hab ihr auch gesagt, dass sie einen Anwalt für ihn besorgen soll. Den bräuchte er jetzt dringend.«

»Wo ist die Tasche?«, fragte Martin.

Josef zeigte auf eine Reisetasche, die neben seinem Tisch stand.

»Hast du sie durchsucht?«

»Ja, aber da ist wirklich nur das Nötigste drin. Also keine Feile oder so«, antwortete Josef und grinste. Josef wandte sich an Vanessa. »Sag mal, dieses Piercing. Darf ich das auch mal sehen?«

»Nein, das bekommen nur die zu sehen, denen ich es zeigen will. Du gehörst sicher nicht dazu.«

»Und was ist mit deinem Tattoo?«

»Selbst, wenn ich eines hätte – nein.«

»Du hast gar keins?«, fragte Josef verwundert.

»Natürlich nicht. Glaubst du, ich bin so blöd und lass mir da unten ein Tattoo stechen? Wozu auch? Ich hab niemanden, dem ich das zeigen könnte.«

»Das könnte man ja ändern«, meinte Josef.

»Sicher könnte man das. Aber ich will nicht.«

»Können wir jetzt weiterarbeiten?«, unterbrach Martin das Geplänkel.

»Ja können wir, wenn du uns sagst, wo wir weitermachen sollen«, sagte Vanessa und sah Martin auffordernd an.

»Na gut. Also die Sache mit den Konten müssen wir bis morgen aufschieben. Dann bleibt vorerst nur die Überprüfung von Oliver Bergmann. Ich will alles über ihn wissen. Vorstrafen, Lebenslauf und so weiter. Machst du das, Josef?«

»Mach ich«, bestätigte dieser und begab sich an seinen Platz.

»Und ich? Was darf ich tun?«, fragte Vanessa.

»Du beschäftigst dich mit Frau Bergmann. Ich will über sie ebenfalls alles wissen. Vielleicht kommt sie ja auch als Täterin infrage.«

»Frau Bergmann?«, fragte Vanessa ungläubig.

»Ja, Frau Bergmann. Herr Bergmann hat bei unserem ersten Besuch bei ihnen zu Hause erzählt, dass auch sie mehr als enttäuscht darüber war, wie das mit Franziska und Sabine gelaufen ist. Also hatte sie ebenfalls ein Motiv.«

»Hm, du könntest recht haben, Martin. Aber mir kommt das doch sehr unwahrscheinlich vor.«

»Wieso? Das ist doch ganz einfach. Herr und Frau Bergmann haben ihr Leben darauf ausgerichtet, ihren Kindern ein gutes Leben zu ermöglichen. Dann kommt ein junges Mädchen daher und macht alles kaputt. Das wäre doch nur logisch, oder?«

»Aus Männersicht vielleicht. Aber oft ist es doch so, dass Mütter und Töchter ein besonderes Verhältnis zueinander haben. Was natürlich auch für Väter gelten kann. Ich glaube nicht, dass Frau Bergmann die Freundin ihrer Tochter umbringt.«

»Beziehungsweise ihre eigene Tochter. Such mir doch bitte die Sachen von Frau Bergmann raus, dann sehen wir weiter.«

Kapitel 10

Martin setzte sich an seinen Computer und durchsuchte die Berichte der Gerichtsmedizin und der Spurensicherung. Er erhoffte sich dadurch zusätzliche Informationen, die ihm nutzen könnten. Leider war wenig Neues dabei.

»Ich hab was!«, rief Josef.

»Na los, erzähl! Was ist es?«

»Ich hab da ein paar Sachen über Oliver gefunden. Ein braver Sohn war er nicht. Ich hab diverse Ladendiebstähle, einen Fahrraddiebstahl, Drogenbesitz und Drogenhandel. Er ist also nicht strafrechtlich relevant aufgefallen. Das meiste scheint Beschaffungskriminalität zu sein.«

»Dann muss er jetzt ja schön in der Klemme gewesen sein, wenn er einen Banküberfall begeht«, antwortete Martin. »Was hast du, Vanessa?«, rief Martin zu ihr hinüber.

»Bisher noch nichts. Frau Bergmann scheint ein unbeschriebenes Blatt zu sein«, sagte sie.

»Ich schlage vor, wir machen Feierabend für heute. Vanessa, du kümmerst dich morgen Früh gleich um die Bankunterlagen und du Josef, besuchst Oliver Bergmann in der Klinik. Versuch von ihm noch etwas über seine Schwester und Sabine zu erfahren.«

Martin nahm wie immer Josef mit nach Hause. Er setzte ihn ab und fuhr zu seinem Haus. Julia staunte, dass er einmal pünktlich war. Max und Moritz waren ebenfalls erfreut darüber, sie hofften wohl, dass ihr Vater endlich mal Zeit für sie haben würde.

Leider wurde jedoch nichts daraus, denn Martins Handy klingelte. Missmutig nahm er den Anruf an: »Egger?«

»Hofrat Gmeiner hier. Ich wollte mal hören, wie Sie in Ihrem Fall weiterkommen. Mir ist zugetragen worden, dass Frau Bieringer wieder mal über die Stränge geschlagen hat. Was ist passiert?«

»Frau Bieringer hat einen Bankräuber dingfest gemacht, Herr Hofrat. Zwar hat sie sich selbst dabei in Gefahr gebracht, aber auch etliche potenzielle Geiseln gerettet. Ich kann ihr also keinen Vorwurf machen. Ich vermute, sie will wieder in den aktiven Dienst. Mit der Aktion wollte sie uns wohl beweisen, dass sie fit genug ist. Ehrlich gesagt, ich traue ihr das auch zu.«

»Übernehmen Sie denn die Verantwortung, falls sie wieder raus darf?«

»Ja natürlich. Ich werde auf sie aufpassen.«

»Gut, dann teilen Sie ihr morgen ganz offiziell mit, dass sie wieder in den Außendienst darf.«

»Das wird sie freuen. Diese Nachricht überbringe ich ihr gerne.«

»Wie läuft es sonst? Ich meine mit dem Fall?«

»Dazu kann ich noch nicht viel sagen, denn es ist noch viel zu viel im Unklaren.«

»Und wie geht's Max und Moritz? Übt Moritz fleißig?«

»Den beiden geht's bestens. Moritz nervt langsam mit seiner Überei auf dem Klavier.«

»Sie halten mich mit dem Fall auf dem Laufenden?«

»Ja, selbstverständlich. Sie bekommen ja unsere Berichte.«

»Das war's dann schon. Auf Wiedersehen, Herr Egger.« Auch Martin legte auf.

Am nächsten Morgen holte Martin Josef ab und fuhr mit ihm ins Büro. Vanessa war noch nicht da, denn sie hatte ja den Auftrag bekommen, zur Bank zu fahren.

»Foahrst du iatz zu dem jungan Bergmann in de Klinik? I mecht wissen, wos ea dazua soggt, dass Sabine dot is«, sagte Martin.

»Bin scho furt«, sagte Josef und verschwand.

Kaum war Josef draußen, klopfte jemand an die Türe. Martin bat: »Herein!«

Die Türe ging auf und Otto kam herein. »Ich verstehe die Welt nicht mehr. Da denkt man, man sei auf der richtigen Spur, und dann ist doch wieder alles anders.«

»Was meinst du damit?«, antwortete Martin.

»Na ja, ich hab doch gestern die Zahnschemata bekommen. Laut diesen Vergleichen muss es sich bei der Toten wie gesagt um Sabine Ebersbacher handeln. Laut DNA-Vergleich ist die Tote aber die Tochter von Herrn Bergmann. Wie kann das zusammenpassen?«

Martin zögerte, ehe er antwortete: »Was würdest du sagen, wenn ich dir erklären würde, dass die beiden Mädchen nach der Geburt in der Klinik vertauscht wurden?«

»Das wäre logisch. Aber heute passiert das doch nicht mehr. Schließlich bekommen die Säuglinge gleich nach der Geburt ein Schild mit ihrem Namen ans Handgelenk. Es sei denn – jemand hätte das Schild absichtlich ausgetauscht.«

»Absichtlich ausgetauscht? Wer kommt denn auf so eine Idee? Vor allem, warum sollte jemand so etwas tun?«

Otto hob die Schultern. »Tatsache ist, dass das Mädchen offenbar bei den falschen Eltern aufgewachsen ist.«

»Also steht fest, dass Sabine Ebersbacher eigentlich die Tochter von den Bergmanns ist. Im Umkehrschluss ist dann Franziska Bergmann die Tochter der Familie Ebersbacher, richtig?«, antwortete Martin.

»Hm. Ja, die Fakten deuten darauf hin«, gab Otto zu.

»Dann kann ich jetzt die Familien informieren?«

»Damit würde ich noch warten. Wir müssen erst absolute Sicherheit haben.«

»Und wie wollen wir diese Sicherheit bekommen? Bisher haben wir immerhin den DNA-Test in der Hand. Reicht das nicht?«, fragte Martin.

»Vielleicht sollten wir auch die DNA des Bruders heranziehen, um ganz sicher zu sein.«

»Kümmerst du dich drum? Der Junge liegt derzeit in der Klinik und ist auf Entzug«, bat Martin.

»Ja mache ich«, bestätigte Otto und verließ das Büro.

Zehn Minuten später traf Vanessa im Büro ein. »Du glaubst gar nicht, was los ist!«, rief sie.

»Jetzt beruhigt dich erst mal und setz dich, ich habe eine gute Nachricht für dich. Der Hofrat hat beschlossen, dass du ab sofort wieder für den Außendienst zugelassen bist.«

Vanessa starrte ihn an. »Ist das wahr? Du verscheißerst mich nicht? Ich darf wieder raus? Du grinst so seltsam. Das ist nicht wahr, du schwindelst!«

Martin lächelte kurz, ehe er sagte: »Doch, es ist wahr. Ich freue mich nur mit dir. Aber einen Haken hat die Sache: Der Hofrat macht mich dafür verantwortlich, wenn du noch einmal Mist baust. Deshalb bestehe ich darauf, dass du meinen Anordnungen folgst. Kann ich mich darauf verlassen?«

Vanessa stürmte auf ihn zu und umarmte ihn. Beinahe hätte sie ihn samt Stuhl umgeworfen. »Danke! Danke! Du weißt ja gar nicht, was mir das bedeutet!«

»Doch, das weiß ich. Aber jetzt erklär mir mal, was du herausgefunden hast«, sagte Martin und schob sie leicht von sich.

»Ach so! Ja, das ist wirklich eine komische Sache. Ich habe hier die Unterlagen sowohl von Sabine als auch von Franziska. Auf den beiden Konten gibt es noch Bewegungen, obwohl ... Die letzte vor einem halben Jahr! Das kann doch nicht sein. Laut Vermisstenmeldung wurden damals die Konten überprüft, aber nichts Auffälliges festgestellt. Erklär du mir das. Ich verstehe es einfach nicht.«

»Gib mir mal die Unterlagen«, bat Martin. Vanessa reichte ihm die Blätter, die sie immer noch in der Hand hielt. Martin nahm sie und schaute sie aufmerksam durch. »Du hast recht. Da stimmt etwas nicht. So wie ich das hier sehe, wurde von Franziskas Konto eine erhebliche Summe auf Sabines Konto überwiesen. Zu diesem Zeitpunkt waren die beiden schon als vermisst gemeldet. Auf Sabines Konto ist eine Bewegung, die ebenfalls zu diesem Zeitpunkt vorgenommen wurde. Da wurde sogar Geld abgehoben. Jetzt verstehe ich deine Aufregung. Da müssen wir noch mal nachhaken. Vielleicht gibt es aus der Zeit noch Videoaufzeichnungen der Bank.«

»Das glaube ich kaum, diese Aufzeichnungen werden doch immer wieder gelöscht.«

»Wo wurde denn das Geld abgehoben?«, fragte Martin.

Vanessa zeigte auf die Papiere. »Das steht doch drauf. Die Überweisung auf Sabines Konto wurde online getätigt und abgehoben wurde das Geld in Gerlos«, erklärte sie Martin.

Martin wischte sich mit den Händen übers Gesicht. »Das ist ziemlich verworren. Dann muss jemand anders Geld von Sabines Konto transferiert haben. Dafür bräuchte er aber die Bankdaten und die PIN.« Er überlegte kurz. »Oliver! Oliver Bergmann! Der brauchte dringend Geld. Vielleicht hat er Franziskas Bankunterlagen bei seinen Eltern gefunden. Wie ich von seinem Vater weiß, war Oliver damals schon drogenabhängig.«

»Und was machen wir jetzt? Wer sagt es den Eltern?«

»Das werden wohl wir beide machen müssen. Aber wir warten noch, bis Otto auch die Bestätigung hat, dass Oliver Sabines leiblicher Bruder ist.«

»Mich würde noch interessieren, was aus Franziska geworden ist«, sagte Vanessa leise.

»Vielleicht lebt sie ja noch«, meinte Martin.

»Wenn ja, wo?«, fragte Vanessa.

»Oliver! Er könnte die Lösung sein. Ich bin sicher, wenn einer weiß, wo sie ist, dann er«, sagte Martin. »Wir müssen ihn dazu bringen, uns zu sagen, wo sie steckt.«

»Wie willst du das anstellen? Willst du ihn foltern?«, fragte Vanessa.

»Nein. Natürlich nicht. Aber vielleicht so ähnlich«, sagte Martin und lachte.

Vanessa verschränkte die Arme vor der Brust und sah ihn streng an. »Jetzt möchte ich aber schon wissen, was ich darunter verstehen soll?«

»Wart's ab. Du darfst dabei sein«, sagte Martin und grinste sie an.

»Pff«, machte sie und ging zu ihrem Platz. »Ich schreib jetzt meinen Bericht von gestern fertig«, kündigte sie an.

Kapitel 11

Kurz darauf kam Josef ins Büro. »Dieser Mistkerl! Dieser Junkie! Der weiß was und will es ums Verrecken nicht sagen. Stellt euch vor, teilt der Typ mir doch glatt mit, dass seine Schwester lebt! Franziska lebt! Hat er mir gesagt! Als ich ihn fragte, wo sie ist, meinte er nur, er wüsste es nicht. Dabei grinste er mich frech an! Ich bin mir sicher, er weiß mehr, als er sagt!«

»Das glaube ich allerdings auch. Wir haben neue Erkenntnisse.« Martin erzählte Josef, was sich getan hatte. Vor allem die Informationen über die Kontobewegungen schienen Josef zu irritieren.

»Was bedeutet das jetzt? Das kann ja nicht sein, wir haben eine Tote im Keller«, sagte er.

»Siehst du, Josef? Genau das beschäftigt uns auch. Wie du schon richtig sagtest, weiß Oliver etwas, das er uns nicht sagen will. Könnte es vielleicht sein, dass er weiß, wo Franziska steckt? Was denkst du darüber?«

»Ich halte das durchaus für möglich. Allerdings kann es auch sein, dass er Franziska umgebracht hat. Dem ist alles zuzutrauen.«

»Soll ich noch mal mit ihm reden? Ich hab doch schon so etwas wie ein Vertrauensverhältnis zu ihm aufgebaut. Ich sag nur Tattoo«, bot Vanessa schmunzelnd an.

Josef starrte sie entsetzt an. »Du willst ihm doch wohl nicht etwa noch einmal dein Piercing zeigen?«

»Ich könnte noch viel netter zu ihm sein.«

»Nett? Zu dem? Das kommt überhaupt nicht infrage! Mir willst du dein Piercing nicht zeigen, aber dem?«

Vanessa stand auf und kam zu Josef. Sie blieb vor ihm stehen und sah ihm in die Augen. »Ist es denn so wichtig, dass du das Piercing siehst?«

Josef wurde sichtlich verlegen. »Nein, natürlich nicht. Schließlich sind wir Kollegen und ich möchte nicht in deinen Intimbereich eindringen. So weit sind wir beide noch nicht«, sagte Josef, gleichzeitig wurde er knallrot, als er sich der Doppeldeutigkeit seiner Worte bewusst wurde.

Martins Telefon klingelte. Er nahm den Anruf an. »Egger?«, meldete er sich.

»Herr Chefinspektor. Wallner hier.«

»Herr Wallner? Was gibt's? Haben wir ein Problem?«

»Das kann man so sagen. Wir haben doch einen Kollegen vor der Türe von diesem Oliver Bergmann abgestellt.«

»Ja, haben wir, und was ist mit dem?«

»Nichts. Er ist abgehauen!«, rief Wallner erregt ins Telefon.

»Wer? Der Kollege?«

»Nein. Bergmann. Er ist weg. Einfach weg!«

»Wie konnte das passieren?«, fragte Martin erstaunt.

»Das war eine ganz dumme Sache. Der Kollege ist nur kurz weg und als er zurückkam, war Bergmann verschwunden«, sagte Wallner aufgeregt.

»Sagen Sie dem Kollegen, er soll sofort herkommen. Ich will das ganz genau wissen«, ordnete Martin an.

»Jawohl, Herr Chefinspektor«, sagte Wallner eingeschüchtert.

»Nein, Herr Wallner, noch besser! Bringen Sie ihn selbst her«, befahl Martin.

»Jawohl, Herr Chefinspektor. Ich bringe ihn selbst zu Ihnen.«

Martin legte auf. »Dann hat sich dein Strip wohl erledigt«, sagte Martin zu Vanessa.

»Wieso?«, fragte Vanessa.

»Bergmann ist weg. Er hat sich aus dem Staub gemacht. Sofort eine Fahndung rausgeben!«

Josef telefonierte mit der Fahndungsabteilung und veranlasste das Notwendige.

»Und jetzt? Was machen wir jetzt?«, fragte Vanessa.

»Jetzt müssen wir erst mal herausbekommen, wie er das geschafft hat«, antwortete Martin. Sie warteten etwa eine Viertelstunde, bis es an der Tür klopfte.

»Ja, bitte«, antwortete Martin. Die Tür ging auf und Wallner kam in Begleitung eines jungen Beamten ins Büro. Martin sah ihn an. Ihm fiel auf, dass der junge Mann ihm selbst nicht ganz unähnlich war.

Wallner nahm Haltung an und salutierte. »Dienstgruppenleiter Wallner meldet sich wie befohlen!«, grüßte er. Dies war zwar überflüssig, denn Wallner und Martin kannten sich schon lange. Aber Wallner würde schon seine Gründe dafür haben.

Martin wandte sich an den jungen Beamten. Streng sagte er: »Was ist mit Ihnen? Name? Dienstgrad? Dienstnummer? Nehmen Sie gefälligst Haltung an, wenn ich mit Ihnen rede!«

Sofort stand der junge Mann stramm und grüßte ebenso wie Wallner. »Aspirant Marco Becker! Dienstnummer fünf eins drei sechs neun zwo B zwo sechs null drei eins neun fünf sieben!«

»Danke Herr Becker! Rühren!«

Der Aspirant entspannte sich sichtlich.

Martin ging vor ihm auf und ab.

Plötzlich blieb er vor Becker stehen und sah ihn scharf an. »Herr Becker. Was haben Sie sich eigentlich dabei gedacht, Herrn Bergmann laufen zu lassen?«

»Ich habe ihn nicht laufen lassen, Herr Chefinspektor. Ich war nur kurz weg und als ich zurückkam, habe ich in das Zimmer geschaut. Da war das Bett leer und Bergmann weg.«

»Wieso dachten Sie, Sie könnten einfach Ihren Posten verlassen, ohne eine Ablösung?«

»Nun, Herr Bergmann hatte Besuch und ...«

Martin ließ ihn nicht ausreden. »Besuch? Bergmann hatte Besuch? Es war doch sicher angeordnet, dass Herr Bergmann keinen Besuch bekommen darf?«

»Jawohl Herr Chefinspektor, die Anordnung hat es gegeben.«

»Wer war der Besucher?«

»Seine Schwester, Herr Chefinspektor.«

»Seine Schwester? Sind Sie sich da sicher?«

»Ja, sie hat mir ihren Ausweis gezeigt und da stand ganz deutlich drin, dass es sich bei ihr um Franziska Bergmann handelt. Ich kann doch einer jungen Frau nicht verweigern, ihren Bruder zu besuchen.«

»War das ein aktueller Ausweis?«

»Ja, er war noch gültig. Allerdings war das Foto darin schon etwas älter.«

Martin ging zu seinem Tisch und griff nach dem Bild von Franziska, das er am Vorabend dort hingelegt hatte. Er zeigte es Becker. »Ist das die junge Frau?«

Becker nahm das Foto und sah es sich genau an. Er druckste ein wenig herum, ehe er es Martin zurückgab. »Das könnte sein. Das Bild ist dem im Ausweis sehr ähnlich. Allerdings ist sie jetzt etwas älter. Ich schätze so Mitte zwanzig.«

»Wie sah sie aus? Was hatte sie an? Gibt es ein besonderes Merkmal?«, fragte Martin.

Becker blickte auf und ein Lächeln huschte über sein Gesicht. Offenbar sah er sie jetzt vor seinem inneren Auge. »Also sie war etwa eins fünfundsechzig groß, hatte blonde Haare zu Dreadlocks gedreht, strahlend blaue Augen und eine Figur ...«

»Die Figur interessiert mich jetzt nicht! Was hatte sie an? Jeans? Kleid? Bluse? Pullover oder was?«, blaffte ihn Martin an.

»Ein Kleid! Ein wunderschönes Kleid mit blauen und rosa Blumen drauf und ...«

»Danke! Das reicht mir fürs Erste!«

Josef zupfte ihn am Ärmel.

Martin sah ihn unwillig an. »Was willst du?«

Josef beugte sich an sein Ohr. Er flüsterte: »Komm mal mit raus, ich muss dir was sagen.«

»Kannst mir das nicht später sagen? Du siehst doch, es geht jetzt nicht!«, fuhr Martin Josef an.

»Nein, es muss jetzt sein, geht um Franziska.«

Martin sah ihn neugierig an. »Gut, gehen wir nach draußen.«

Die beiden verließen das Büro. »Also? Was ist so wichtig?«, fragte er Josef.

»I hob se gsehn!«

»Wen?«

»De Franziska. De is an mia vurbei, wia i ausm Kranknhaus raus bin. I hob ma no denkt, dass i se irgendwoher kenn. Aba dass des de Fransziska woar, do waar i nia nit draufkemma.«

»Hm. Ja, do kenna mia iatz woih aa nix meah mochn. Gehng mer wieda nei«, antwortete Martin. Sie gingen zurück ins Büro.

Martin setzte die Befragung von Becker fort. »Also, Herr Becker. Wie ging das dann weiter? Frau Bergmann hat Ihnen den Ausweis gezeigt, was war dann?«

»Zuerst wollte ich sie ja nicht hineinlassen, denn ich wusste, dass der strikte Befehl galt, niemand zu ihm zu lassen außer unseren Kollegen. Oberinspektor Faltermeier war kurz zuvor auch da. Aber sie hat mich ...«

»Sie hat sie also angemacht und sie konnten nicht widerstehen!«, unterbrach ihn Martin.

»Na ja, wissen Sie Herr Chefinspektor ...«

»Ich verstehe ja, Sie sind noch jung und können weibliche Reize deshalb nur schwer ausblenden. Aber Befehl ist nun mal Befehl, und den haben Sie zu befolgen. Selbst wenn die Miss World käme, haben Sie zu tun, was man Ihnen sagt!«

»Jawohl, Herr Chefinspektor«, antwortete Becker eingeschüchtert.

»So weit sind wir uns einig. Frau Bergmann ist also in das Zimmer gegangen, und was ist dann passiert?«

»Zunächst eigentlich nichts. Aber dann ist sie aus dem Zimmer gekommen und hat mich darum gebeten, ihr zwei Braune zu bringen.«

»Und das haben Sie dann getan?«

»Ja, habe ich«, antwortete Becker kleinlaut.

»Und als Sie zurückkamen, brachten Sie den Braunen ins Zimmer, das leer war«, stellte Martin fest.

»Ja, ich hab dann gleich den Kollegen Wallner informiert und jetzt bin ich eben hier.«

»Ihnen ist schon klar, dass Sie damit Ihre Karriere aufs Spiel gesetzt haben? Sie haben nicht nur Befehle missachtet, sondern auch noch eine gesuchte Person einfach so bei dem Verdächtigen rein- und rausspazieren lassen. Franziska Bergmann ist eine wichtige Zeugin und vielleicht Verdächtige in unserem Mordfall. Sie hätten zumindest hier anrufen können und Bescheid sagen. Ich muss diesen Vorfall an höherer Stelle melden.«

»Jawohl, Herr Chefinspektor. Das weiß ich, und es tut mir auch furchtbar leid, dass mir das passiert ist.«

»Sie hören von mir! Wegtreten!« Becker sah Wallner Hilfe suchend an.

Wallner senkte den Blick. »Vaschwindt noch draußn und woart auf mi!«, zischte Wallner Becker zu. Becker salutierte noch einmal. Dann verließ er das Büro.

Wallner trat auf Martin zu. »Herr Chefinspektor. Wenn ich dazu noch etwas sagen dürfte?«

»Und das wäre?«

»Der Kollege Becker ist noch jung. Er steht doch gerade am Anfang. Er hat einen Fehler gemacht, aber machen wir das nicht alle hin und wieder? Muss es wirklich sein, dass man sein Vergehen meldet?«

»Wissen Sie was, Herr Wallner? Sie sind ein guter Vorgesetzter. Sie setzen sich für Ihre Leute ein, und das gefällt mir. Ich würde ja gerne ein Auge zudrücken, aber stellen Sie sich mal vor, es ginge um Personenschutz. Was glauben Sie, hätte da passieren können?«

»Ich verstehe, Herr Chefinspektor«, sagte Wallner.

»Auf Wiedersehen, Herr Wallner«, verabschiedete ihn Martin.

Als Wallner draußen war, wandte sich Martin an Josef: »Du erstellst jetzt sofort eine genaue Beschreibung der Frau und gibst sie an die Fahndung weiter.«

»Musst du das jetzt wirklich melden? Du machst doch dem jungen Kerl seine Zukunft kaputt. Denk mal dran, wir zwei waren auch nicht anders. Kannst du dich noch erinnern, wie wir damals den Einbrecher bei der Verkehrskontrolle durchgewunken haben? Wenn wir damals den Hofrat nicht gehabt hätten, wären wir unseren Job auch los gewesen. Bitte überleg dir das noch mal«, redete Josef ihm ins Gewissen.

Martin sah ihn nachdenklich an. »Du hast recht. Aber ich muss ein Zeichen setzen. Grad weil er noch so jung ist, muss er lernen, Anweisungen zu gehorchen. Ich werde den Vorfall an den Herrn Hofrat melden.«

Josef sah ihn noch einmal nachdenklich an und ging dann zu seinem Telefon. Martin hörte, wie Josef die Fahndung herausgab.

»Wo könnten die beiden jetzt sein? Wo könnten sie sich verstecken?«, fragte Josef.

»Vielleicht sind sie zu Hause?«, mutmaßte Vanessa.

»Das glaube ich nicht. Wieso sollten sie, vor allem Franziska, nach Hause gehen?«, antwortete Martin.

»Weißt du, was ich mich frage?«, sagte Vanessa. »Mich würde interessieren, woher Franziska wusste, dass ihr Bruder in der Klinik ist«, fügte sie hinzu.

»Eine interessante Überlegung. Ich denke, wir sollten ihre Mutter danach fragen. Jemand anderes konnte es doch kaum wissen«, meinte Martin.

»Falls die Kinder wirklich vertauscht wurden, ist das doch eine Angelegenheit zwischen den beiden Familien und hat mit dem Mord an sich nichts zu tun, oder?«, warf Josef ein.

»Da stimme ich dir nicht zu«, widersprach Martin. »Aus meiner Sicht könnte sich aus diesem Thema das Mordmotiv ergeben«, führte er aus.

»Lassen wir doch einfach mal einen Probeballon steigen«, schlug Vanessa vor.

»Was meinst du damit?«, fragte Martin.

»Ich meine, sollten wir nicht Herrn Bergmann darüber aufklären, dass Sabine seine Tochter war? Ich mein, wir wissen das ja jetzt mit Sicherheit, und notfalls können wir die Beweise dafür vorlegen.«

»Du meinst, wir sollten uns anschauen, wie er reagiert?«, fragte Martin.

»Genau das!«

»Ich glaube nicht, dass uns das weiterbringt. Ich habe ihm gegenüber ja schon erwähnt, dass er vielleicht seine eigene Tochter umgebracht hat. Er hat das vehement abgestritten. Ohne Beweise können wir da nichts ausrichten«, erwiderte Martin.

Es klopfte an der Türe. Noch ehe jemand reagieren konnte, wurde sie geöffnet. Staatsanwalt Diederich stand plötzlich im Raum. »Herr Egger? Ich muss mit Ihnen reden«, sagte er kurz.

»Worum geht es?«, wollte Martin wissen.

»Es geht um Herrn Bergmann senior. Wir müssen ihn gehen lassen. Oder haben Sie irgendwelche Beweise, die uns veranlassen könnten, ihn hierzubehalten?«

»Beweise? Beweise haben wir noch keine, aber jede Menge Indizien.«

»Indizien? Die reichen auf keinen Fall. Wir müssen ihn freilassen und zwar sofort.«

Martin wollte protestieren, aber Vanessa flüsterte ihm zu: »Jetzt wird es wohl doch Zeit für den Probeballon?« Martin nickte nur.

Er schaute Diederich an. »Geben Sie mir fünf Minuten. Ich muss mit dem Mann zuerst noch reden.«

»Wozu soll das gut sein?«

»Es dient der Wahrheitsfindung, Herr Staatsanwalt«, sagte Martin und lächelte.

»Na gut, sollen Sie haben. Aber danach lassen Sie ihn frei.«

»Gerne, falls er nicht noch ein Geständnis ablegt.« Diederich sah ihm kopfschüttelnd nach, als er das Büro verließ. Martin begab sich in den Zellentrakt und ließ sich die Zelle von Bergmann aufsperren. Wie beim letzten Mal saß Bergmann auf seiner Pritsche.

Er schaute Martin hoffnungsvoll an. »Kann ich jetzt endlich gehen? Sie haben doch nichts gegen mich in der Hand. Sie halten mich hier völlig gesetzwidrig fest!«

»Damit haben Sie durchaus recht, Herr Bergmann. Sie dürfen auch gleich nach Hause. Aber ich muss Ihnen noch etwas sagen.«

»Na gut, reden Sie.«

Martin setzte sich neben Bergmann auf die Pritsche. Vorsichtig begann er zu erklären: »Also Herr Bergmann, was ich Ihnen jetzt zu sagen habe, wird Sie vielleicht erschrecken. Wir haben herausgefunden, dass die Leiche der jungen Frau, die gefunden wurde, mit ziemlicher Sicherheit Ihre Tochter ist.«

Bergmann sprang auf und schaute Martin entsetzt an. »Franziska? Franziska ist tot? Sind Sie sicher?«

»Nein, Herr Bergmann. Nicht Franziska, sondern Sabine Ebersbacher. Es ist ihre Leiche, und wir haben alles genau überprüft, es besteht kein Zweifel.«

Martin beobachtete Bergmann genau, der kopfschüttelnd vor ihm stand. »Sabine? Sabine soll meine Tochter sein? Sie sind doch verrückt! Sabine ist niemals meine Tochter. Meine Tochter heißt Franziska.«

»Ich weiß nicht, wie ich Ihnen das erklären soll. Aber die genetischen Überprüfungen haben dies ergeben. Es ist eindeutig. Sabine Ebersbacher ist Ihre Tochter.« Martin beobachtete Bergmann genau und wartete weitere Reaktionen ab.

Bergmann wurde bleich im Gesicht und setzte sich. Er wischte sich mit den Händen über das Gesicht und stammelte: »Sabine? Meine Tochter? Um Gottes willen! Was habe ich getan?«

Martin hakte nach. »Haben Sie Sabine Ebersbacher umgebracht?«

»Nein! Nein ich habe Sabine nicht umgebracht!«

»Was meinten Sie dann gerade?«

Bergmann sah ihn an. »Wie ich das gemeint habe? Ich wollte Oliver und sie verkuppeln! Verstehen Sie? Verkuppeln! Ich wollte, dass die beiden zusammenkommen. Nicht auszudenken! Bruder und Schwester! Sie wäre die perfekte Frau für Oliver gewesen. Hübsch, klug, humorvoll. Eben alles, was ein junges Mädchen heute so braucht.«

»Das ist Ihnen aber nicht gelungen?«

»Nein, Gott sei Dank nicht. Wenn ich nur darüber nachdenke. Inzest! Das wäre Inzest gewesen und ich wäre schuld daran!«

»Woran hat es gelegen? Warum hat Ihr Plan nicht geklappt?«

»An Oliver lag es nicht, da bin ich sicher. Aber Sabine wollte nicht. Sie hatte doch ein Verhältnis mit Franziska.«

»Seit wann wussten sie davon?«

»Wovon?«

»Davon, dass Sabine mit Franziska ein Verhältnis hatte«, sagte Martin.

»Das weiß ich nicht mehr. Irgendwann habe ich die beiden zusammen erwischt. Ich habe Franziska dann zur Rede gestellt, und sie hat mir eindeutig gesagt, dass eine Beziehung mit einem Mann für sie niemals infrage komme.«

»Haben Sie mit Sabine auch geredet? Haben Sie ihr vielleicht sogar Geld geboten, damit sie sich von Franziska trennt?«

»Ja, natürlich habe ich das. Aber sie ließ nicht mit sich reden.«

»Dann haben Sie sie kurzerhand umgebracht?«

Bergmann stand auf, schaute Martin an und grinste. »Sie wollen mich hereinlegen? Sie wollen mich aufs Glatteis führen? Sie legen es darauf an, von mir ein Geständnis zu bekommen? Nicht mit mir! Ich werde nichts gestehen, was ich nicht getan habe.«

»Aber vielleicht Franziska? Hat Franziska Sabine umgebracht? Wollen Sie sie schützen? Wussten Sie eigentlich, dass Franziska wieder hier ist?«

Bergmann sah ihn entsetzt an. »Franziska? Franzi ist hier? Wo ist sie? Wo war sie die ganze Zeit? Ich will mit ihr reden!«

»Das würde ich auch gerne, Herr Bergmann. Franziska hat Ihrem

Sohn Oliver zur Flucht aus einer Klinik verholfen und ist seitdem verschwunden. Wir haben beide zur Fahndung ausgeschrieben.«

Bergmann schien nun völlig die Fassung zu verlieren. Er vergrub das Gesicht in den Händen und weinte. Dies war wohl der richtige Zeitpunkt, um Bergmann alleine zu lassen.

Als Martin die Zelle verließ, sagte er noch zu dem Beamten vom Wachpersonal: »Schauen Sie bitte ein paar Mal nach ihm. Nicht, dass er irgendeinen Blödsinn macht. Er wird nachher ohnehin freigelassen.«

Martin begab sich wieder ins Büro.

Sofort kam Vanessa zu ihm. »Und? Was ist? Hat er gestanden? Nun red schon!«

»Ich hab den Ballon gestartet. Leider ist er geplatzt. Mehr kann ich dazu nicht sagen«, erwiderte er und setzte sich an seinen Schreibtisch.

»Und jetzt? Was passiert jetzt?«, fragte Vanessa.

»Jetzt müssen wir ihn gehen lassen. Uns bleibt gar nichts anderes übrig.«

»Weiß er jetzt, dass Sabine seine Tochter war?«

»Ja natürlich. Es war doch deine Idee, dass ich ihm das sage.«

»Was machen wir mit Familie Ebersbacher? Sagen wir denen auch, was wir wissen?«

»Das wirst du erledigen, Vanessa. Du hast mehr Einfühlungsvermögen als ich. Nimm aber zur Sicherheit unseren Polizeipsychologen mit.«

»Und was machen wir mit Frau Bergmann?«, fragte Josef.

»Zu der fahren wir beide«, antwortete Martin.

»Jetzt gleich?«, fragte Josef.

»Nein, noch nicht. Ich muss mir erst noch einmal die Akten von den Vermisstenmeldungen ansehen. Ich glaub, ich hab da was übersehen.« Martin rief die Datenbank auf und suchte nach den beiden Meldungen. Als er sie hatte, murmelte er vor sich hin: »Komisch. Die beiden haben nichts von daheim mitgenommen. Nur ihre Ausweise und die Kontokarten. Alles andere haben sie daheim gelassen. Kannst du mir das erklären?«, sagte er zu Josef.

»Vielleicht hatten sie gar nicht vor, abzuhauen?«

»Aber wieso …? Wieso sind sie trotzdem verschwunden?«

»Ich geh dann jetzt!«, rief Vanessa und verließ das Büro, ohne auf eine Antwort zu warten.

Martin sah ihr nach, widmete sich aber dann wieder den Meldungen. »De zwoa Maderl woarn grod amoi dreiazwanzg Joahr oit, wias voschwundn sand«, stellte Martin fest.

»Froggt se bloß, wohi«, antwortete Josef darauf.

»Mit nix und no amoi nix sand de furt. Des konns doch goar nit gem«, sagte Martin.

»Foahrn mer zu da Bergmann?«

»Ja, foahrn mer glei.«

Kapitel 12

Martin und Josef fuhren zur Familie Bergmann. Martin stellte den Wagen vor dem Haus ab und sah sich kurz um. Auf dem Grundstück stand noch ein weiteres kleines Häuschen, aus dessen Kamin Rauch quoll.

»Schau amoi do nüber«, sagte Martin und zeigte dorthin.

»Du moanst ...?«

»Kanntat ja sei, oda?«, antwortete Martin und ging zielgerichtet darauf zu.

»Wo wüst iatz hi?«, rief ihm Josef nach.

»I wü schaun, wea durt wohnt.«

»Do kennan mia aba nit nei. Mia hom koan ...«

»Brauchts aa nit. Do is Gefahr in Verzug!«, unterbrach ihn Martin.

»Wo wollen Sie denn hin?«, rief eine weibliche Stimme aus einem der Fenster des Wohnhauses.

Martin drehte sich um und zeigte auf das kleine Gebäude. »Ich will wissen, wer da drin ist«, antwortete er.

»Das kann ich Ihnen sagen. Da wohnt unser Hausmeister mit seiner Familie«, antwortete Frau Bergmann, um die es sich bei der Frau handelte.

Martin ging unbeirrt weiter.

»Halt! Bleiben Sie stehen! Sie dürfen da nicht hinein!«

»Ich muss aber!«, rief Martin zurück.

Frau Bergmann kam aus dem Haus gestürmt und lief hinter Martin her. Sie packte ihn am Arm und hielt ihn fest. »Ich habe Ihnen gesagt, Sie dürfen nicht dort hinein«, sagte sie.

»Und ich habe Ihnen gesagt, dass ich es muss!«

Sie ließ ihn wieder los. »Haben Sie denn einen Durchsuchungsbefehl?«

»Den brauche ich nicht, es ist Gefahr im Verzug.«

»Von welcher Gefahr reden Sie?«

»Ihre Tochter hat Ihrem Sohn zur Flucht verholfen und ich vermute, dass die beiden da drin sind.«

»Pah! Sie sind verrückt. Meine Tochter ist nicht da! Wie Sie wissen, ist sie verschwunden und das schon seit zwei Jahren.«

»Tatsache ist aber, dass Ihre Tochter Ihren Sohn Oliver heute aus der Klinik geholt hat«, sagte Martin ruhig zu ihr.

Sie stellte sich ihm wieder in den Weg, sodass Martin sich gezwungen sah, stehen zu bleiben. Martin versuchte, sie beiseitezuschieben, aber sie blieb stur.

»Wenn Sie mich jetzt nicht sofort vorbeilassen, nehme ich Sie fest, wegen Behinderung der Polizeiarbeit«, drohte er.

»Das ist mir egal! Sie gehen nicht in dieses Haus! Weil ... wissen Sie, der Hausmeister schläft sicher noch.«

»Er schläft noch? Jetzt um diese Zeit?«, sagte Martin nach einem Blick auf seine Uhr.

»Ja, er hat einen Nebenjob. Er arbeitet abends als Kellner und vormittags schläft er deshalb etwas länger.«

»Zahlen Sie ihm denn so wenig?«

»An und für sich verdient er genug. Aber er hat ein teures Hobby. Er baut Modellschiffe.«

Martin sah sie ungläubig an.

Josef kam dazu und meinte: »Was ist jetzt? Gehen wir rein oder nicht?«

»Wir gehen rein«, entschied Martin. Martin trat an die Haustüre und klingelte. Er wartete ein wenig und drückte noch einmal den Klingelknopf, doch es rührte sich nichts. Kein Laut war aus dem Haus zu hören.

Frau Bergmann stand neben ihm und sah ihn ängstlich an. Dabei knetete sie ihre Hände. »Ich sage Ihnen doch, Herr Kola schläft noch. Lassen Sie ihn doch in Ruhe.«

Martin ignorierte sie und drückte erneut auf den Klingelknopf. Diesmal ließ er den Daumen aber länger drauf. Wieder tat sich nichts. Nun wurde er ungeduldig.

Er klopfte gegen die Tür und rief: »Aufmachen! Sofort aufmachen! Polizei!« Das Türblatt schwang auf und gab den Blick in den Flur frei. Aber da war niemand, der ihm geöffnet hätte.

Vorsichtig betrat Martin das Haus. Er zog seine Waffe und versuchte möglichst leise weiterzugehen. Josef folgte ihm ebenfalls mit gezogener Waffe.

Als Frau Bergmann hinter ihnen das Haus betreten wollte, gab ihr Martin ein Zeichen, dass sie draußen bleiben solle. Überlaut sagte sie: »Auch wenn Sie von der Polizei sind, haben Sie nicht das Recht, ein fremdes Haus zu betreten!«

Hinter der Türe vor sich hörte Martin ein Geräusch. Es klang, als ob etwas ins Schloss fiel. Martin rannte los und öffnete die Türe. Dahinter befand sich eine weitere, die augenscheinlich ins Freie führte. Er erkannte das durch eine kleine Glasscheibe, die sich in der oberen Hälfte befand.

Martin drehte sich zu Josef. »Los! Hinterher! Die sind da raus!«

Josef wandte sich um und rannte los. Dabei rempelte er Frau Bergmann an, die zu Boden fiel. Josef kümmerte sich nicht weiter um sie, sondern rannte weiter.

Kurz darauf kam er zurück und hob die Hände. »Wenn das die beiden waren, sind sie weg.«

Martin hörte hinter einer weiteren Türe, die sich seitlich von ihm befand, Geräusche. Er nahm die Waffe in die linke Hand und öffnete die Tür vorsichtig. In dem Raum, der augenscheinlich die Küche war, lagen zwei Personen, ein Mann und eine Frau, gefesselt und geknebelt am Boden. Martin rief Josef zu: »Ruf den Notarzt! Schnell!« Er beugte sich zunächst zu der Frau und befreite sie von den Fesseln und dem Klebeband, das auf ihrem Mund klebte. Danach half er dem Mann.

Frau Bergmann kam herein und schaute die beiden fassungslos an. »Was ist denn passiert? Wer war das?«

Der Mann rieb sich die Handgelenke, die wundgescheuert waren, und schaute Frau Bergmann vorwurfsvoll an. »Das waren Franziska und Oliver. Sie haben unseren Kühlschrank leergeräumt und unser ganzes Haushaltsgeld mitgenommen.«

»Waren die beiden bewaffnet?«, wollte Martin wissen.

»Ja, Franziska hatte eine Waffe, und Oliver hat uns gefesselt und geknebelt.«

Martin wandte sich an Frau Bergmann. Er sah sie wütend an. »Sie haben das gewusst! Sie haben gewusst, dass Ihr Sohn und Ihre Tochter hier sind! Warum haben Sie das zugelassen?«

»Ich ... ich ... ich wusste doch nicht, was sie vorhaben. Franziska wollte nur kurz zu Herrn Kola rüber. Einfach nur Bescheid geben, dass sie wieder da sind. Sie wollte auch gleich wiederkommen. Sie waren mit Herrn Kola befreundet. Gut befreundet. Herr Kola war immer für die beiden da, wenn sie Probleme hatten. O Gott ...!«, sagte sie und begann zu weinen.

»Frau Bergmann! Was hatten die beiden an! Welche Kleidung trugen sie?«, fragte Martin und schüttelte sie, als sie nicht reagierte. »Frau Bergmann! Hören Sie mich? Was hatten Oliver und Franziska an?«

Sie sah ihn mit Tränen überströmtem Gesicht an. »Was? Ich weiß nicht ...«

»Denken Sie nach, Frau Bergmann!« Aus den Augenwinkeln sah er, wie Herr Kola sich einen Schnaps einschenkte. Er ließ Frau Bergmann los und ging zu ihm. Er riss ihm die Flasche aus der Hand und stellte sie auf das Büfett. »Trinken Sie jetzt keinen Alkohol! Warten Sie, bis der Arzt hier war!«

Kola schob ihn beiseite. »Ich brauche jetzt einen Schnaps! Lassen Sie mich in Ruhe!«

Martin ging wieder zu Frau Bergmann. »Jetzt reden Sie schon, Frau Bergmann! Was hatten die beiden an?«

»Ich, ich glaube, sie hatten graue Jogginganzüge an. Oliver trug ein graues Sweatshirt mit Kapuze.«

Martin schaute zu Josef. »Hast du gehört? Gib eine Ringfahndung raus!«

Josef nahm sein Handy und telefonierte. Von draußen war das Martinshorn des Notarztfahrzeuges zu hören. Als Josef mit seinem Telefonat fertig war, lief er hinaus, um die Sanitäter einzuweisen.

Martin konnte einstweilen nichts tun, deshalb nahm er Frau Bergmann am Arm und schob sie hinaus. »Kommen Sie, Frau Bergmann, gehen wir ins Haus. Ich hab da noch ein paar Fragen an Sie«, sagte er. Im Haus führte er sie ins Wohnzimmer, wo sie sich in einen Sessel setzte. Martin nahm auf dem Sofa Platz. Er zog sein Handy aus der Tasche und schaltete die Diktierfunktion ein. »Ich werde unser Gespräch aufzeichnen, wenn Sie nichts dagegen haben. Wir brauchen Ihre Aussage fürs Protokoll«, sagte er und schaute sie fragend an.

»Das ist schon in Ordnung. Machen Sie das«, antwortete sie.

Er sah sie lange an, ohne ein Wort zu sagen.

»Ich möchte jetzt von Ihnen wissen, wann Franziska und Oliver zu Ihnen gekommen sind.«

»Vor einer oder zwei Stunden.«

»Franziska hat Ihrem Sohn Oliver vor ein paar Stunden zur Flucht aus der Klinik verholfen. Ich möchte wissen, wo sie in der Zwischenzeit waren.«

»Das weiß ich nicht, hier jedenfalls nicht.«

»Was wollten die beiden von Ihnen? Geld?«

»Ja, das auch«, sagte sie und holte sich ein Taschentuch aus einer Kommode.

»Was noch? Was wollten die beiden noch?«

»Sie wollten die Scheckkarte von meinem Mann und die PIN dazu.«

»Und? Haben Sie ihnen die gegeben?«

»Nein, habe ich nicht, ich weiß ja nicht einmal die Geheimnummer, und die Karte hat mein Mann bei sich.«

»Wie viel Geld haben Sie den beiden gegeben?«

Sie zuckte mit den Schultern. »So zwanzig oder dreißig Euro? Mehr hatte ich nicht in der Geldbörse.«

»Warum haben Sie uns nicht informiert, als die beiden hier waren?«

»Das konnte ich doch nicht. Schließlich sind es ja meine Kinder! Ich kann sie Ihnen doch nicht ausliefern!«

Martin haderte mit sich. Sollte er Frau Bergmann jetzt die Wahrheit über Franziska sagen? Sollte er ihr sagen, dass sie nicht ihre leibliche Tochter ist? Jetzt, in diesem Zustand? Martin verzichtete darauf, denn er wollte der Frau einen zusätzlichen Schreck ersparen. »Es wäre aber besser gewesen, wenn Sie uns informiert hätten. Für alles, was jetzt noch passiert, tragen Sie die Verantwortung. Franziska ist bewaffnet, und es könnte durchaus sein, dass sie bei einem Zusammentreffen mit unseren Kollegen erschossen wird.«

»Das ist doch egal. Dann ist sie eben tot – genauso wie Sabine.«

Martin traute seinen Ohren nicht. »Was haben Sie gerade gesagt? Sagen Sie das noch mal!«

Sich schnäuzte sich ausgiebig. »Ich habe gesagt, dass es egal ist, wenn Franziska tot ist.«

»Wieso ist das egal? Sie ist doch Ihre Tochter!«, sagte er entsetzt.

»Haben Sie das noch nicht herausgefunden? Franziska ist nicht meine Tochter!«

»Sie wissen es?«

»Ja, natürlich weiß ich das. Sabine hat es mir doch gesagt.«

»Das müssen Sie mir jetzt schon genauer erklären. Wann hat Sabine Ihnen das gesagt?«

»Das war kurz nachdem bei ihr die Nierenkrankheit festgestellt wurde. Damals haben die Ärzte gesagt, dass ihre Eltern nicht als Spender infrage kommen. Sie hat dann nachgeforscht und herausbekommen, dass sie als Säugling wohl vertauscht wurde. Da Franziska und sie am selben Tag geboren wurden, hatte sie den Verdacht, dass sie eigentlich unsere Tochter sei. Irgendwie hat sie es geschafft, an unsere Zahnbürsten zu kommen und bei einem Labor einen Test machen zu lassen. Dabei hat sich herausgestellt, dass mein Mann und ich ihre leiblichen Eltern sind«, erklärte sie.

»Weiß Ihr Mann davon? Haben Sie es ihm gesagt?«

Sie schüttelte den Kopf. »Nein. Ich wollte ihn schützen. Für ihn wäre eine Welt zusammengebrochen.«

»Hat Sabine etwas verlangt? Ich meine, schließlich war sie doch Ihre leibliche Tochter und stellte sicher auch gewisse Ansprüche.«

»Ja, zunächst hat sie darauf bestanden, dass ich oder mein Mann uns für eine Lebendspende zur Verfügung stellen. Das habe ich aber strikt abgelehnt. Dann wollte sie Geld. Viel Geld. Sie meinte, dafür könne sie sich im Ausland eine Niere kaufen.«

»Und? Haben Sie ihr das Geld gegeben?«

»Nein, natürlich nicht! Zum einen unterstütze ich so etwas nicht und zum anderen habe ich nicht so viel Geld zur Verfügung.«

»Wie ging es weiter?«

»Sie hat damit gedroht, alles meinem Mann zu erzählen und vor Gericht die Vaterschaft einzuklagen.«

»Wusste Franziska davon?«

»Ich glaube schon, aber ich bin mir nicht sicher.«

»Und Oliver? Wusste er Bescheid?«, fragte Martin.

»Nein, soweit ich weiß nicht.«

»Hat Sabine Sie erpresst?«

»Was heißt erpresst? Sie verlangte von mir eine monatliche Zahlung als Unterhalt. Schließlich sei ich ihr das schuldig, hat sie gemeint«, sagte Frau Bergmann.

»Haben Sie ihr etwas gegeben, und wenn ja, wie viel?«

»So viel ich eben konnte. Ein paar hundert Euro jeden Monat. Mehr war nicht drin.«

Martin gab einen Schuss ins Blaue ab. »Haben Sie Sabine umgebracht?«

Sie sah ihn erschrocken an. »Nein! Warum hätte ich das tun sollen? Schließlich war sie meine leibliche Tochter!«

»Hat sie Ihnen eigentlich die Auswertung des DNA-Tests gezeigt? Haben Sie das schriftlich gesehen?«

»Ja natürlich. Sie hat mir das Schreiben vom Labor vorgelegt. Ich hab es mir genau angeschaut, und da stand deutlich drin, dass die Testergebnisse zeigen, dass die Besitzer der DNA-Träger Blutsverwandt zu ihr sind. Eine Prozentzahl stand auch noch dabei, aber die weiß ich nicht mehr.«

»Was denken Sie, wo Franziska und Oliver jetzt sein könnten? Haben Sie sie gefragt wo Franziska die ganze Zeit war?«

Sie zuckte mit den Schultern, sagte aber ohne zu überlegen: »Wo sie jetzt sein können, weiß ich nicht. Ich hab sie zwar danach gefragt, aber sie meinte, das ginge mich nichts an. Ich wollte auch wissen, wo sie die Jahre über war, aber auch da habe ich eine abschlägige Antwort bekommen.«

Martin schaltete das Aufnahmegerät ab und stand auf. »Ihr Mann wird heute noch freigelassen. Eigentlich müsste er jeden Moment da sein. Wenn ich noch Fragen an Sie habe, melde ich mich«, sagte er, schob das Handy in seine Jacke und verließ das Haus.

Draußen wartete Josef auf ihn. »Des hot aba scho lang dauert. Host wenigstns wos rauskriagt?«

»Nit des, wo i eigentli woit. Aba oiwei no gnua, dass i den Vodacht hob, oana vo dene zwoa kanntat de Sabine umbrocht hom.«

»Host de Franzi leicht aa in Vodacht?«

»Ja, des mecht i no rauskriang. Aba zerscht brauch mer de Franzi und den Oliver. Hot de Einsatzleitung scho wos gmödt?«

»Naa, bis iatz no nit. I woaß bloß, dass se aa Straßnsperrn aufgstöt hom. Leicht sand de zwoa aa mit am Auto untawegs.«

»Guat. Foahrn mer ins Büro. Amoi schaun, wos se bei da Vanessa doa hot.«

Vanessa war tatsächlich bereits zurück, als Martin und Josef das Büro betraten.

»Und? Wie war es bei der Familie Ebersbacher? Wie haben Sie es aufgenommen?«, fragte Martin, nachdem er sich gesetzt hatte. Vanessa kam zu ihm und blieb vor ihm stehen.

Sie sah ihn nachdenklich an. »Das war schon seltsam. Zunächst haben sie die Aussage verweigert. Sie wollten einfach nichts sagen. Ich habe aber nicht lockergelassen, bis sie mir die Wahrheit gesagt haben. Stell dir vor, sie wussten Bescheid. Sie wussten, dass Sabine nicht ihre leibliche Tochter ist, sondern Franziska. Als ich sie danach gefragt habe, woher sie das wüssten, meinten sie nur, dass ihnen Sabine das gesagt habe. Sabine habe sich von ihnen losgesagt und verkündet, dass sie ab sofort den Namen Bergmann tragen würde. Herr Ebersbacher hat ihr noch erklärt, dass das nicht so einfach gehen würde, aber sie hat ihn nur ausgelacht und gemeint, dass alles bereits in die Wege geleitet sei.«

»Und wie stehen sie dazu? Was meint Frau Ebersbacher?«

»Na ja, Frau Ebersbacher hat gemeint, dass Sabine trotzdem ihre Tochter sei. Schließlich sei sie bei ihnen aufgewachsen und genauso behandelt worden wie eine eigene Tochter. Sie hätten das auch getan, wenn sie gewusst hätten, dass es das falsche Kind ist. Dich hat sie nur deshalb angelogen, weil sie gehofft hat, dass alles nur ein großer Irrtum sei.«

»Kannst du dir vorstellen, dass Herr Ebersbacher Sabine aus Zorn umgebracht hat?«

»Fragst du das im Ernst, Martin?«

»Ja natürlich. Es könnte doch durchaus sein, dass seine Wut und seine Enttäuschung groß genug waren, dass er sie umgebracht hat.«

Vanessa schüttelte vehement den Kopf. »Nein, nein das glaube ich nicht. Dem trau ich so etwas nicht zu.«, sagte Vanessa selbstsicher.

»Dass du dich da mal nicht täuscht«, meinte Martin noch.

Vanessa zuckte mit den Schultern und ging zu ihrem Platz zurück.

Martin brachte ihr noch sein Handy und legte es auf den Tisch.

»Da ist das Protokoll von der Vernehmung der Frau Bergmann drauf. Schreibst du es bitte ab?«

»Ja, mache ich.«

Staatsanwalt Diederich kam ins Büro. »So, Herr Ecker. Wie ist die Lage? Was haben wir bisher?«

»Nicht viel, Herr Diederich. Die Fahndung nach den beiden läuft und die Berichte sowie die Protokolle werden soeben von Frau Bieringer geschrieben.«

»Was war eigentlich mit dem Aspiranten Becker?«

Martin war verblüfft, dass Diederich davon wusste. »Na ja, das war halb so wild. Jeder von uns macht mal einen Fehler. Aber woher wissen Sie davon?«

»Nun, Herr Becker hatte immerhin den Mut zu mir zu kommen und Bericht zu erstatten. Natürlich bin ich jetzt gezwungen, die Sache an Herrn Hofrat Gmeiner weiterzuleiten. Der junge Mann wird sich dafür verantworten müssen.«

Nun sah sich Martin in die Pflicht genommen. »Aber so schlimm ist es doch nicht. Wie schon gesagt, jeder von uns macht mal einen Fehler und ich bin sicher, dass Herrn Becker so etwas nicht mehr passieren wird. Das muss man doch nicht gleich an die große Glocke hängen.«

Diederich sah ihn zögernd an. »Sie kennen doch den Herrn Hofrat? Sie wissen, dass er bei solchen Dingen unnachsichtig ist. Er erwartet von seinen Leuten stets Einsatzbereitschaft und Korrektheit.«

»Ja, das ist richtig. Ich kenne den Herrn Hofrat. Aber ich weiß auch, dass er es stets als lästig empfindet, wenn er sich um solche Dinge kümmern muss. Auf gut Deutsch gesagt, er mag es nicht, junge Leute unter Druck zu setzen. Das beste Beispiel dafür bin nicht nur ich, sondern auch unsere Frau Bieringer.«

»Hm. Sie meinen also, dass man die Sache auf sich beruhen lassen sollte?«

»Auf jeden Fall, Herr Staatsanwalt. Es bringt doch niemandem etwas, einem aufstrebenden jungen Beamten Negatives in die Personalakte zu schreiben.«

»Vielleicht haben Sie ja recht. Ich werde mir die Sache noch einmal überlegen. Wie steht's mit unserem Fall? Kommen Sie weiter? Ich hab gehört, dass Sie eine Ringfahndung ausgelöst haben?«

»Ja, das ist richtig. Uns blieb nichts anderes übrig, nachdem Franziska und Oliver Bergmann geflohen sind.«

»Wie ist das Ganze vor sich gegangen?«

Martin berichtete ihm in kurzen Worten von den Vorfällen bei den Bergmanns. Diederich schien zufrieden zu sein, denn er nickte ein paar Mal zustimmend, ehe er das Büro verließ.

Josef hatte nur zugehört und fragte nun: »Was meinst du, wo könnten die beiden jetzt sein?«

»Das habe ich mich auch schon gefragt. Die beiden haben kaum Geld. Oliver hat schon einmal versucht, eine Bank auszurauben und ich denke, dass sie unter Druck stehen. Vielleicht unter genügend Druck, um noch einmal einen Raubversuch zu wagen.«

»Du meinst also, wir sollen darauf warten, bis wieder eine Bank überfallen wird?«, fragte Josef.

»Blödsinn! So lange können wir nicht warten! Das heißt, sollten wir auch nicht. Sonst kommt unter Umständen noch jemand zu Schaden.«

»Aber wie willst du das verhindern? Wenn, dann müssen wir die beiden doch vorher finden. Es fragt sich nur, wo wir suchen sollen.«

»Oliver ist doch drogenabhängig«, stellte Martin fest.

»Ja, so wie es aussieht, wird er nicht so schnell davon loskommen.«

»Dann könnte es doch durchaus sein, dass er sich bei seinem Dealer aufhält.«

»Jedenfalls müssen wir die beiden so schnell wie möglich finden. Vielleicht helfen Fahndungsplakate?«, fragte Vanessa.

»Das ist eine sehr gute Idee«, meinte Martin und griff zum Telefon. Er rief bei Wallner an. Er wartete gar nicht ab, bis dieser sich meldete. »Herr Wallner, schicken Sie mir bitte den Kollegen Becker herauf. Ich habe einen Auftrag für ihn, da kann er was gutmachen.«

»Er bekommt also keine Disziplinarstrafe?«

»Das weiß ich nicht, das habe nicht ich zu entscheiden. Schicken

Sie ihn mir also rauf«, sagte Martin und legte auf. Es dauerte keine zehn Minuten, bis es an der Tür klopfte.

»Ja, bitte«, rief Martin.

Becker trat ein. Er blieb vor Martin stehen und salutierte. »Aspirant Becker meldet sich auf Befehl!«

»Danke Herr Becker. Rühren! Herr Becker, ich habe einen speziellen Auftrag für Sie. Holen Sie sich die Fotos von Franziska und Oliver Bergmann aus dem System, gehen Sie damit zur Hausdruckerei und lassen Sie Fahndungsplakate erstellen. Mit diesen Fahndungsplakaten gehen Sie dann los zu allen Hotels, Pensionen, Bahnhofstationen und so weiter. Also alle öffentlichen Stellen, an denen Publikumsverkehr herrscht. Ich weiß, das ist eine Menge Arbeit, aber Sie können sich diese erleichtern, indem Sie Ihre Kollegen einbinden. Sorgen Sie also dafür, dass diese Arbeit erledigt wird.«

»Jawohl, Herr Chefinspektor! Wenn ich noch eine Frage stellen dürfte, Herr Chefinspektor?«

»Welche?«

»Ich wollte nur wissen ob ich eine Disziplinarstrafe wegen dieser ... Also wegen dieser ... dem Blödsinn, den ich gebaut habe.«

»Hat Ihnen Herr Wallner das noch nicht gesagt?«, fragte Martin und versuchte ein Grinsen zu unterdrücken.

»Nein, Herr Wallner hat nichts gesagt.«

»Na, dann machen Sie sich mal auf etwas gefasst und jetzt ab! Plakate drucken lassen!«

Becker salutierte noch einmal. Dann verließ er das Büro.

»Hat das jetzt sein müssen? Der arme Kerl, der zerbricht sich jetzt wohl den Kopf über seine Zukunft!«, sagte Vanessa von ihrem Platz aus.

»Einen kleinen Dämpfer konnte er gebrauchen. Das schadet sicher nicht«, antwortete Martin.

»Ich hab da noch eine Idee«, sagte Josef. »Du hast doch vorhin gesagt, dass Oliver vermutlich mit seinem Dealer Kontakt aufnimmt. Könnten wir denn nicht die Dealer überwachen? Vielleicht rennt er uns ja direkt ins Netz?«

»Die Idee an sich ist nicht schlecht«, sagte Martin darauf, »aber ich denke, es gibt eine bessere Möglichkeit.«

»Und die wäre?«, fragte Josef.

»Vanessa? Du warst doch mal bei der Sitte?«

»Ja, war ich«, antwortete sie und schaute ihn fragend an.

»Du hast doch sicher noch Kontakte in die Szene. Wäre es möglich, diese Kontakte zu nutzen?«

»Wie soll ich das verstehen?«

»Ich dachte, du könntest über diese Kontakte an die Dealer herankommen und von ihnen Informationen besorgen.«

»Theoretisch wäre das schon möglich«, sagte sie.

»Theoretisch? Was meinst du damit?«

»Mit theoretisch meine ich, dass ich da unmöglich alleine losziehen kann. Da müsste mich schon ein Mann begleiten. Wie wäre es mit Josef?«

Josef schaute sie erschrocken an. »Ich? Ich kann das nicht«, wiegelte er ab.

Vanessa stand auf und kam zu ihm. »Ach Josef. Nun sei doch nicht so. Ich möchte mit dir ausgehen. So richtig schön das Zeller Nachtleben genießen. Komm doch mit. Sei kein Frosch. Ich verspreche dir, dass es ein schöner Abend wird und vielleicht eine noch schönere Nacht.«

Josef verdrehte die Augen. »An und für sich hätte ich ja nichts dagegen, dich zu unterstützen, aber mir fehlt das nötige Kleingeld.«

Sie lachte kurz auf. »Das dürfte das kleinste Problem sein. Das ist doch eine offizielle Ermittlung, die bezahlen wir nicht aus eigener Tasche.«

Martin sah sie betroffen an. »Wie viel soll es denn sein?«

Vanessa lachte. »So zwei- oder dreihundert Euro müssten eigentlich reichen«, sagte sie.

»Spinnst du? Wo soll ich so viel Geld hernehmen?«

»In der Spesenkasse ist sicher genügend drin«, meinte Vanessa.

»Spesenkasse? Meine Spesenkasse ist leer.«

»Dann musst du wohl oder übel beim Staatsanwalt nachfragen. Als ich noch bei der Sitte war, hatten wir damit kein Problem«, sagte Vanessa.

»Aber so viel? Was ist denn da so teuer?«

»Wir werden einige Kontakte befragen müssen und die geben uns die Informationen sicher nicht für ein paar Euro«, sagte sie.

Martin schnaufte tief durch. »Dann werde ich wohl die Kollegen von der Drogenfahndung um Hilfe bitten müssen.« Er nahm das Telefon und rief bei den zuständigen Kollegen an. Er erklärte ihnen, worum es ging, und bat sie um Hilfe. Diese wurde ihm zugesagt, unter der Voraussetzung, dass auch er im Gegenzug einmal bereit sein müsse, etwas für sie zu tun. Zufrieden legte Martin wieder auf. »So. Das wäre erledigt«, meinte er.

»Also? Wo machen wir weiter?«, fragte Martin.

»Ich würde vorschlagen, dass wir uns noch einmal die Bankunterlagen vornehmen. Vielleicht findet sich darauf ein Hinweis«, schlug Vanessa vor.

»Das hab ich schon erledigt«, verkündete Josef.

»Und? Hast du was Relevantes gefunden?«, wollte Martin wissen.

»Im Moment wird es wohl noch nicht relevant sein. Aber ich habe herausgefunden, dass die letzten Überweisungen von Franziska von Deutschland aus getätigt wurden. Sie hat ihr komplettes Konto leergeräumt und alles auf eine Deutsche Bank überwiesen«, erzählte er.

»Das würde ja heißen, dass sie die letzten Monate in Deutschland verbracht hat?«, vermutete Vanessa.

»Es sieht ganz danach aus, ja«, stimmte Josef zu.

»Aber warum zum Teufel ist sie ausgerechnet jetzt zurückgekommen? Woher wusste sie, dass Sabines Leiche gefunden wurde? Und woher wusste sie, dass Oliver in der Klinik lag? Wer ist der Informant? Mit wem hat sie noch Kontakt? Ist dieser Kontakt vielleicht unser Täter?«, fragte Vanessa eindringlich.

»Bin ich ein Idiot! Der Hausmeister! Herr Kola!«, rief Martin laut und schlug sich mit der flachen Hand gegen die Stirn.

Josef sah ihn kopfschüttelnd an. »Spinnst jetzt ganz?«, fragte er.

»Nein! Ich bin aber trotzdem ein Idiot! Frau Bergmann hat mir gesagt, dass Herr Kola immer für die beiden da war, wenn es Probleme gab. Wer sagt uns, dass nicht er es war, der die Informationen an Franziska weitergab? Dass ich da nicht früher draufgekommen bin!«

»Meinst du, dass er auch für den Mord infrage käme?«, fragte Vanessa.

Martin zuckte mit den Schultern. »Was weiß ich? Möglich wär's.«

»Dann weiß er vielleicht auch, wo sich die beiden jetzt aufhalten könnten«, sagte Josef.

Martin stand auf. »Da gibt's nur eine Möglichkeit. Wir fahren zu ihm und fragen ihn.«

»Dazu müssen wir aber in die Klinik. Der Notarzt hat ihn und seine Frau vorhin mitgenommen. Schockverdacht«, erklärte Josef.

»Gut, dann fahren wir eben in die Klinik. Vanessa? Kommst du mit?«

»Eigentlich müsste ich ja noch ... Aber egal, das kann ich später fertig machen. Ich komme mit«, antwortete sie und stand auf.

Kapitel 13

In der Klinik erfuhren sie, dass Herr und Frau Kola bereits entlassen worden waren. Also fuhren sie noch einmal zum Haus der Bergmanns. Auf ihr Klingeln reagierte zunächst niemand, was Martin und Josef dazu veranlasste, die Waffen zu ziehen. Martin klingelte noch einmal. Wieder keine Reaktion. Er klopfte gegen die Türe, er klopfte noch einmal, diesmal aber etwas fester. Endlich tat sich etwas. Jemand schloss auf. Martin und Josef behielten die Waffe in den Händen. Erleichtert steckten sie sie wieder zurück in ihre Holster, als sie erkannten, dass es Herr Kola war, der die Türe öffnete.

»Ach Sie sind's«, sagte Herr Kola. Offenbar war auch er erleichtert, dass er die Beamten vor sich sah.

»Ich hab mich nur ein wenig hingelegt und bin dabei eingeschlafen«, erklärte er.

»Wir haben noch ein paar Fragen, Herr Kola. Dürfen wir reinkommen?«, fragte Martin.

Kola öffnete die Türe weit und zeigte mit der Hand nach drinnen. »Bitte kommen Sie doch herein. Darf ich Ihnen etwas anbieten? Meine Frau macht Ihnen sicher gerne einen Braunen.«

»Nein danke«, lehnte Vanessa ab.

Kola bat sie ins Wohnzimmer. »Bitte nehmen Sie doch Platz. Im Sitzen redet sich's leichter«, sagte er höflich.

Martin, Josef und Vanessa setzten sich nebeneinander auf die Couch, auf der Kola offensichtlich vorher gelegen hatte. Die Kissen waren zerknautscht und eine Wolldecke lag davor am Boden. Kola bemerkte die kritischen Blicke und hob die Decke sofort auf.

»Entschuldigen Sie die Unordnung. Ich habe hier geschlafen«, sagte er. Als er die Decke weggebracht hatte, kam er zurück, setzte sich auf einen Sessel und schaute die drei fragend an. »Was kann ich für Sie tun? Welche Fragen haben Sie?«

Martin begann. »Herr Kola. Frau Bergmann hat mir gesagt, dass Sie den Kindern ein guter Freund waren. Sind Sie das immer noch?«

Kola überlegte kurz, dann antwortete er: »Das ist richtig. Immer wenn sie Probleme mit den Eltern hatten, kamen sie zu mir und wir versuchten gemeinsam, das Problem zu lösen. Aber bei dem Ärger, den die beiden offensichtlich jetzt am Hals haben, kann ich ihnen nicht helfen. Ich hatte immer viel Verständnis. Selbst als Oliver mal mit einem Hammer meine Fenster einschlug, haben wir sie gemeinsam repariert. Die Kosten dafür habe ich getragen.«

»Und wie sieht das jetzt aus? Die beiden haben Sie doch beraubt? Wie viel Geld haben sie denn mitgenommen? Soweit ich mich erinnere, sagten Sie etwas von der Haushaltskasse und dem Geld in der Geldbörse? Ist das richtig?«, fragte Josef.

»Ja, das ist richtig. Das war unser letztes Geld. Wissen Sie, wir verdienen hier nicht allzu viel. Ich bin nur der Hausmeister und meine Frau hilft im Haushalt. Dafür zahlen wir keine Miete. Nur die Nebenkosten wie Heizung, Wasser und Strom. Diesen Monat musste ich sogar eines meiner Modelle verkaufen, damit wir überhaupt über die Runden kommen. Am Ende des Geldes bleibt eben immer so viel Monat übrig.«

»Sie bauen Schiffsmodelle? Frau Bergmann erzählte mir davon«, sagte Martin.

»Ja. Aber es ist ein sehr teures Hobby. Auf der anderen Seite macht es viel Spaß und Freude, wenn man Erfolg hat.«

Vanessa sah ihn fragend an. »Erfolg? Mit Modellen? Gibt es da Wettbewerbe?«

»Ja, natürlich! Ich bin da immer vorne dabei. Meistens belege ich sogar den ersten Platz«, begann er stolz zu erzählen. Er holte vom

Schrank eine CD-Hülle, öffnete sie und entnahm ihr eine silberne Scheibe. Diese legte er in einen Player unterhalb des Fernsehgerätes und schaltete ihn ein. Es dauerte nur wenige Sekunden, da flimmerte ein Film über den Bildschirm. Martin, Josef und Vanessa schauten gespannt zu.

»Das ist die Titanic«, flüsterte Vanessa ehrfurchtsvoll.

»Ja! Das ist meine Titanic! Und schauen Sie, der Eisberg! Schauen Sie genau hin! Sehen Sie, wie das Schiff auf den Eisberg zusteuert? Jetzt! Ja, jetzt! Jetzt rammt das Schiff den Eisberg!« Der Mann war kaum zu bremsen, so sehr begeisterte ihn der Film.

Während das Schiff auf dem Bildschirm unterging, strahlte Kola die drei an. »Na? Was sagen Sie jetzt? Dafür habe ich den ersten Preis bekommen!«

»Dafür, dass die Titanic untergegangen ist? Das ist doch schon so lange her?«, antwortete Vanessa.

»Die echte ja. Aber das auf dem Video, das ist meine Titanic. Verstehen Sie? Meine Titanic! Die habe ich gebaut!«

»Und dann lassen Sie sie so einfach untergehen?«, fragte Vanessa verständnislos.

»Natürlich nicht. Das ist doch nur ein Modell. Genauso wie der Eisberg! Das ist auch ein Modell, das ich gebaut habe. Ich habe alles so gemacht, wie es nach den Aufzeichnungen passiert ist. Ich habe eine Fernsteuerung eingebaut, die es mir ermöglicht, das Schiff mit dem Eisberg kollidieren zu lassen, und das Schiff habe ich so programmiert, dass es genauso untergeht wie das Original.«

»Und dafür haben Sie einen Preis bekommen?«, fragte Josef misstrauisch.

»Ja, und nicht nur dafür. Ich besitze noch einige andere Modelle, die alle preisgekrönt sind. Wollen Sie sie sehen?«

»Nein danke, Herr Kola. Dazu haben wir nicht die Zeit«, lehnte Martin ab. Er wollte sich nicht verzetteln, denn ihre Aufgabe war eine andere. Deshalb kam Martin sofort zum Thema zurück. »Herr Kola, können Sie sich vorstellen, wo wir Franziska und Oliver Bergmann finden können? Können Sie uns auch sagen, wo sich Franziska Bergmann in den letzten zwei Jahren aufgehalten hat?«

Kola dachte nach. Er legte seine Stirn in Falten. Es dauerte eine Weile, bis die Antwort kam. »Wo die beiden jetzt sind, kann ich nicht mit Sicherheit sagen. Die Familie hat oben in den Bergen am Wilden Kaiser eine Hütte. Vielleicht sind sie ja dort? Wo sich Franzi die zwei Jahre über aufgehalten hat, weiß ich auch nicht hundertprozentig. Ich weiß nur, dass sie irgendwo in Bayern war«, erzählte er.

»Hatten Sie in letzter Zeit Kontakt zu Franziska?«, fragte Vanessa.

»Ja, hatte ich. Sie hat mich immer wieder angerufen und mich gefragt, wie es der Familie geht und vor allem, wie es Oliver geht. Sie wusste ja von seinen Drogenproblemen.«

»Haben Sie ihr auch erzählt, dass Oliver in der Klinik liegt?«

»Ja natürlich! Sie wollte ihn doch besuchen. Sie hatte sogar ein kleines Geschenk für ihn.«

»Wann haben Sie ihr erzählt, dass Sabine tot aufgefunden wurde? Haben Sie ihr das überhaupt erzählt?«, fragte Martin, nachdem er überlegt hatte, ob er die Frage so direkt stellen sollte.

»Nein, habe ich nicht. Ich wusste doch nur, dass eine Leiche in einer Mure gefunden wurde. Dass es sich dabei um Sabine handelte, wusste ich nicht.«

»Wo ist eigentlich Ihre Frau?«, fragte Josef.

»Die ist drüben im Haupthaus. Herr Bergmann ist vorhin zurückgekommen. Er war ja bei Ihnen zu Besuch. Da hat ihm meine Frau sein Lieblingsessen gekocht. Bei Ihnen gibt es ja nichts Vernünftiges«, sagte Kola.

»Da muss ich aber schon protestieren! Bei uns ist noch keiner verhungert«, sagte Josef.

Kola lächelte ihn verschmitzt an. »Aber Marillenknödel gibt es bei Ihnen nicht«, sagte er und lächelte wieder.

Martin merkte, wie Vanessa neben ihm unruhig hin und her rutschte. Auch Kola schien dies aufzufallen. Er fragte: »Sie mögen wohl auch Marillenknödel? So frisch in Butterbrösel gewendet, mit Zimt und Zucker?« Martin spürte, wie sie nickte, sogar die Couch wippte leicht.

»Soll ich Ihnen welche bringen lassen?«, fragte Kola.

Vanessa schaute Martin von der Seite an und ihr Blick sprach Bände. Als Martin nickte, antwortete sie erfreut: »Ja, gerne! Für Marillenknödel sterbe ich!«

»Ich rufe schnell drüben im Haupthaus an. Meine Frau soll Ihnen eine Portion bringen«, sagte er und ging in den Flur. Martin hörte ihn telefonieren.

Er flüsterte Vanessa zu: »Ich dachte, du isst nichts Süßes?«

»Normalerweise nicht. Aber Marillenknödel? Da kann ich nicht nein sagen«, flüsterte sie zurück.

Kola kam wieder ins Wohnzimmer. »Meine Frau kommt gleich. Sie bringt Ihnen ein paar von den Köstlichkeiten«, sagte er und setzte sich wieder. »Wo waren wir stehen geblieben?«, fragte Kola.

»Bei Ihrem Kontakt zu Franziska. Sie sagten, sie rief Sie immer wieder an. Sagte sie sonst etwas? Zum Beispiel wo sie ist, was sie arbeitet, wie es ihr geht?«

»Nein, jetzt wo sie es sagen, fällt es mir auch auf. Sie hat nie von sich selbst erzählt. Sie hat immer nur nach den anderen gefragt«, sagte er nachdenklich.

»Sie hat auch nicht nach Sabine gefragt?«, wollte Vanessa wissen.

»Nein, ich glaube nicht. Oder – ja doch! Gleich am Anfang, als sie verschwunden ist, hat sie nach Sabine gefragt!«

»Was haben Sie ihr gesagt?«

»Was hätte ich denn sagen sollen? Sabine war ebenso verschwunden wie Franziska selbst, das habe ich ihr erzählt. Von da an hat sie nie wieder nach Sabine gefragt.«

Die Haustüre wurde geöffnet.

»Das ist meine Frau«, sagte Kola und ging hinaus. Sie kamen gemeinsam zurück. Frau Kola hielt einen Teller in der Hand, den sie vor Vanessa auf den Tisch stellte. Sofort erfüllte ein himmlischer Duft nach Vanille und Zimt den Raum. »Hier bitte«, sagte Frau Kola. Vanessas

Augen glänzten, als sie die Knödel sah. Es waren fünf Stück, tennisballgroß, auf einem Spiegel oranger Soße, vermutlich Aprikosensoße. Die Knödel waren, wie es sich gehörte, in gerösteten Butterbröseln gewendet und dick mit Puderzucker bestäubt. Frau Kola legte noch Besteck dazu. Auch ein Messer war dabei, das ihr Vanessa aber wieder zurückgab.

»Nein danke, ich brauch kein Messer. Meine Oma hat immer gsagt, wer einen Knödel mit dem Messer schneidet, schneidet der Köchin ins Herz«, sagte sie dabei. Martin beobachtete Josef, wie er neidvoll auf Vanessa blickte, die sich einen Knödel zerriss, in die Soße tauchte und in den Mund schob.

»Köstlich«, sagte Vanessa. »Die sind beinah so gut wie die von meiner Oma. Die zergehen auf der Zunge wie Butter in der Sonne. Ich könnte mich reinlegen. Sie müssen mir unbedingt das Rezept geben!«, sagte Vanessa mit vollem Mund.

»Sehr gerne«, antwortete Frau Kola. Man sah ihr den Stolz an, während sie Vanessa beobachtete. Sie ging hinaus, vermutlich, um das Rezept aufzuschreiben.

Als Vanessa den zweiten Knödel zerrissen hatte und damit begann, ihn zu essen, klingelte Martins Telefon. Er nahm den Anruf an: »Egger?«

»Dienstgruppenleiter Hollersbacher hier! Herr Egger, wir haben die beiden!«

»Wo?«

»In einer Gartenlaube unweit vom Haus Bergmann. Da ist eine Schrebergartenkolonie. Sie haben sich da drin verschanzt!«

»Gut, wir kommen sofort!«, antwortete Martin und legte auf. Er schaute Josef und Vanessa an, die soeben wieder ein Stück Knödel in den Mund schob.

»Wir müssen los! Wir haben sie!«

»Och Mensch! Ausgerechnet jetzt«, protestierte Vanessa.

»Es hilft nichts, wir müssen da hin.« Nur widerwillig legte Vanessa die Gabel und den Löffel auf den Teller und stand auf.

»Herr Kola, hier muss es eine Schrebergartenkolonie geben? Wo ist die?«, fragte Martin.

»Wenn Sie durch das Tor rausgehen zur Straße, rechts runter etwa fünfhundert Meter weiter. Da ist die Kolonie«, erklärte Kola.

Als sie hinausgingen, warf Vanessa noch einen bedauernden Blick auf den Teller, der auf dem Tisch stand. »Ich hole mir das Rezept später!«, rief sie Frau Kola zu.

Sie rannten hinaus und die Straße hinunter. Schon von Weitem sahen sie das Aufgebot der Kollegen und die Blaulichter der Einsatzfahrzeuge. Martin und Josef rannten so schnell sie konnten. Vanessa aber war als Erste dort. Sie redete bereits mit ein paar Beamten, als Martin und Josef eintrafen. Völlig außer Atem kamen Martin und Josef dazu. Sie mussten erst ein wenig verschnaufen, ehe sie fragen konnten: »Wo sind sie?«

»Hier in der Laube«, antwortete einer der Beamten und zeigte auf eine kleine Gartenlaube, die sich unweit von ihnen befand. Auf dem Grundstück gab es kaum eine Möglichkeit, in Deckung zu gehen. Lediglich ein paar Bäume standen herum und Blumenrabatten, auf denen Dahlien gepflanzt waren. Am Gartenzaun wuchs eine niedrige Hecke. Dahinter lagen ein paar Männer mit ihrer Waffe im Anschlag. »Sollen wir die COBRA dazu holen?«, fragte einer der Beamten.

»Nein, ich glaube nicht, dass wir die brauchen«, antwortete Martin.

»Wer leitet die Aktion?«, wollte Vanessa wissen.

»Das ist Hauptmann Wedel«, sagte ein anderer und zeigte in eine Richtung, in der sich ein Pulk von Beamten befand. Martin, Josef und Vanessa begaben sich dorthin.

»Wer von Ihnen ist Hauptmann Wedel?«, fragte Martin.

Ein Mann kam auf Martin zu. »Was wollen Sie? Das hier ist eine Polizeiaktion. Sie haben hier nichts verloren!«, sagte er, nachdem er seine selbst gedrehte Zigarette aus dem Mund genommen hatte.

Martin zog seinen Ausweis und hielt ihn ihm hin. »Chefinspektor Egger, wir übernehmen«, sagte Martin. Der Mann war ihm unsympathisch, alleine schon deshalb, da er rauchte, während er Uniform trug.

Das war gegen sein Verständnis einer Vorbildfunktion. Dazu kam noch, dass die Haare des Mannes extrem kurz geschoren waren und sein vernarbtes Gesicht verriet, dass er wohl nur selten einer körperlichen Auseinandersetzung aus dem Weg ging. Martin konnte ihn sich gut in einer Bomberjacke mit Springerstiefeln und schwarzem Hemd vorstellen. »Wie haben Sie die beiden gefunden?«, fragte ihn Martin.

»Durch einen Hinweis eines Anwohners. Der hat die beiden erkannt, weil er das Fahndungsplakat gesehen hat.«

»Sind Sie sicher, dass in der Hütte unsere Gesuchten sind?«

Wedel zog noch einmal an seiner Zigarette, ehe er antwortete: »Gesehen haben wir sie nicht, aber die Beschreibung des Informanten war eindeutig.« Martin schlug eine Wolke von Zigarettenrauch entgegen, der in ihm Ekel auslöste. Unwillkürlich trat er einen Schritt zurück.

»Was haben Sie bisher unternommen?«, fragte Martin.

»Noch nichts. Wir wollten abwarten, bis wir Befehle bekommen«, antwortete Wedel und nahm wieder einen Zug.

Martin zeigte auf die Zigarette. »Muss das sein? Schmeißen Sie die doch weg. Ekelhaft, das Zeug«, sagte Martin.

Bedauernd schaute Wedel die Zigarette an, warf sie aber auf den Boden und trat sie aus.

»Haben Sie ein Megafon?«, fragte Josef.

»Ja, haben wir. Es liegt im nächsten Einsatzfahrzeug im Kofferraum«, antwortete Wedel und zeigte auf einen der Wagen. Josef ging hin, öffnete den Kofferraum und holte das Megafon heraus. Er kam damit zurück und gab es Martin.

Dieser nahm es, ging an den Gartenzaun und rief durch das Megafon in Richtung Gartenhaus: »Herr Bergmann! Frau Bergmann! Wir wissen, dass Sie da drin sind! Kommen Sie bitte mit erhobenen Händen heraus!« Martin wartete ab. Nichts geschah, keine Reaktion. Hinter einem der Fenster, die in den Garten führten, bewegte sich ein Vorhang leicht. Offensichtlich hatte man ihn gehört.

Wieder nahm er das Megafon und rief: »Herr Bergmann! Frau Bergmann! Kommen Sie endlich heraus, sonst müssen wir stürmen. Sie haben keine Chance!«

»Die kommen nicht. Holen wir sie raus«, sagte Josef zu ihm.

»Ich probier es noch einmal. Wenn sie dann nicht rauskommen, gehen wir rein«, bremste Martin.

Noch einmal nahm er das Megafon. »Herr Bergmann, Frau Bergmann! Ich gebe Ihnen eine Minute. Kommen Sie mit erhobenen Händen heraus!« Wieder bewegte sich ein Vorhang hinter einem der Fenster. Diesmal war es aber ein anderes Fenster. Er wurde beiseitegeschoben und die Fensterflügel geöffnet. Angespannt schaute Martin hinüber. Er konnte in den Raum hineinblicken, erkannte aber nichts.

»Was wollen Sie?«, war die Stimme Oliver Bergmanns zu hören.

»Ich will, dass Sie herauskommen und sich stellen. Wie Sie wissen, liegt gegen Sie ein Haftbefehl vor«, rief Martin durch das Megafon.

»Ich denke ja gar nicht daran!«

»Wie Sie wollen.« Martin drückte Josef das Gerät in die Hand und wandte sich an Wedel. »Wir brauchen Schutzwesten. Drei Stück«, sagte er zu ihm.

»Die sind im Mannschaftsbus«, bekam Martin zur Antwort. Martin blieb ruhig.

»Würden Sie uns die *bitte* bringen?«, fragte er höflich.

»Wenn's denn sein muss«, antwortete Wedel gereizt und drehte sich eine Zigarette.

»Es muss. Und jetzt setzen Sie Ihren Arsch in Bewegung und bringen uns die Westen!«

Betont langsam entfernte sich Wedel und ging zum Mannschaftsbus. Er legte es offenbar auf eine Konfrontation an. Leider war dies nicht der günstigste Zeitpunkt für Martin, entsprechende Konsequenzen zu ziehen. Er wartete ab, bis Wedel die Westen brachte und jedem eine davon gab. Sie zogen die Westen an. Wedel stand unweit von Martin. Dichte Rauchschwaden zogen an ihm vorbei.

Wieder ging Martin ein Stück weg von ihm, sagte aber vorher: »Los jetzt!« Wedel nahm sein Funkgerät in die Hand und gab einen Befehl.

Martin glaubte nicht richtig zu sehen, denn plötzlich bewegten sich auf der Wiese in Tarnfarben gekleidete Polizeibeamte. Ein paar von ihnen hatten eine Camouflage über die Schultern gelegt. Langsam und vorsichtig schlichen die Männer auf die Hütte zu. Sie bildeten eine Schlinge, die sich immer enger zog. Wieder bewegte sich ein Vorhang hinter einem anderen Fenster. Offenbar wurden sie von drinnen beobachtet.

Martin öffnete das Gartentor, das auf das Grundstück führte, und ging gefolgt von Josef, Vanessa und Wedel hinein. Wedel warf die Zigarette weg. Sie näherten sich nur langsam der Türe zur Hütte. Schritt für Schritt gingen sie weiter. Aus den Augenwinkeln beobachtete Martin die anderen Kollegen, die nun Schulter an Schulter auf die Hütte zuschlichen. Dies dürfte Oliver Bergmann nicht entgangen sein. Schließlich gab es kaum noch eine Chance, zu entkommen.

Plötzlich wurde die Türe aufgerissen. Martin sah Oliver, wie er Franziska umklammert hielt und ihr eine Pistole an den Hals drückte. Wedel riss seine Waffe hoch und zielte auf die beiden. Martin legte seine Hand auf Wedels Waffe und drückte sie nach unten. »Jetzt noch nicht«, zischte Martin Wedel zu.

»Verschwindet! Verschwindet sofort, sonst knall ich sie ab!«, schrie Oliver.

»Herr Bergmann«, sagte Martin ruhig, »das ergibt doch keinen Sinn. Sie kommen hier nicht raus. Legen Sie die Waffe weg und lassen Sie Ihre Schwester gehen.«

»Sie ist nicht meine Schwester und das wissen Sie!«

»Ja, das weiß ich. Lassen Sie sie trotzdem gehen, sie hat Ihnen nichts getan.«

»Ich knall sie ab! Verschwinden Sie! Verschwindet alle! Sofort!« Martin sah die Panik in Olivers Augen und die Angst, die ihn zittern ließ. Offenbar war er im Moment unberechenbar.

»Der wird doch wohl nicht schießen?«, flüsterte Vanessa Martin zu.

»Ich weiß nicht, im Moment scheint er völlig neben sich zu stehen. Da ist alles möglich«, flüsterte Martin zurück.

»Was jetzt?«, fragte Vanessa leise.

»Ich denke, wir ziehen uns besser zurück. Wir müssen Zeit gewinnen.« Leise sagte er zu Wedel: »Rückzug. Ziehen Sie Ihre Leute zurück.«

Wedel sah ihn zunächst verständnislos an, gab aber dann den entsprechenden Befehl über Funk. Martin beobachtete, wie die Kollegen immer noch tief gebeugt rückwärtsgingen. Sie ließen dabei das Haus nicht aus den Augen und waren sicher bereit, sofort zu schießen, wenn es notwendig war. Erst als sie draußen auf der Straße waren, richteten sie sich wieder auf.

Auch Martin, Josef, Vanessa und Wedel zogen sich zurück. Vor dem Grundstück angekommen, berieten sie sich.

»Was hat Herr Bergmann da drin gemeint, als er sagte, das Mädchen sei nicht seine Schwester? Das verstehe ich nicht«, sagte Wedel.

»Müssen Sie auch nicht«, sagte Martin. Damit war die Sache für ihn erledigt.

»Wie gehen wir weiter vor? Warten wir ab oder setzen wir alles auf eine Karte?«, fragte Vanessa.

»Was meinst du damit?«, wollte Martin wissen.

»Na, ich mach das so wie in der Bank. Ich gehe rein und ...«

»Vergiss es! Das wirst du nicht tun! Du bleibst hier und wir lösen die Sache gemeinsam«, erwiderte Martin scharf.

Wedel sah sie an und grinste. »Ach, Sie waren das? Sie trauen sich aber was«, sagte er zu Vanessa.

»Man kann's auch übertreiben«, murrte Martin.

Wedel schaute über den Zaun zu dem Gartenhäuschen. »Was machen wir jetzt? Probieren wir noch mal zu stürmen? Oder warten wir lieber ab? Hungern wir sie aus?«, fragte Wedel und drehte sich wieder eine Zigarette.

Martin überlegte kurz und entschied: »Rufen Sie Oberst Wolkenstein mit der COBRA. Die haben mehr Erfahrung damit.«

Wedel hob die Augenbrauen. »Wolkenstein? Mit der COBRA? Dann gibt's Tote«, mutmaßte er.

»Das muss nicht sein«, widersprach ihm Martin. »Ich kenne Wolkenstein als sehr besonnenen Mann. Sonst hätte er wohl kaum die Leitung dieser Abteilung bekommen«, setzte Martin hinzu.

Kapitel 14

Martin sah Wedel nachdenklich nach, als er sich entfernte, um den Oberst zu verständigen. *Ein seltsamer Kerl. Wie der wohl in den Polizeidienst gekommen ist?*, überlegte er. In diesem Moment fiel ihm eine schwarze Limousine auf, die näherkam. *Der Staatsanwalt. Was sucht der denn hier?*, dachte Martin. Diederich tauchte immer dann auf, wenn man am wenigsten mit ihm rechnete. Man konnte beinahe meinen, er hätte sonst nichts zu tun. Ständig kontrollierte er die Kollegen und fand oft etwas, bei dem er meinte, er müsse seinen Senf dazugeben. Wieder fiel Martins Blick auf Wedel, der bei einem Fahrzeug stehen blieb und in den Innenraum griff. *Was zum Teufel macht er da?* Dann sah er, wie Wedel ein kleines Fläschchen an den Mund hielt, den Kopf zurücklegte und das Fläschchen leer trank. Offenbar bemerkte nun auch Wedel das Auto, denn er schaute erschrocken hinüber und warf das Fläschchen in ein Gebüsch, das sich neben der Straße befand. Martin musste handeln. Sofort!

»Hauptmann Wedel!«, rief er. Wedel überhörte ihn, deshalb rief Martin noch mal: »Herr Hauptmann Wedel!«

Endlich reagierte Wedel und sah zu ihm herüber. »Was gibt's, Herr Chefinspektor?«

»Kommen Sie sofort zu mir!«, rief Martin. Wedel kam herüber.

Martin schien es, als ob er betont langsam ginge. »Geht das etwas schneller?« rief Martin.

»Ja ja, ich komm schon«, sagte Wedel und beschleunigte seinen

Schritt. »Was gibt's denn?«, fragte er lässig. Martin schlug ein Schwall Alkoholdunst vermischt mit Zigarettengeruch entgegen.

»Was haben Sie da eben getrunken?«

»Ich weiß nicht, wovon Sie reden«, antwortete Wedel und grinste. Martin sah ihn scharf an. Er bemerkte, dass Wedels Augen unruhig hin und her gingen und seine Mundwinkel zuckten.

»Ich rede von dem Schnaps, den Sie soeben getrunken haben!«

»Das? Das war kein Schnaps. Das war Medizin. Ich brauche das für meinen Magen. Wissen Sie, bei solchen Sachen bekomme ich immer Magenschmerzen und dann brauche ich so ein Fläschchen Medizin. Das beruhigt den Magen und tut gut.«

Martin zeigte in die Richtung, in der das Fläschchen lag. »Na, dann holen Sie mir mal die Medizin. Ich hab auch manchmal Magenschmerzen und ich würde gerne wissen, was Ihnen dabei hilft«, sagte Martin und versuchte dabei ruhig zu bleiben.

Wedel sah ihn misstrauisch an. »Wenn Sie meinen?«

»Ja, ich meine«, sagte Martin.

Wedel wandte sich ab und ging zu der Stelle, wo er das Fläschchen in die Büsche geworfen hatte. Er bückte sich und suchte offenbar danach. Augenscheinlich fand er es nicht, denn er richtete sich auf und zeigte Martin seine leeren Hände.

»Kommen Sie her«, sagte Martin und wartete ab.

Inzwischen war auch Staatsanwalt Diederich dazu getreten. »Was ist denn hier los?«, fragte er.

»Wir sind gerade dabei, Oliver und Franziska Bergmann festzunehmen.«

»Das meine ich nicht. Ich will wissen, was mit dem Herrn Hauptmann los ist.«

»Ich vermute, dass Herr Hauptmann Wedel Alkohol getrunken hat. Ich lasse ihn gerade nach der Flasche suchen, die er in die Büsche geworfen hat.«

»Aha? Vergessen Sie die Flasche, schicken Sie ihn sofort in die Gerichtsmedizin zum Alkoholtest.«

Wedel kam zu ihnen. Leutselig hielt er dem Staatsanwalt seine Hand hin. »Guten Tag, Herr Staatsanwalt. Wollen Sie sich hier vor Ort informieren? Bei uns läuft alles bestens, wir warten jetzt nur noch auf die COBRA«, sagte er zu Diederich.

Diederich übersah die Hand und musterte ihn von oben bis unten. Er ging mit seinem Gesicht nah an Wedels heran und sog die Luft durch die Nase. »Haben Sie Alkohol getrunken?«, fragte er Wedel.

»Aber Herr Staatsanwalt, ich bin doch im Dienst, da trinke ich keinen Alkohol«, erwiderte er.

»Meine Nase sagt mir aber etwas anderes!«, sagte der Staatsanwalt und wandte sich an die anderen Beamten, die in der Nähe standen. Zu einem von ihnen sagte er: »Nehmen Sie Herrn Hauptmann Wedel die Waffe ab und bringen Sie ihn sofort in die Gerichtsmedizin. Dort lassen Sie einen Alkoholtest machen. Der Herr Hauptmann hat offensichtlich Alkohol zu sich genommen.«

»Jawohl, Herr Staatsanwalt«, antwortete der Angesprochene und nahm Wedel die Waffe ab. Diederich sah ihnen nach, als der Kollege Wedel abführte.

»Wir unterhalten uns, wenn ich wieder in der Dienststelle bin, Herr Hauptmann!«, rief ihm Diederich nach.

Wedel ballte die Faust, hob sie und streckte ihm den Mittelfinger entgegen. Das war eindeutig zu viel.

Diederich ignorierte ihn und wandte sich an Martin. »Also Herr Kollege, was haben wir?«

Martin zeigte zur Gartenlaube und erklärte: »Beim Versuch die beiden herauszuholen, drohte Herr Bergmann damit, Frau Bergmann zu erschießen. Im Moment können wir nichts anderes tun, als abwarten, bis die COBRA kommt.«

»Haben Sie jetzt das Kommando hier?«, fragte Diederich.

»Ja, ich habe es übernommen, als ich herkam«, antwortete Martin.

»Dann ist ja alles in Ordnung. Ich habe noch einen Termin. Sie erstatten mir dann Bericht. Auf Wiedersehen, Herr Egger«, sagte Diederich und stieg in seinen Wagen.

Vanessa kam zu Martin und zeigte auf Diederichs Auto. »Da hat sich der Hauptmann Wedel wohl einen falschen Zeitpunkt ausgesucht?«

»Das kann man wohl sagen. Aber ich hätte ihn auch sofort suspendiert und Meldung gemacht. Es geht einfach nicht, dass ein Polizeibeamter im Dienst trinkt. Das ist ein Risiko für alle Beteiligten.« Martin ließ Vanessa stehen und ging zu der Stelle, wo Wedel das Fläschchen in die Büsche geworfen hatte. Er musste nicht lange suchen, dann hatte er es. Er nahm einen Kugelschreiber aus der Tasche, steckte ihn in den Hals des Fläschchens und hob es hoch. *Aha? Zirbenschnaps. Das nennt der Medizin? Ich nehme es mal mit,* dachte er und ging damit zurück zu Vanessa.

»Gib mir mal ein Tütchen«, bat er.

Vanessa schaute auf das Fläschchen und fragte: »Was ist das, und was willst du damit?«

»Das ist die sogenannte Medizin von Wedel. Ich nehme es mit als Beweismaterial, falls er abstreiten sollte, Schnaps getrunken zu haben.«

»Aha?«, sagte Vanessa und zog ein kleines Tütchen aus der Tasche.

Martin steckte das Fläschchen vorsichtig hinein. Er nahm Vanessa das Tütchen ab und schob es in seine Tasche. Ein Motorengeräusch vom Ende der Straße ließ ihn aufhorchen. »Wolkenstein kommt«, sagte er zu Vanessa.

Die Kolonne aus vier Fahrzeugen blieb unweit von ihnen stehen. Aus dem ersten Fahrzeug stieg Wolkenstein und trat an Martin heran. »Servus, Martin! Wo dürfen wir uns austoben?«

Martin zeigte zu der Hütte und erklärte: »Da drin sitzt unser Freund von der Bank. Du weißt schon, der die Bank überfallen hat. Er hat eine Geisel und will sie erschießen, falls wir uns nähern. Ich glaube aber nicht, dass er sie erschießen wird, denn schließlich sind sie zusammen aufgewachsen.«

Wolkenstein nickte nur und entdeckte Vanessa. »Da schau her! Unsere Heldin von der Sparkasse! Hier machst du aber nicht so einen Unsinn und spazierst alleine da rein. Das hier ist jetzt unser Job«, sagte er zu ihr.

Vanessa errötete leicht. »Ich wollte das ja schon erledigen, aber Martin hat mich nicht gelassen«, sagte sie.

»Ist auch besser so. Dafür gibt's ja uns«, meinte Wolkenstein und grinste sie an. Danach klärte Martin ihn im Detail über die Situation auf.

Wolkenstein instruierte seine Männer und gab seine Befehle. Wie ein Schwarm Hummeln verteilten sich die Männer auf dem Grundstück. Als alle ihre Plätze eingenommen hatten, sah Martin keinen mehr von ihnen. Sie waren gut getarnt. Wolkenstein klatschte in die Hände und rieb sie sich. »So. Jetzt kann's losgehen. Brauchst du die beiden lebend?«

»Wenn es irgend möglich ist, ja«, antwortete Martin.

»Mal sehen. Aber du weißt schon, wenn sie sich mit Waffen widersetzen, haben wir keine andere Möglichkeit als den Finalschuss?«

»Ja, verstehe. Versuch's aber trotzdem.«

Wolkenstein trat beiseite, nahm sein Funkgerät und gab Befehle. Martin hörte, dass mehrmals die Befehle bestätigt wurden. Danach kam Wolkenstein wieder zu ihm. Er erklärte: »Wir räumen die Bude ohne Vorwarnung. Das habt ihr ja schon übernommen. Chancen hatten die beiden genug.« Martin nickte nur. Es wäre überflüssig gewesen, etwas dazu zu sagen, denn er kannte Wolkenstein und seine Vorgehensweise.

Martin nahm Vanessa am Arm und zog sie mit sich. Josef ging hinter ihnen her. Aus sicherer Entfernung sahen sie zu, wie Wolkenstein das Häuschen stürmen ließ. Zunächst warf einer der Beamten eine Granate durch das offene Fenster hinein. Sie warteten, bis sie explodierte. Erst war ein greller Blitz zu sehen, dann kam grauer Rauch aus dem Fenster. Danach traten sie die Türe ein und stürmten in die Laube. Immer wieder erklang der Ruf: »Polizei! Keine Bewegung! Hände hoch!« Es fiel kein einziger Schuss. Erleichtert sah Martin, wie Wolkensteins Männer wieder herauskamen. Natürlich erwartete er, dass sie Oliver und Franziska mit nach draußen brachten. Aber die beiden waren nicht zu sehen.

Wolkenstein kam zu ihnen. Er hob die Hände. »Die Vögel sind ausgeflogen. Da war keiner mehr drin. Wie konnte das passieren? Wie sind die weggekommen? Wo waren die Kollegen?«

Martin hob die Schultern. »Wir haben den Einsatz abgebrochen und unsere Leute zurückgezogen. Das müssen die ausgenutzt haben und irgendwo hinten raus sein«, versuchte Martin zu erklären.

»Scheiße! Scheiße! Scheiße noch mal! Warum habt ihr nicht mindestens einen Mann zur Beobachtung hinten gelassen? Damit muss man doch rechnen, dass die abhauen wollen!« Wolkenstein war völlig außer sich.

»Die Hundestaffel! Wir brauchen die Hundestaffel und den Heli. Den Heli mit Wärmebildkamera!«, rief er seinen Leuten zu, die sich inzwischen an den Einsatzfahrzeugen versammelt hatten.

»Uns brauchst du jetzt wohl nicht mehr?«, fragte Martin.

»Nein, eigentlich nicht, den Rest übernehmen wir schon«, antwortete Wolkenstein.

»Gut, dann fahren wir jetzt ins Büro. Sag mir Bescheid, wenn alles erledigt ist«, sagte Martin und ging, gefolgt von Vanessa und Josef, zu seinem Auto. Zunächst zogen sie die Schutzwesten aus und legten sie in den Kofferraum. Dann fuhren sie zurück zur Dienststelle.

Kapitel 15

Als sie wieder im Büro angekommen waren, fragte Josef: »Wo machen wir jetzt weiter?«

»Hat schon einer nachgesehen, welche Waffe Oliver bei dem Banküberfall benutzte?«, fragte Martin. Er schaute zuerst zu Josef, danach zu Vanessa. Da beide die Köpfe schüttelten, musste er wohl oder übel selbst nachsehen. Er rief den Bericht der Kriminaltechnik auf und schaute nach. »Hab ich's mir doch gedacht! Eine Pistole CZ Brünner, Modell fünfundsiebzig, Kaliber neun Millimeter Luger!«, las er vor und fügte hinzu: »Eine tschechische Waffe! War dieser Kola nicht Tscheche?«

»Soll ich hinfahren und ihn befragen?«, bot sich Vanessa an.

»Nein, das mache ich selber. Ich fahr sofort los«, sagte Martin und stand auf.

»Soll ich nicht besser mitkommen?«, meinte Josef.

»Ja, gut. Fahr mit!«, stimmte Martin zu.

»Und ich? Was mache ich derweil?«, fragte Vanessa.

»Du hältst hier die Stellung, falls Wolkenstein anruft. Außerdem kannst du noch den Bericht schreiben«, sagte Martin und verließ mit Josef das Büro.

Auf Bergmanns Grundstück stellte Martin seinen Wagen wieder vor dem Haus ab. Schon als sie ausstiegen, sah Martin, dass Kola an seiner Haustür einige Scharniere bearbeitete.

Als die Polizisten näherkamen, fragte er: »Was wollen Sie? Suchen Sie immer noch nach Oliver und Franziska?«

»Ja, noch haben wir sie nicht gefunden. Aber es gibt erste Spuren«, bluffte er.

»Aber wir sind wegen etwas anderem da«, begann Josef. »Sie kommen aus der Tschechei, oder?«, fuhr Josef fort.

Kola sah ihn aufmerksam an. Hinter seiner Stirn schien es zu arbeiten. Nach einigem Zögern antwortete er: »Na ja, zumindest so halb. Wissen Sie, unsere Vorfahren kamen vor siebzig oder achtzig Jahren hierher. Meine Frau und ich sind hier aufgewachsen. Wir haben aber noch Verwandte drüben. Die besuchen wir manchmal und dann nehmen wir Wein und Speck mit. Das lagern wir dann in unserem Keller.«

»Kann es sein, dass Sie auch andere Sachen mitbringen?«, fragte Martin.

Kola sah ihn misstrauisch an. »Ich weiß nicht, wovon Sie reden«, antwortete er.

»Nun, ich meine zum Beispiel eine Pistole Marke CZ fünfundsiebzig. Haben Sie so ein Ding hergebracht?«, fragte Martin.

»Warum? Ist etwas damit?«

»Wo ist die Waffe? Haben Sie einen Waffenschein? Eine Waffenbesitzkarte?«, fragte Josef energisch.

»Einen Waffenschein und eine Waffenbesitzkarte habe ich. Aber ich hab mir die Waffe nur zum Selbstschutz gekauft. Wissen Sie, hier in dem kleinen Häuschen, wenn etwas passiert, dann hört man es drüben im Haupthaus nicht. Deshalb habe ich mir zur Vorsicht diese Waffe besorgt.«

»Und wo ist die Waffe jetzt? Zeigen Sie sie mir bitte«, sagte Martin höflich.

»Einen Moment bitte, ich hab sie im Keller«, sagte Kola und wandte sich ab.

»Ich komme mit«, sagte Josef und folgte ihm ins Haus. Martin wartete ab. Es dauerte etwa fünf Minuten, bis die beiden zurückkamen. Josef schaute Martin an und schüttelte wortlos den Kopf.

»Die Waffe ist also weg«, stellte Martin fest.

»Ja, aber ich weiß nicht wie das passiert ist. Irgendwer muss sie sich genommen haben.«

»Irgendwer? Kann es sein, dass es Oliver Bergmann war? Wie sieht es mit der Munition aus? Sie haben doch Munition?«

»Ja natürlich, aber die ist auch weg«, gab Kola zu.

»War die Waffe wenigstens eingeschlossen? Oder haben Sie sie herumliegen lassen? Ist es möglich, dass Oliver Bergmann sich die Waffe genommen hat?«, fragte Martin, und es war ihm anzumerken, dass er immer wütender wurde.

»Ich weiß nicht«, antwortete Kola leise.

»Haben Sie die Waffe vielleicht an Oliver verkauft? Oder haben Sie sie ihm so gegeben? Hat er Sie danach gefragt?«

»Ich habe nichts dergleichen getan! Oliver muss sie sich genommen haben, als er durch den Tunnel vom Haupthaus herüberkam.«

»Es gibt einen Tunnel zwischen den beiden Häusern? Er hatte also ohne Weiteres die Möglichkeit sich die Waffe zu nehmen?«

Kola zuckte hilflos die Schultern.

»Gut, Herr Kola. Ich nehme Sie vorläufig fest, wegen des Verdachts auf unerlaubten Waffenbesitz, Waffenhandel und eventuell kommt noch Beihilfe zum Bankraub und Beihilfe zum Mord dazu.«

Kola sah ihn entsetzt an. »Mord? Beihilfe zum Mord? Ich?«, rief er.

»Ich sagte ja eventuell. Es wird sich bei der Überprüfung der Waffe herausstellen, ob jemand damit erschossen oder gefährlich verletzt wurde. Kommt ganz darauf an, was Herr Bergmann mit der Waffe alles angestellt hat. Ich rate Ihnen, sich einen guten Anwalt zu suchen. Den werden Sie brauchen. Außerdem mache ich Sie darauf aufmerksam, dass alles, was Sie ab jetzt sagen, vor Gericht gegen Sie verwendet werden kann«, klärte ihn Martin auf.

Josef zog die Handschellen, aber Martin wehrte mit einer Handbewegung ab. »Die werden wir nicht brauchen. Ich glaube kaum, dass Herr Kola abhauen wird. Oder Herr Kola?«

Kola schüttelte vehement den Kopf. »Nein, sicher nicht. Ich bin unschuldig, denn ich habe nichts getan.« Martin nahm Kola am Arm und wollte ihn mit sich ziehen.

Kola sah ihn an und fragte: »Darf ich wenigstens meiner Frau Bescheid sagen?«

»Ja natürlich. Ich bin ja kein Unmensch«, antwortete Martin und ließ ihn los. Kola ging auf die Haustüre zu.

Martin sagte leise zu Josef: »Geh mit, damit er nicht abhaut.« Josef, der schon ein paar Schritte vorausgegangen war, drehte sich um und folgte Kola.

Kola war nur noch zwei Schritte von der Haustüre weg, als er plötzlich schneller ging. Mit einer Geschwindigkeit, die man diesem kleinen, etwas rundlichen Mann nicht zugetraut hätte, drückte er die Türe nach innen auf, schlug sie wieder zu und verriegelte sie von innen. Josef wollte die Türe noch aufdrücken, aber sie bewegte sich keinen Millimeter.

»Außen rum!«, rief Martin und rannte los. Josef rannte links herum, Martin rechts um das Haus. Als sie an der hinteren Hausecke ankamen, sahen sie gerade noch, wie Kola über den Rasen davonlief.

»Herrschaftszeiten! Nit scho wieda!«, schimpfte Martin und rannte hinter ihm her. Er zog seine Waffe im Laufen und blieb stehen. Dann zielte er auf Kola. Dieser rannte, als ob es um sein Leben ginge. Martin wollte den Mann nicht erschießen, denn dafür gab es keinen Grund. Also hob er die Waffe in die Höhe und gab einen Schuss in die Luft ab. Dann rief er: »Herr Kola! Bleiben Sie stehen! Bleiben Sie sofort stehen!«

Nun kam auch Josef angerannt und hielt neben Martin inne. »Und iatz?«

»Frog nit so bled! Hintaher!«, antwortete Martin und rannte los.

Josef versuchte, mit ihm mitzuhalten, schaffte es aber nicht.

Wieder blieb Martin stehen und gab einen Schuss in die Luft ab. Endlich schien Kola einzusehen, dass es keinen Sinn machte, wegzurennen. Er blieb ruckartig stehen und hob die Hände. Martin schnaufte erst einmal tief durch, ehe er zu Kola ging. »Hände nach hinten!«, befahl er, als er Kola erreichte. Er legte ihm Handschellen an. »Eigentlich wollte ich das ja nicht, aber Sie lassen mir keine andere Wahl«, sagte er zu ihm.

Mit Kola in der Mitte gingen sie zum Auto. Dort verfrachteten sie ihn auf den Rücksitz. Martin zog sein Handy, rief bei der Kriminaltechnik an und ordnete eine Hausdurchsuchung und Spurensicherung in Kolas Haus an.

Sie fuhren in die Dienststelle und brachten Kola sofort in den Keller, in dem sich der Zellentrakt befand. Martin übergab Kola einem Beamten und ordnete an: »Erkennungsdienstliche Behandlung bitte. Dann in eine Zelle.«

Als Martin wieder am Schreibtisch saß, klingelte sein Telefon. Er nahm den Anruf an. Es war ein Kollege der Spurensicherung.

»Herr Egger, wir sind beim Haus der Familie Bergmann. Das heißt, eigentlich bei dem Gebäude des Hausmeisters. Sie hatten eine Durchsuchung angeordnet? Gibt es einen Befehl?«, fragte der Kollege.

»Ja, das ist richtig. Einen Befehl brauchen wir nicht. Es ist Gefahr in Verzug«, antwortete Martin.

»Welchen Grund gibt es für die Durchsuchung? Wonach sollen wir suchen?«

»Wir mussten Herrn Kola festnehmen wegen unerlaubten Waffenbesitzes, Verdacht auf Waffenhandel und Beteiligung an einem Banküberfall. Suchen Sie bitte nach Waffen, Munition und Ähnlichem. Es könnte durchaus sein, dass irgendwo im Haus oder im Keller etwas versteckt ist.«

»In Ordnung, Herr Egger. Sie bekommen dann einen Bericht von uns«, sagte der Kollege. Martin legte wieder auf.

In diesem Moment betrat Staatsanwalt Diederich das Büro. »Herr Egger, ich habe gehört, Sie hatten eine Festnahme?«

»Das ist richtig, Herr Staatsanwalt. Ich schreibe gleich meinen Bericht«, sagte Martin.

»Darf ich den Grund der Festnahme erfahren? Brauchen wir einen Haftbefehl?«

»Ja, gerne. Der Grund für die Festnahme war in erster Linie unerlaubter Waffenbesitz. Auch der Verdacht, dass die Waffe, die Herr Kola in seinem Besitz hatte, von Herrn Oliver Bergmann für einen Bankraub verwendet wurde, begründet meinen Verdacht. Außerdem besteht Fluchtgefahr. Herr Kola hat Verwandte in Tschechien, die er seiner Aussage nach regelmäßig besucht.«

»Gut, dann beantrage ich gleich Haftbefehl. Den Bericht bekomme ich dann noch?«

»Ja, sobald ich ihn fertig geschrieben hab«, bestätigte Martin.

»Gut, dann warte ich darauf«, sagte der Staatsanwalt und verließ das Büro.

Martin holte sein Diktiergerät aus der Lade. Er benutzte es nur selten. Meist nahm er sein Handy mit der Diktierfunktion, wenn er etwas aufzeichnen wollte. Langsam und bedächtig diktierte er seinen Bericht in das Gerät. Zwischendurch musste er überlegen und bei Josef nachfragen, damit er keine Fehler machte. Es dauerte über eine Viertelstunde, bis er fertig war. Danach nahm er den Chip aus dem Gerät und brachte ihn zu Vanessa. Er legte ihn ihr auf den Tisch. »Könntest du mir das bitte abtippen?«, fragte er. Vanessa war zwar nicht begeistert, stimmte aber zu.

Martin ging zurück zu seinem Platz und setzte sich. Er holte sich wieder die Berichte und Protokolle zum Fall auf den Schirm. Er las alles noch einmal genau durch. Nach kurzer Zeit brannten seine Augen und ein starker Kopfschmerz breitete sich in seiner Stirn aus. Der Schmerz zog über seine Nase herunter zu den Nebenhöhlen. Er rieb sich die Augen, aber es wurde nicht besser.

»Weinst du?«, fragte Vanessa von ihrem Platz aus.

»Wieso?«

»Na, deine Augen sind ganz rot. Hast du was im Auge?«

»Wahrscheinlich nur eine Wimper«, antwortete Martin und rieb über die Augen.

»Du solltest mal zum Optiker gehen und dir eine Brille besorgen«, riet ihm Vanessa.

»Eine Brille? Ich brauch keine Brille! Ich sehe bestens!«, beteuerte Martin.

»Ich finde, Vanessa hat recht«, sagte Josef. »Ich beobachte dich schon lange. Beim Zeitunglesen werden die Arme immer kürzer und bei deiner Arbeit am Computer rückst du immer weiter nach hinten«, fügte er hinzu.

»Altersweitsichtigkeit nennt man so etwas«, rief Vanessa herüber.

»Altersweitsichtigkeit? So ein Blödsinn! So alt bin ich auch wieder nicht.«

»Bei meinem Vater hat es auch in dem Alter angefangen«, erklärte Vanessa.

»Wie alt war denn dein Vater da?«, fragte Martin Vanessa.

»Um die vierzig, genau wie du«, antwortete sie.

Martins Telefon klingelte. Er nahm den Anruf an.

»Meiler, Spurensicherung! Servus Martin. Du hast uns zu dem Hausmeisterhaus von Kola geschickt?«

»Servus Gerhard! Ja, das stimmt. Habt ihr etwas gefunden?«

»Davon kannst du ausgehen. Wir haben hier fünf CZ fünfundsiebzig, zehn Schachteln neun Millimeter Patronen, eine AK siebenundvierzig, also eine Kalaschnikow, dazu Munition, mit der du eine ganze Kompanie ausrüsten könntest, und drei Glock einunddreißig mit dazugehöriger Munition.«

»Wo war das ganze Zeug versteckt?« Martin konnte es nicht fassen.

»Im Keller hinter einem Stapel Holz. Da war ein Hohlraum«, antwortete Meiler.

»Wie sieht's mit Fingerabdrücken aus?«

»Jede Menge, aber die haben wir noch nicht ausgewertet.«

»Schickst du mir dann den Bericht?«

»Den lege ich dir auf System. Servus Martin.«

»Servus Gerhard«, sagte Martin und legte auf.

Josef sah ihn interessiert an. »Haben sie was gefunden?«

»Ja, einen Haufen Zeugs. Das hätte ich von dem nicht gedacht. Der muss Blut und Wasser geschwitzt haben, als wir bei ihm waren.«

»Ich habe aber nichts davon bemerkt«, meinte Josef.

»Daran siehst du, was für ein eiskalter Hund der ist«, antwortete Martin.

Martin schaute auf seine Uhr. »Schon nach drei«, murmelte er. »Ich hab Hunger. Wie sieht's mit euch aus?«, fragte er und sah zu Josef hinüber.

»Ich eigentlich auch. Ich hab seit dem Frühstück nichts mehr gegessen«, antwortete dieser.

»Und du?«, fragte er Vanessa.

»Ich hab noch keinen Hunger.«

»Dann schlage ich vor, Josef und ich gehen was essen und du, Vanessa, hältst die Stellung. Ist das für dich in Ordnung?«

»Ja ja geht nur. Ich mach derweil eure Arbeit«, sagte sie und lächelte sie an.

Martin und Josef gingen zum unweit entfernten Fleischer. Josef langte kräftig zu. Während Martin sich mit einer Schnitzelsemmel begnügte, bestellte Josef eine ganze Schweinestelze mit einer gehörigen Portion Kartoffelsalat. Sie aßen gleich vor Ort.

»Du muaßt wieda amoi übatreim«, meinte Martin.

»Wos moanst?«, fragte Josef »Unsane zwoa, dea Oliver und de Franziska? De brauchan doch iatz a Göd. Vü homs ja nit. De miassn schaun, wos oans heakriang«, fügte er zwischen zwei Bissen Stelze hinzu.

»Hoffentlich wean des koana zwoatn Bonnie und Clyde«, meinte Martin.

Als sie mit dem Essen fertig waren, kehrten sie ins Büro zurück.

»Hat's was gegeben?«, fragte Martin Vanessa.

»Das kann man wohl sagen. Ein Raubüberfall auf eine Tankstelle in Mittersill. Die Kollegen vermuten, dass Franziska und Oliver die Täter sind. Sie waren zwar maskiert, aber die Statur kommt hin. Die Beute betrug zweitausend Euro.«

»Gut, dass wir für Mord und nicht für Raub zuständig sind«, meinte

Josef. Zu Martin gewandt sagte er: »Hab ich's nicht gesagt? Da beginnt einer die ganz große Karriere.«

»Wollen mir mal hoffen, dass es dabei bleibt und es keine Toten gibt«, meinte Martin.

»Ist wenigstens die Fahndung verschärft worden?«, fragte Martin Vanessa.

»Ja ist sie. Es gibt sogar einen Aufruf über Fernsehen und Radio.«

»Ich geh jetzt mal zu Kola, die Vernehmung machen«, verkündete Martin.

»Soll ich mitkommen?«, fragte Vanessa.

»Nein, brauchts nicht. Ich mach das alleine.«

Martin rief im Zellentrakt an und bat darum, dass Kola in ein Vernehmungszimmer gebracht wurde. Als er dort eintraf, wartete der Mann bereits auf ihn.

Kola sprang auf und fragte erregt: »Wie lange muss ich denn noch auf Sie warten? Bringen wir's hinter uns, dann gehe ich wieder heim!«

Martin zeigte auf den Stuhl und sagte: »Setzen Sie sich.« Kola nahm Platz. Martin setzte sich ihm gegenüber und schaltete das Mikrofon ein, um die Vernehmung aufzunehmen. »Ihr Anwalt müsste gleich hier sein. So lange warten wir«, sagte er zu ihm.

Um die Wartezeit zu verkürzen, ging Martin in den Nebenraum und beobachtete Kola durch den venezianischen Spiegel. Er sah, wie Kola aufstand und unruhig im Raum auf und ab lief. Er schwitzte offenbar sehr heftig, denn er zog ein Taschentuch aus der Tasche und tupfte sich damit die Stirn ab. Immer wieder blickte er in Martins Richtung, den er nicht sehen konnte.

Es klopfte kurz an der Türe.

»Ja bitte«, sagte Martin.

Die Tür ging auf und ein Mann in teurem Anzug betrat den Raum. Er trat auf Martin zu und reichte ihm die Hand. »Dr. Spielvogel. Ich bin der Anwalt von Herrn Kola«, stellte er sich vor.

»Angenehm, Chefinspektor Egger«, begrüßte ihn Martin.

Der Anwalt nahm neben Kola, der sich soeben gesetzt hatte, Platz.

Er sah Martin auffordernd an. »Können wir beginnen? Ich habe noch einen anderen wichtigen Termin«, bat er.

»Ja sicher. Akteneinsicht hatten Sie ja bereits?«

»Leider hatte ich nicht viel Zeit dazu, denn Ihre Sekretärin hat wohl ein wenig geschlafen. Da hat's gedauert, bis ich den Bericht bekam«, meinte er.

Martin sparte es sich, ihn aufzuklären, dass Vanessa keineswegs seine Sekretärin war.

»Wie Sie aus den Unterlagen ersehen können, sind die Vorwürfe gegen Herrn Kola beträchtlich. Ich verzichte jetzt auf die Auflistung der einzelnen Vergehen, die wir ihm vorwerfen, denn es kommt sicher noch eine Reihe hinzu«, erklärte Martin.

»Ich habe meinen Mandanten bereits darüber aufgeklärt, dass er nichts sagen muss, was ihn belastet«, antwortete der Anwalt.

»Gut, dann können wir mit der Vernehmung beginnen?«, fragte Martin.

»Sicher, ich sagte ja vorhin bereits, dass ich nicht viel Zeit habe.«

Martin wandte sich an Kola. »Herr Kola. Ich habe Ihnen heute schon mal gesagt, was ich Ihnen vorwerfe. Ihnen wird zur Last gelegt ...«

»Und ich habe Ihnen gesagt, dass ich nichts getan habe und unschuldig bin!«, unterbrach ihn Kola.

Martin fuhr unbeirrt fort: »Neu ist, dass mit Hilfe Ihrer Waffe eine Tankstelle überfallen wurde. Ferner wurden in Ihrem Keller mehrere Schusswaffen nebst Munition gefunden, von denen mindestens eine unter das Kriegswaffenkontrollgesetz fällt. Was sagen Sie dazu, Herr Kola?«

»Nichts! Wie Sie vorhin gehört haben, hat mir mein Anwalt geraten, nichts zu sagen, was mich belasten könnte.«

»Ich würde Ihnen aber dringend raten, auszusagen, denn das könnte Ihnen unter Umständen ein paar Jahre Gefängnis ersparen.«

»Das ist egal. Ich habe nichts zu sagen, denn ich bin unschuldig«, antwortete Kola stur.

»Wie Sie wollen. Ein Haftbefehl ist beantragt und ich denke, Sie können sich auf ein paar Jahre im Häfn einstellen. Fragen Sie Ihren Anwalt. Er wird Ihnen das sicher bestätigen«, sagte Martin und sah dabei Spielvogel an.

»Darf ich noch ein paar Minuten mit meinem Mandanten alleine sprechen?«, fragte dieser.

»Ja, sicher. Ich warte in meinem Büro auf Sie«, antwortete Martin und verließ den Raum.

Kapitel 16

Nachdem der Anwalt gegangen war, fuhr Martin noch einmal zur Familie Ebersbacher. Er stellte seinen Wagen vor dem Haus ab und öffnete vorsichtig das wackelige Hoftor. Es quietschte in den Angeln. Das Quietschen wurde offensichtlich von drinnen gehört, denn als er auf die Haustüre zutrat, wurde sie bereits geöffnet. Frau Ebersbacher stand in der Türe. »Guten Tag, Frau Ebersbacher. Es haben sich neue Erkenntnisse ergeben, deshalb muss ich mit Ihnen und Ihrem Mann noch einmal reden«, sagte Martin.

Frau Ebersbacher nickte nur kurz. »Kommen Sie mit. Mein Mann ist in der Küche«, sagte sie. Martin folgte ihr.

Herr Ebersbacher saß auf der Eckbank und las Zeitung, als Martin eintrat. »Guten Tag, Herr Ebersbacher.«

Ebersbacher blickte nur kurz auf und brummte: »Guten Tag.« Dann widmete er sich wieder seiner Zeitung.

»Der Chefinspektor hat noch ein paar Fragen an uns. Leg doch bitte die Zeitung weg«, bat Frau Ebersbacher. Nur widerwillig legte ihr Mann die Zeitung zusammen und schob sie auf den Tisch.

»Wollen Sie sich nicht setzen?«, fragte Frau Ebersbacher. Martin nahm auf einem der Stühle am Tisch Platz. Auch Frau Ebersbacher setzte sich. Sie sah ihn neugierig an und fragte: »Welche Fragen haben Sie denn noch? Wie können wir Ihnen helfen?«

»Nun, es sind nur ein paar Auskünfte, die ich von Ihnen noch brauche. Können Sie sich noch an den Tag erinnern, als Sie Sabine das letzte

Mal gesehen haben? Hat Sie etwas Außergewöhnliches gesagt? Was hat sie mitgenommen? Kleidung? Geld? Kosmetika?«

Frau Ebersbacher überlegte angestrengt. »Wissen Sie, das ist schon so lange her. Ganz genau kann ich das nicht mehr sagen. Ich weiß nur noch, dass sie am Abend, bevor sie verschwand, gesagt hat, dass sie zu Franziska zieht. Mitgenommen hat sie eigentlich nichts. Jedenfalls keine Kleidung oder so. Nur ihr Geld, ihren Ausweis, die Kontokarte und die Dauerkarte für die Bahn«, sagte sie nach einer Weile.

»Also keine weiteren persönlichen Dinge?«

»Wenn Ihnen meine Frau das schon sagt!«, fuhr ihn Ebersbacher an. Martin merkte ziemlich schnell, dass er unerwünscht war. Zumindest von Herrn Ebersbacher. Frau Ebersbacher schien zugänglicher zu sein. Herr Ebersbacher nahm wieder seine Zeitung und begann zu lesen. Er tat, als wäre Martin gar nicht da. Frau Ebersbacher riss ihrem Mann die Zeitung aus der Hand und warf sie in die Ecke. »Du musst jetzt nicht Zeitung lesen, wir haben Besuch, falls dir das entgangen sein sollte«, fuhr sie ihn an.

Frau Ebersbacher schaute Martin an. »Stimmt es, dass Franziska mit Oliver eine Tankstelle überfallen hat? Wir haben das im Radio gehört.«

»Es sieht ganz danach aus«, bestätigte Martin.

Frau Ebersbacher schüttelte den Kopf. »Diese Kinder! Nichts als Sorgen hat man mit ihnen. Jetzt überfallen sie auch noch eine Tankstelle! Die Familie Bergmann schwimmt doch geradezu in Geld! Wozu dann dieser Überfall? Woher kommt diese kriminelle Energie? Von uns hat Franziska das sicher nicht! Sabine hätte so etwas nie getan«, sagte sie.

»Das wüssten wir auch gerne«, sagte Martin. »Sabine hat also nichts weiter gesagt? Nur, dass sie zu Franziska zieht? Denken Sie noch mal nach, bitte. Es könnte wichtig sein«, sagte Martin eindringlich.

»Wissen Sie denn immer noch nicht, wer sie umgebracht hat?«

»Darüber darf ich Ihnen keine Auskunft geben«, sagte er ruhig, aber bestimmt.

Frau Ebersbacher dachte noch einmal nach. An ihrer gerunzelten

Stirn erkannte Martin, dass sie sich wirklich Mühe gab. Aber dann schüttelte sie den Kopf. »Nein, mir fällt nichts weiter ein. Was ist mit dir?«, sagte sie zu ihrem Mann.

Herr Ebersbacher schüttelte nur den Kopf.

So kam Martin nicht weiter. Er verabschiedete sich und beschloss, zurück zur Dienststelle zu fahren. Auf dem Weg dorthin kam er an einem Optiker vorbei. Kurzerhand stellte er den Wagen in einer Parklücke ab, die soeben frei wurde. Er ging in das Geschäft und wurde sofort von einem eifrigen Verkäufer begrüßt. »Guten Tag der Herr, was kann ich für Sie tun?«

»Ich glaube, ich brauche eine Brille.«

»Kein Problem, wir haben jede Menge da. Ich muss Sie nur zuerst testen, um Ihre Dioptrien festzustellen.« Martin schilderte ihm noch die Probleme, die er hatte. Danach gingen sie in ein Nebenzimmer, in dem der Verkäufer seine Sehstärke feststellte.

»Ich würde Ihnen raten, zu einem Augenarzt zu gehen. Die Probleme, die Sie schildern, deuten auf eine Entzündung hin. Da kann und darf ich nichts machen«, erklärte er Martin.

»Können Sie mir denn einen Augenarzt empfehlen?«, fragte Martin.

»Ja natürlich. Am besten gehen Sie zu Doktor Bieber. Ich gebe Ihnen seine Karte mit.« Er reichte Martin eine Visitenkarte. Martin sah sie sich genau an und stellte fest, dass die Praxis unweit der Dienststelle war.

»Sie haben wohl ein Abkommen mit dem Herrn Doktor?«, fragte Martin und lächelte.

Der Verkäufer wurde verlegen, gab aber dann zu: »Na ja, wissen Sie, wir schicken ihm unsere Kunden und er schickt seine Patienten zu uns. Das ist eine Win-Win-Situation.«

Martin nickte und lächelte wieder. »Ich verstehe«, sagte er. Er verließ den Laden und fuhr zur Dienststelle.

»Hast du bei der Familie Ebersbacher etwas Neues herausbekommen?«, fragte Josef, als Martin das Büro betrat.

»Nein, eigentlich nicht. Der Herr Ebersbacher scheint mir ein sehr unangenehmer Zeitgenosse zu sein. Er war so was von unhöflich. Nicht einmal die Zeitung wollte er beiseitelegen, als ich dort war«, erzählte Martin.

Als Martin an seinem Platz ankam, nahm er als Erstes den Telefonhörer und rief beim Augenarzt an. Er machte einen Termin für den kommenden Morgen. Als er aufgelegt hatte, klingelte das Telefon. »Egger?«

»Ebersbacher hier«, meldete sich eine Frauenstimme.

»Frau Ebersbacher? Gibt es noch etwas, das Sie mir sagen wollen? Ist Ihnen nun doch noch etwas eingefallen?«, fragte Martin.

»Ja, ich hab vergessen, Ihnen zu sagen, dass Sabine ihr Handy liegen lassen hat. Das hat mich gewundert. Sie ging sonst nie ohne ihr Handy aus dem Haus! Ich hab's komischerweise erst vor ein paar Tagen gefunden. Es lag hinter ihrer Couch«, erzählte Frau Ebersbacher.

»Haben Sie das Handy noch?«, fragte Martin hoffnungsvoll.

»Ja, ich habe es hier. Mein Mann wollte es zwar wegschmeißen, aber die Dinger sind doch so teuer.«

»Sind Sie in einer halben Stunde noch zu Hause? Ich schicke jemand vorbei, der das Handy abholt.«

Frau Ebersbacher zögerte ein wenig, ehe sie sagte: »In einer halben Stunde? Ja, da bin ich noch da. Später nicht mehr, weil ich noch zum Einkaufen muss.«

»In Ordnung. Ich schick gleich jemanden los«, sagte Martin und legte auf.

»Vanessa? Hast du das mitbekommen? Du müsstest schnell einmal zur Frau Ebersbacher fahren, sie hat das Handy von Sabine gefunden und wir brauchen das zum Auswerten. Mich interessiert, mit wem sie zuletzt telefoniert hat, von wem sie SMS bekommen hat, wem sie welche geschickt hat und so weiter.«

»Bin schon unterwegs!«, rief Vanessa und verließ das Büro.

»Martin! Martin!«, rief Josef plötzlich.

»Wos nacha? Host wos gfundn?«

»Des dat i scho moana. Host du eigentli scho amoi noch dem Bergmann seine Eintrüg gschaut? Dea hot do a poar Einträg drin, de wo mi scho a wengal nachdenkli mochn.«

»Und wos?«, fragte Martin interessiert.

»Des sand zwoar bloß a poar öltane Sochn, aba immerhin ...? In a Schlägerei is ea amoi vowicklt gwen. Do hot ea a Gödstrof zoihn miassn und ... ja varreck Kaffeehaus! Waffenbesitz! Dea hot amoi a illegale Waffn khobt. Abe de hot ea freiwillig obgem. Dea Revoiva woar no vo seim Vadda, hot ea ongem durtmois.«

»Aba so richtig vurbestraft is ea nit oda? Sunst kanntat ea ja nit ois Pharmareferent oarbatn.«

»Naa, is ea nit. Aba ganz so sauba, wia ea tuat, is ea aa nit«, antwortete Josef.

Martin taten die Augen schon wieder weh.

Deshalb sagte er: »I geh iatz hoam. Mia glangts füa heit. I hob Schädlweh und meine Aung brennan. Mia sehng uns murng.«

»Und wia kimm i nacha hoam?«

»Loss de vo da Vanessa hoamfoahrn. Murng Friah muaßt aa schaun, wiasd in d'Oarbat kimmst. I muaß zum Dokta.«

Da Martin am Ortsrand von Zell wohnte, kam er bald zu Hause an. Als ihn Julia sah, erschrak sie sichtlich.

»Wie siehst du denn aus? Was ist los mit dir? Deine Augen! Geht's dir nicht gut?«, fragte sie besorgt.

»Halb so wild. Die Augen sind ein wenig überanstrengt von der Computerarbeit.«

»Papa? Spielst du mit uns?«, fragte Max.

»Nein, jetzt nicht, ein andermal gerne. Ich bin müde«, lehnte er mit einer schwachen Handbewegung ab.

Julia fasste ihn unter den Arm. »Komm, ich bring dich ins Wohnzimmer. Setz dich auf die Couch und ruh dich ein wenig aus. Das Abendessen dauert ohnehin noch.« Willig ließ sich Martin ins Wohnzimmer bringen, wo er sich auf die Couch setzte. Er nahm die Fernsehzeitung zur Hand und wollte das Abendprogramm lesen. Aber er konnte nichts erkennen. Deshalb lehnte er sich einfach zurück.

Julia beobachtete ihn. Sie meinte: »Es wird allmählich Zeit, dass du dir eine Brille zulegst. So kann das nicht weitergehen. Du siehst schlecht, gesteh dir das doch endlich ein. Das ist nur deine Eitelkeit, dass du dir keine Brille machen lässt. Heutzutage gibt es so schöne Modelle. Morgen gehen wir ...«

»Ich hab morgen Früh um acht einen Termin beim Augenarzt. Ich hab mich heute schon angemeldet. Mir wär's recht, wenn du mitkommen würdest. Soweit ich weiß, bekommt man so Tropfen in die Augen und dann kann man nicht mehr Auto fahren.«

»Das stimmt schon. Natürlich komme ich mit. Es freut mich, dass du das endlich in Angriff genommen hast. Es wurde auch höchste Zeit. Wenn du wieder besser siehst, wirst du dich viel wohler fühlen.«

»Ich hoff's«, brummte er.

Julia ließ ihn allein und ging in die Küche, um das Abendessen fertig zu machen.

Martin schaltete ganz entgegen seiner sonstigen Gewohnheit den Fernseher an. Normalerweise weigerte er sich, so früh am Abend schon fernzusehen, aber heute wollte er die Nachrichten zumindest hören. Er lehnte sich zurück und schloss die Augen. Den Sprecher konnte er auch so verstehen. Im Anschluss an die Sendung kam die Suchmeldung, die sie herausgegeben hatten. Die Bilder dazu waren zwar nicht mehr die Neuesten, aber Franziska und Oliver waren durchaus zu erkennen. Ab jetzt würde es wohl wieder rund gehen in der Telefonzentrale.

Kapitel 17

Am nächsten Morgen fuhr Martin nach dem Frühstück mit Julia zum Augenarzt. Die Arzthelferin erklärte ihm: »Ich muss Ihnen jetzt ein paar Augentropfen geben, das dient zur Erweiterung der Pupillen. Wir warten eine Stunde. Dann dürfen Sie sofort hinein ins Sprechzimmer.« Martin bekam die Tropfen und setzte sich ins Wartezimmer zu Julia. Ziemlich genau nach einer Stunde kam die Sprechstundenhilfe wieder. »Kommen Sie bitte, Herr Egger?« Im Sprechzimmer erwartete ihn ein freundlicher älterer Herr, der sich sofort vorstellte und Martin die Hand reichte. »Doktor Bieber. Sie sind Herr Egger?«

»Ja, der bin ich.«

»Nehmen Sie doch bitte Platz«, sagte Doktor Bieber und zeigte auf den Behandlungsstuhl. Als Martin Platz genommen hatte, begann der Arzt mit seinen Untersuchungen. Er war sehr gründlich. Zwischendurch fragte er Martin: »Was sind Sie eigentlich von Beruf?«

»Ich bin bei der Polizei«, antwortete Martin. »Bei der Mordkommission.«

»Aha? Sind Sie denn mit dem Fall Bergmann betraut?«

»Wieso interessiert Sie das?«

»Herr Bergmann ist ein langjähriger Vertreter, der uns mit Medikamentenproben versorgt. Ein sehr freundlicher und zuverlässiger Mann. Ich habe gelesen, dass seine beiden Kinder Schwierigkeiten mit der Polizei haben. Ist das wirklich so dramatisch?«

»Banküberfall und Tankstellenraub sind schwerwiegende Straftaten, die beiden werden sicher zur Rechenschaft gezogen.«

»Haben Sie denn schon eine Spur von den beiden?«

»Darüber darf ich leider nicht reden, Herr Doktor. Das ist wie bei Ihnen. Sie haben doch auch eine Schweigepflicht?«

»Ja, natürlich. Sogar gegenüber Behörden darf ich nichts sagen.« Bieber untersuchte ihn weiter.

Der Arzt kam wie erwartet zu dem Schluss, dass Martin dringend eine Brille benötigte. Martin verabschiedete sich und ließ sich von Julia zum Optiker fahren. Es war derselbe, bei dem er schon am Vortag gewesen war. Er wurde genauso freundlich begrüßt. Der Verkäufer zeigte ihm und Julia verschiedene Modelle, wobei es Martin sehr schwerfiel, sich für eines zu entscheiden. Er verließ sich voll und ganz auf das Urteil Julias. Der Verkäufer versicherte ihm, dass die Brille noch in derselben Woche fertig sein würde und er sie abholen könne.

Als sie den Laden verließen, maulte Martin dennoch. »Was die Dinger kosten! Dafür kann ich ja ein Jahr Urlaub machen!«

Julia schüttelte nur den Kopf.

»Fahr mich bitte in die Dienststelle«, sagte er.

»Na klar, gerne.«

»Na? Wo hast du deine Brille?«, fragte Josef mit leicht spöttischem Unterton, als Martin ins Büro kam.

»Die liegt noch beim Optiker. Ich krieg sie erst in den nächsten Tagen«, antwortete Martin darauf.

»Was ist es denn für eine?«, fragte Vanessa interessiert.

»Eine zum durchgucken«, antwortete Martin.

»Nein, ich mein, was für ein Modell?«

»Ferrari oder Jaguar. Das Auto krieg ich dazu. Jedenfalls kostet die Brille so viel, dass es eins als Dreingabe geben muss«, brummte er. »Wie sieht's mit unserem Fall aus?«, fragte Martin, um vom Thema abzulenken. »Gibt es neue Erkenntnisse? Haben wir Meldungen von der Fahndung oder vom Raubdezernat?«, fragte er weiter.

»Nein, bisher nicht. Wir sind immer noch auf dem alten Stand«, antwortete Vanessa.

»Was glaubt ihr, wer noch als Mörder infrage kommt? Von wem haben wir noch keine genauen Informationen?«

»Sabine wurde doch mit einer Klaviersaite umgebracht? Jedenfalls haben wir das so im Bericht der Gerichtsmedizin drin«, sagte Vanessa. »Jetzt stellt sich mir die Frage, wer von den Beteiligten hat Zugang zu einer Klaviersaite? So etwas hat man doch nicht einfach zu Hause?«

»So eine Saite bekommst du in jedem Musikfachgeschäft. Die Dinger sind aber nicht gerade billig«, erklärte Martin.

»Ja schon, aber wer kauft sich eine Klaviersaite, wenn er kein Klavier hat?«, erwiderte Vanessa.

»Es muss ja nicht unbedingt eine Klaviersaite sein. Otto hat das wahrscheinlich nur als Beispiel genannt. So ohne Weiteres sieht man einer Saite nicht an, zu welchem Instrument sie gehört. Es kann genauso eine Cello-, Bass- oder Harfensaite sein.«

»Oder eine Gitarrensaite?«, ergänzte Vanessa Martins Ausführung.

»Oder auch das«, stimmte Martin zu.

»Jedenfalls muss der Täter ein Saiteninstrument besitzen«, mutmaßte Josef.

»Ist jemandem von euch eins aufgefallen? Habt ihr irgendwo bei jemandem eins gesehen?«, fragte Martin und schaute sie der Reihe nach an. Er erntete nur Kopfschütteln. »Gut, dann nehmen wir uns alle noch einmal vor«, beschloss Martin. Martin wählte die Nummer von Familie Bergmann. Frau Bergmann ging ans Telefon.

»Herr Chefinspektor? Was kann ich für Sie tun?«, fragte sie.

»Ich habe noch eine Frage. Haben Sie irgendein Saiteninstrument im Haus?«

»Ja haben wir. Es ist eine Harfe. Sie gehört Franziska. Wir haben sie in den Keller gestellt, weil wir oben das Zimmer anderweitig nutzen wollten.«

»Darf ich die mal sehen?«, fragte Martin

»Selbstverständlich. Kommen Sie einfach vorbei, wenn Sie Zeit haben.«

»Vielen Dank, dann mache ich mich gleich auf den Weg«, erwiderte Martin und legte auf.

Gemeinsam mit Vanessa fuhr er los. Kurz darauf stand er wieder vor dem Haus der Bergmanns. Vanessa bot an, sich bei Frau Kola zu erkundigen, ob sie ein Instrument besäßen. Martin stimmte zu und ging zur Eingangstür der Bergmanns. Frau Bergmann erwartete ihn bereits.

»Kommen Sie doch herein, ich zeig Ihnen das Instrument«, sagte sie und öffnete die Haustüre weit. Martin folgte ihr in den Keller. Dort stand eine Harfe mitten im Zimmer, die noch fast neu schien. Martin ging hin und strich mit den Fingern über die Saiten. Er lauschte dem Klang und stellte dabei fest, dass etwas nicht stimmte.

Er schaute fragte: »Wann ist die das letzte Mal gestimmt worden?«

Frau Bergmann zuckte mit den Schultern. »Ich weiß nicht? Aber ich glaube, vor zwei Jahren, als Franziska noch hier war.«

»Wann hat sie zuletzt darauf gespielt?«

»Das ist schon länger her. Als sie vierzehn war, hat sie damit aufgehört.«

Martin strich noch einmal mit den Fingern über das Instrument. Dabei machte er die Entdeckung. Er zeigte auf die Harfe. »Da fehlt ja eine Saite? Wurde die beim letzten Mal stimmen nicht ersetzt?«

»Vielleicht hat sie da noch nicht gefehlt«, überlegte Frau Bergmann.

»Wo kann sie dann sein? Hier am Boden liegt sie nicht«, stellte Martin fest.

»Vielleicht hat sie Frau Kola weggeräumt. Sie putzt ja bei uns.«

»Haben Sie Ersatzsaiten hier? Ich meine, wenn jemand so ein Instrument spielt, müsste er doch in der Lage sein, eine neue Saite aufzuziehen und zu stimmen?«

»Nein, Ersatzsaiten haben wir nicht. Die hat immer der Gärtner mitgebracht, wenn er die Harfe gestimmt hat.«

Martin sah sie überrascht an. »Der Gärtner? Wieso stimmt der Gärtner die Harfe?«, fragte er.

»Na ja, wissen Sie, unser Gärtner ist eigentlich gar kein Gärtner. Er war früher Musiker in einer Jazzband. Er hat viel geraucht damals, und da bekam er eine Lungenerkrankung. CODP glaube ich heißt sie.«

»Sie meinen COPD?«

»Ja richtig! Genau so heißt sie. Er konnte dann nicht mehr in geschlossenen Räumen arbeiten. Deshalb hat ihn mein Mann eingestellt. Herr Weber, so heißt unser Gärtner, war froh, dass er im Garten arbeiten konnte. Die frische Luft täte ihm gut, hat er gesagt. Dadurch, dass er Musiker war, er spielte übrigens Klavier, wusste er, wie man eine Harfe stimmt.«

»Wo wohnt Ihr Gärtner denn?«

»Er hat eine kleine Einliegerwohnung in der Stadt.«

»Könnten Sie mir seine Adresse geben?«

»Ja selbstverständlich«, antwortete sie und schrieb etwas auf einen Zettel.

Martin schaute darauf und sah, dass die Adresse unweit der Dienststelle lag. Er nahm sich vor, den Gärtner baldmöglichst aufzusuchen. Dann stieg er die Treppe wieder hinauf und verabschiedete sich.

Martin trat aus dem Haus und warf einen Blick hinüber zum Gartenhaus. Da von Vanessa noch nichts zu sehen war, ging er hinüber. Als er klopfen wollte, hörte er eine Melodie. Es klang wie von einer Geige oder war es eher eine Bratsche? Es hörte sich an wie Katzengejaule im März. Schön war jedenfalls etwas anderes. Entweder war das Instrument total verstimmt oder derjenige, der es spielte, hatte keine Ahnung von Musik.

Martin entschied sich, noch ein wenig zu warten. Das Instrument wurde nur noch ein paar Minuten gequält, dann trat Stille ein. Martin klopfte an die Tür. Die Glocke hatte Kola wahrscheinlich entfernt, denn von ihr war nichts mehr zu sehen. Da nicht gleich geöffnet wurde, klopfte er noch einmal. Diesmal wurde sein Begehr um Einlass erhört. Die Türe öffnete sich und Frau Kola stand vor ihm.

»Guten Tag, Frau Kola. Ich wollte nur meine Kollegin abholen. Wo ist sie denn?«, fragte er.

»Ich komm schon!«, hörte Martin Vanessas fröhliche Stimme. Kurz darauf stand sie vor ihm. Sie strahlte, als ob Ostern und Weihnachten zusammenfallen würden.

»Was ist denn mit dir los? Du strahlst wie der junge Morgen.«

»Ja! Stell dir vor! Frau Kola hat mir die alte Violine ihres Vaters gezeigt und ich hab gleich probiert, darauf zu spielen.«

»Und? War der Versuch erfolgreich?«

»Wie man's nimmt. Ich hab noch nie so ein Instrument in der Hand gehabt und habe einfach versucht, eine Melodie zusammenzubringen.«

»Aber daraus wurde wohl nichts?«

»Du hast es gehört?«

Martin schmunzelte. »Ja, leider.«

»Aber einen Versuch war es doch wert. Weißt du, ich wollte eigentlich schon als Kind immer ein Instrument lernen. Eine steirische Knopfharmonika oder ein Klavier oder so etwas. Aber dafür war kein Geld da. Für das Instrument hätte es vielleicht gereicht, aber der Unterricht wäre zu teuer gewesen.«

»Was hast du herausgefunden?«, wollte Martin wissen.

»Zunächst einmal nur, dass die Violine schon seit Jahren oben auf dem Speicher liegt. In dem Violinenkasten selbst ist ein Fach, in dem etliche Saiten liegen. Ich habe Frau Kola gefragt, ob eventuell eine Saite fehlt. Aber sie hat gemeint, das wisse sie nicht, darauf habe sie nie geachtet.«

»Es könnte also durchaus sein, dass Sabine mit einer Saite aus diesem Kasten umgebracht wurde?«, mutmaßte Martin.

»Ja, möglich wäre es«, stimmte Vanessa zu.

Während der Rückfahrt zur Dienststelle saß Vanessa zunächst schweigend neben Martin im Auto. Plötzlich fragte sie: »Du, Martin?«

»Ja, was gibt es?«

»Meinst du ...? Glaubst du ...? Ich mein ... deine Frau ... Julia ...«

»Jetzt stammel nicht rum, sag schon, was du willst«, unterbrach sie Martin ungeduldig.

»Ich hab dir doch vorhin erzählt, dass ich ein Instrument lernen wollte. Glaubst du, ich mein, könntest du vielleicht deine Frau ... Ach Scheiße! Ich möchte ein Instrument lernen und ich möchte, dass deine Frau mir das beibringt. Sie ist doch Musiklehrerin und da könnte sie mir doch ...«

»Ich frag sie mal. Aber ich denke, du wirst erst ausprobieren müssen, ob du überhaupt Talent dazu hast.«

»Talent habe ich bestimmt! Ich habe viele Talente! Ich bin mir auch ganz sicher, dass ich Musik machen kann. Frag deine Frau, was sie für die Stunde verlangt. Du weißt, ich als Beamtin hab nicht allzu viel Geld«, sagte sie, von sich selbst überzeugt und doch ein bisschen zweifelnd.

»Wie gesagt, ich red mit ihr. Wir werden uns schon einigen. Schließlich gibst du Max und Moritz ja auch Unterricht im Skaten«, antwortete Martin.

In der Dienststelle setzten sie sich auf ihre Plätze. Josef war nicht da.

»Also machen wir mal ein Brainstorming«, begann Martin. »Wir haben mehrere Verdächtige. Natürlich die Familie Bergmann und den Herrn Weber. Den muss einer von uns noch aufsuchen. Die Adresse habe ich hier«, sagte er und zog den Zettel aus seiner Tasche.

»Und Herrn und Frau Kola«, ergänzte Vanessa.

»Genau. Frau Kola hatte auch Zugang zur Harfe«, fiel Martin ein.

»Harfe? Das wäre auch ein schönes Instrument. Ich höre das immer gerne zu Weihnachten, wenn sie in der Kirche spielen.«

»Das ist aber sehr schwer zu spielen. Da braucht man viel Übung. Hast du denn die Zeit dazu?«, fragte Martin.

»Eigentlich nicht, da hast du schon recht. Zum einen ist da unser Beruf, der mich ziemlich in Beschlag nimmt, und zum anderen habe ich meinen Sport. Den möchte ich natürlich nicht vernachlässigen.«

»Und deine Mutter hast du auch noch«, sagte Martin.

»Ja, stimmt«, gab sie zu.

Josef kam zurück. Freudestrahlend rief er aus: »Ich glaub, wir haben sie!«

»Wen meinst du mit sie?«, fragte Martin verständnislos.

»Na die beiden! Herrn und Frau Ebersbacher. Die haben Sabine umgebracht. Ich bin mir ganz sicher! Die haben eine Gitarre, die spielt Herr Ebersbacher. Die Saite könnte durchaus von der Gitarre stammen! Da fehlt nämlich eine«, erzählte Josef freudestrahlend.

»Oje, also noch mehr Indizien«, erwiderte Martin. »Das heißt noch nichts. Der Mord ist immerhin zwei Jahre her, wenn nicht schon länger. Ich hab auch ein Instrument bei der Familie Bergmann gefunden. Eine Harfe. Auch da fehlt eine Saite. Aussagekräftig ist das nicht und beweiskräftig schon gleich gar nicht.«

Josef setzte sich. »Du kannst einem auch jedes Erfolgserlebnis vermiesen«, grantelte er.

»Erfolgserlebnis hin oder her. Wir müssen uns an Tatsachen halten. Mit kann oder könnte kommen wir vor Gericht nicht weit.«

»Du hast ja recht«, stimmte Josef zu, fuhr aber dann fort: »Aber ein paar Hinweise sind es ja trotzdem.«

»Vielleicht sind wir auch komplett auf dem Holzweg?«, meinte Vanessa. »Vielleicht war es nur ein Straßenmusikant, der Sabine umgebracht hat?«, fügte sie hinzu.

»Das könnte natürlich auch sein. Aber daran glaube ich nicht. Das wäre ein zu großer Zufall«, widersprach Martin.

»Ich finde, wir halten uns viel zu viel mit den Musikinstrumenten und den Saiten auf. Das bringt uns offensichtlich nicht weiter. Sollten wir nicht woanders einhaken? Zum Beispiel bei den Schmuckstücken? Ich finde, da sind noch viel zu viele Fragen offen«, meinte Josef.

»Welche zum Beispiel?«, fragte Martin.

Josef holte tief Luft und begann: »Also da wäre mal das Medaillon. Von dem wissen wir, dass Franziska es von ihrer Mutter bekommen hat. Dieses Medaillon hat Franziska an Sabine weiterverschenkt. Mit zwei Fotos drin, von Franziska und Sabine. So haben wir es auch gefunden. Wir haben aber noch den Ring. Auch den hat Franziska von ihrer Mutter und an Sabine weitergegeben. Wir wissen, dass die Steine darin gegen Zirkonia ausgetauscht wurden. Jetzt stellen sich mir die Fragen, wann wurde das gemacht, wer hat das gemacht und vor allem, warum wurde das gemacht? Das sind Punkte, auf die wir noch immer keine Antworten haben.«

Martin musste ihm recht geben. »Es stimmt schon, was du sagst ...«

»Aber?«, unterbrach ihn Josef.

»Wir sind dem noch nicht nachgegangen. Das wäre unser nächster Schritt. Ich schlage vor, Vanessa kümmert sich drum.«

»Und wie? Wie soll ich dem nachgehen? Wenn die Steine ausgetauscht wurden, wie soll ich herausfinden, wer das gemacht hat? Ein ordentlicher Juwelier war das sicher nicht. So einem käme sicher gleich der Verdacht, dass es sich um Diebesgut handelt und der würde den Teufel tun, die Steine auszutauschen. Und um festzustellen, wann die Steine ausgetauscht wurden, müsste ich erst wissen, wann Franziska Sabine den Ring gegeben hat.«

Martin nickte beifällig. »Das ist wirklich keine leichte Aufgabe, aber du wolltest ja wieder in den Außendienst. Geh zur Fahndung und zu denen vom Raub, lass dir die Adressen der einschlägigen Hehler geben und überprüfe sie. Einer von denen wird es wohl gewesen sein«, ordnete Martin an.

»Gut, dann fahr ich jetzt«, kündigte Vanessa an und verließ das Büro.

»Und wos host füa mi zum doan?«, fragte Josef.

»Mia hom do no des Handy vo da Sabine. Geh mit dem zu da Technik und loss des onschaun. I wü wissen, mit wem de Sabine zletzt Kontakt khob hot. Leicht is aa a Nochricht drauf, de wo gschriem wurn is oda in da Mailbox? Du woast eh, auf wos dass onkimmt«, sagte Martin und gab Josef das Handy.

»Do brauch i koa Technik nit. Des konn i söba«, sagte Josef und schaltete das Handy ein. Martin sah ihm geduldig zu. Er wartete ab, bis Josef schimpfte: »Glumpats! Varreckts Glumpats! Do braucht mer jo a PIN!«

»Wos glaubst, worum i di zu da Technik gschickt hob?«, meinte Martin und grinste.

Josef warf ihm einen wütenden Blick zu, ehe er das Büro verließ.

Um seine Augen zu schonen, ließ Martin den Computer aus. Stattdessen lehnte er sich zurück und überlegte. *Was haben wir noch zu tun? Um Franziska und Oliver kümmern sich die Kollegen von der Raub und Eigentumsdelikte. Wir müssen aber trotzdem dranbleiben. Ich frag mich immer noch, wo das Motiv liegt. Warum wurde Sabine umgebracht? Und vor allem von wem? Kann es Franziska getan haben? Im Prinzip schon. Aber das Motiv? Wo liegt das Motiv? Der Schmuck? Wenn sie es getan hat, warum hat sie Sabine den Schmuck nicht abgenommen? Es war doch eigentlich ihrer. Oliver? Hat er sich Sabine gegen ihren Willen genähert und sie hat ihm gedroht, ihn anzuzeigen? Das wäre vielleicht auch noch ein Motiv.*

Die Eltern? Herr Ebersbacher? Er scheint mir keine große Trauer zu verspüren. Ist er vielleicht auch einer von diesen selbstsüchtigen Gefühlsinvaliden? Möglich wär's. Als ich dort war, hat er lieber Zeitung gelesen als meine Fragen zu beantworten. Wie ist es mit Herrn Bergmann?

Der Gärtner? Ich muss mit dem Gärtner reden. Ihn kennenlernen. Was ist er für ein Typ? Musiker war er, hat Frau Bergmann gesagt. Und jetzt Gärtner? Das passt doch irgendwie nicht zusammen. Aber ist das relevant? Warum sollte jemand, der einen Beruf gelernt hat, nicht auch etwas anderes tun können? Heutzutage muss man flexibel sein. Noch dazu, wenn man seinen Beruf wegen einer Krankheit nicht mehr ausüben kann.

Gibt es vielleicht noch jemanden, den wir noch gar nicht auf dem Schirm haben? Einen Freund oder eine Freundin? Eifersucht? Kann es Eifersucht gewesen sein? Ich brauch Franziska. Das sind Fragen, die mir eigentlich nur Franziska beantworten kann.

Kapitel 18

Martin schreckte hoch, als das Telefon klingelte. Er sah auf dem Display, dass es Vanessa war. »Vanessa? Was gibt's? Hast du schon was?«

»Ja, hab ich. Eine Leiche.«

»Wer? Wo? Hast du die SpuSi schon angerufen? Die Technik? Otto?«, fragte Martin erregt und stand auf.

»Nein, hab ich nicht. Ich wollte zuerst dir Bescheid geben. Kannst du mit Josef herkommen?«

»Josef ist grad nicht da. Ich komm alleine. Wo steckst du?«

»Ich bin in Mittersill. Ich hab bereits ein paar Hehler befragt. Aber von denen wusste keiner was. Jetzt komm endlich her und frag nicht so lang«, sagte Vanessa aufgeregt.

»Ja ich komm, wenn du mir sagst, wohin?«

»Mittersill, Hausgasse dreiundzwanzig, erster Stock.«

»Gut, ich bin unterwegs«, rief Martin überlaut ins Telefon. Er legte auf. Zunächst gab er sowohl der Spurensicherung, dann auch Otto, dem Gerichtsmediziner, Bescheid. Da die Spurensicherung und die Kriminaltechnik ohnehin eine Einheit waren, brauchte er die Technik nicht erst noch anzurufen.

Noch ehe er seine Jacke anziehen konnte, war Josef wieder da. »I hob ghert, mia hom an Dotn?«

»Ja, dummel di. Mia miassn glei hi. Scheints hot de Vanessa eahm gfundn.«

»Du woaßt wo?«

»Ja, in Mittasü!«

Martin fuhr zu der von Vanessa genannten Adresse. Die uniformierten Kollegen aus Neukirchen waren schon vor Ort. Unter ihnen natürlich Dienstgruppenleiter Wallner. »Guten Tag, Herr Wallner«, begrüßte ihn Martin.

»Grüß Gott, Herr Chefinspektor«, grüßte Wallner zurück.

»Na? Wie geht's der Familie?«, fragte Martin.

Natürlich war die Frage an sich überflüssig, aber Martin redete gern auch über Privates mit den Kollegen. Dadurch bekam er wesentlich besseren Kontakt zu seinen Leuten als manch andere Kollegen, die gerne den Vorgesetzten raushängen ließen.

»Bestens, Herr Chefinspektor. Nur die Kleine zahnt momentan«, antwortete Wallner.

»Dann haben Sie sicher kurze Nächte?«

»Davon könnens ausgehen«, antwortete Wallner und lächelte.

Martin und Josef begaben sich in die obere Etage. Vor der Türe zur Wohnung wartete Vanessa bereits auf sie.

»Gut, dass ihr endlich da seid«, begrüßte sie Martin und Josef. Sie warteten, bis auch die Kollegen der Spurensicherung und Otto vor Ort waren. Meiler gab jedem von ihnen einen Overall und Überzieher für die Füße. Auch Latexhandschuhe hatte er für sie dabei. Sie zogen die Sachen an und betraten mit Meiler und seinen Kollegen die Wohnung. Martin sah sich um.

»Wo ist die Leiche?«, fragte Otto.

»Dort hinten, im Wohnzimmer«, erklärte Vanessa und deutete in die Richtung.

Otto ging voran. Die Kollegen der Spurensicherung begannen sofort mit ihrer Arbeit, nachdem Meiler sie eingeteilt hatte. Martin, Vanessa und Josef folgten Otto. Als sie das Zimmer erreicht hatten, sahen sie sich zunächst um.

»Eine ungewöhnliche Einrichtung«, meinte Josef.

»Ja, alles aus Pappe«, bestätigte Meiler.

»Wie kann man nur so wohnen?«, meinte Josef noch.

»Über Geschmack lässt sich bekanntlich nicht streiten«, ergänzte Martin.

»Aber umziehen ist damit ganz einfach. Man besorgt sich einen Container für Altpapier und rein damit«, sagte Vanessa.

Vor ihnen auf dem Boden lag eine männliche Leiche. Otto untersuchte sie.

»Was glaubst du, wie lange ist der schon tot?«, fragte Martin.

»Ich würde sagen so zwei bis drei Stunden. Genaueres kann ich dir erst später sagen«, antwortete Otto darauf.

»Und wie ist er umgebracht worden?«

»Hab ich gesagt, dass er umgebracht wurde? Aber du hast recht. Er wurde erschossen und zwar aus nächster Nähe.«

»Schau mal«, sagte Vanessa und bückte sich. Sie hob eine Geldbörse auf, die neben dem Toten lag. Sie wollte sie öffnen, aber Meiler nahm sie ihr aus der Hand.

»Finger weg«, sagte er. Er klappte sie auf und zog einen Ausweis heraus.

Halblaut las er vor: »Aparicio Salinas Huber, Geboren in Madrid. Also ein Spanier mit österreichischem Ausweis.«

Josef sah sich um und lief durch den Raum.

»Lass das bitte. Du verwischst sonst noch Spuren«, sagte Meiler zu ihm.

»Aber ich wollte doch nur ...«

»Was du willst, ist mir egal. Und jetzt raus hier, damit meine Leute arbeiten können.«

Während Martin und Vanessa gehorsam das Zimmer verließen, hob Josef einen der Sessel hoch. »Die sind aber leicht. Da könnte man ...« Weiter kam er nicht, denn aus dem Unterteil des Sitzmöbels fiel ein kleiner Karton. Meiler bückte sich und hob ihn auf. Vorsichtig schüttelte er ihn und hielt sein Ohr daran.

»Was ist da drin?«, fragte Josef.

»Das sehen wir gleich«, sagte Meiler und öffnete ihn. Martin und Vanessa hatten dies mitbekommen und kamen zurück. Meiler griff in die Schachtel. »Da schau her«, sagte er und pfiff durch die Zähne. »Was haben wir denn da?« Er langte hinein und zog ein augenscheinlich sehr wertvolles Collier heraus und reichte es Vanessa. Diese nahm es und hob es hoch. Sie betrachtete es, während Martin sie beobachtete.

»Das ist schön. Wunderschön. Wem das wohl gehört?«, sinnierte sie laut.

»Das werden die Kollegen vom Raub schon noch rausfinden. Die gestohlenen Schmuckstücke sind sicher gelistet«, sagte Josef zu ihr.

Meiler, der sie ebenfalls beobachtet hatte, griff noch einmal in die Schachtel. Diesmal zog er einen blauen Samtbeutel heraus, der mit irgendetwas gefüllt war, das leise klimperte. Meiler öffnete den Beutel und griff hinein. Als er die Hand wieder herauszog, hatte er glitzernde kleine Steine darin.

»Diamanten?«, mutmaßte Martin.

Vanessa, die inzwischen Handschuhe angezogen hatte, nahm sich einen der kleinen Steine und bewunderte ihn, während sie ihn gegen das Licht hielt, das durch das Fenster in den Raum schien. »Wunderwunderschön. Wunderschöne Steine. Das sind geschliffene Diamanten. Schau, wie der glitzert und funkelt. Die ganzen Regenbogenfarben sieht man«, schwärmte sie und schaute den Stein sehnsuchtsvoll an.

»Leider gehören sie uns nicht, und deshalb gibst du ihn wieder in den Beutel zurück«, sagte Martin und holte sie in die Realität.

»Du bist gemein. Lass mich doch ein wenig träumen«, meinte sie beleidigt.

»Wovon denn? Von einem Prinzen, der auf einem weißen Schimmel daherreitet, und dich mit solchen Steinen überschüttet?«, fragte Josef spöttisch.

»Ich brauch keinen Prinzen, der auf einem Schimmel reitet und vielleicht nach Pferdemist stinkt«, antwortete Vanessa zornig und legte den Stein wieder in den Beutel, den ihr Meiler hinhielt.

Meiler griff noch einmal in die Schachtel. »Da ist noch was drin«, sagte er dabei und zog die Hand wieder heraus.

»Sabines Ring!«, entfuhr es Vanessa.

»Das ist der gleiche Ring, den Sabine getragen hat! Wie kommt der hierher?« Sie nahm ihn Meiler aus der Hand und betrachtete ihn genau.

»Hmmm? Zumindest sieht er dem Ring ziemlich ähnlich. Ich mein dem, den wir bei der Toten gefunden haben. Der hatte doch auch drei Steine oder nicht?«

»Wir vergleichen ihn dann in der Dienststelle«, sagte Meiler und nahm ihn wieder an sich.

»Wie bist du eigentlich in die Wohnung gekommen? Aufmachen hat der dir wohl nicht können?«, fragte Martin Vanessa.

»Die Türe stand einen Spalt offen. Wohl seit Stunden, deshalb haben die Nachbarn die Polizei informiert. Ich hab zwar ein paar Mal geklingelt und als keiner kam, bin ich rein.«

»Ist dir zuvor irgendetwas aufgefallen? Ich mein, als du die Treppe hochkamst, ist dir da jemand begegnet?«

»Nein, niemand. Aber das heißt nichts. Der Täter könnte ja nach oben aufs Dach geflüchtet sein, als er mich kommen hörte oder er war schon weg.«

»Hast du schon die Nachbarn befragt?«

»Nein, dazu war noch keine Zeit. Das erledigen aber jetzt Wallners Leute.«

»Jetzt aber raus hier!«, befahl Meiler.

Die drei verließen die Wohnung und warteten im Treppenhaus.

Eine halbe Stunde später kam Wallner zu ihnen. »Herr Chefinspektor. Wir haben jetzt alle Leute im Haus befragt. Aber keiner hat etwas gehört oder gesehen.«

»Ist den Leuten auch sonst nichts aufgefallen? Besucher, die Herr Huber hatte oder so?«

»Ja, doch. Eine Nachbarin hat gesagt, dass öfter seltsame Gestalten bei ihm waren. Solche Leute, denen man lieber nicht nachts über den Weg laufen will.«

»Gibt es Beschreibungen?«

»Ja, auch die gibt es. Der Nachbarin ist auch ein Pärchen aufgefallen, das so gar nicht zu den anderen passte. Mitte zwanzig, das Mädchen blond, schlank und ziemlich lustig drauf. Sie hat immerzu gelacht und irgendwelche zotigen Witze erzählt. Der junge Mann war wohl ebenfalls etwa Mitte zwanzig, dunkle Haare, sportliche Figur und er war unrasiert. Hatte also so einen Dreitagebart.«

Martin nickte. »In Ordnung. Besorgen Sie sich bitte ein Foto von Franziska und Oliver Bergmann. Die sind im System. Zeigen Sie die der Nachbarin. Vielleicht waren das ja unsere beiden.«

»Ich könnte ja auch eins von den Fahndungsplakaten nehmen?«

»Können Sie auch, Herr Wallner, und schicken Sie jemanden aufs Dach. Der Täter könnte dorthin geflüchtet sein«, antwortete Martin. Wallner verließ das Haus.

»Wir fahren jetzt zurück zur Dienststelle. Kommst du nach, Vanessa?«, fragte Martin.

»Ja, ich fahr euch hinterher.«

Martin und Josef kamen in der Dienststelle an. Sie gingen nach oben und warteten dort auf Vanessa. Es vergingen fünf Minuten, dann zehn Minuten, dann war sie schon eine Viertelstunde überfällig.

»Wo se bloß bleibt?«, fragte Martin Josef.

»Leicht hots a Panne khobt? An Plattn gfoahrn oda so?«

»Nacha hätts uns doch ongruafn. Do stimmt wos nit!«, sagte Martin beunruhigt. So etwas kannte er von Vanessa nicht. Sie rief normalerweise an, wenn sie sich verspätete.

»I ruaf se on«, entschied Martin und griff zum Telefon. Er wählte ihre Nummer. Das Freizeichen erklang. Es tutete einmal, zweimal, dreimal, aber niemand nahm ab. Schließlich erklang die Stimme der Mailbox: »Der angerufene Teilnehmer meldet sich nicht ...« Martin legte wieder auf.

»Se geht nit ron!«, sagte er aufgeregt zu Josef.

»Foahrn mer de Streck no amoi ob. Leicht stehts ja wo ...«, sagte Josef ebenfalls nervös.

»Bledsinn. Worum geht's nacha nit an ihra Handy? Do muaß wos passiert sei!«

Die Türe ging auf und Vanessa kam herein. Sofort stürmte Martin auf sie zu. »Da bist du ja endlich! Wo warst du denn? Wir haben uns Sorgen gemacht! Du rufst nicht an, du gehst nicht an dein Handy! Was war denn los?«

»Ich war bloß beim Tanken. Dann musste ich noch für kleine Mädchen. Das hat halt gedauert. Tut mir leid. Aber ich kann doch nicht wegen jedem Scheiß anrufen.«

»Na so ein Glück, wir haben uns schon Sorgen gemacht«, erwiderte Martin.

Martin rief den Bericht der Spurensicherung vom Vortag auf. Ihm war etwas aufgefallen, aber er wusste nicht, was. Er las ihn sorgfältig, dann noch einmal und noch einmal. Endlich bemerkte er, was er zuvor übersehen hatte. Er nahm das Telefon und rief in der Kriminaltechnik an. Dort meldete sich sofort ein Kollege: »KTU, Hofbauer!«

»Egger hier. Herr Hofbauer, ich lese gerade den Bericht der Hausdurchsuchung von Herrn Kola. Da steht, dass bei den Seriennummern der Waffen etwas aufgefallen ist. Ihr schreibt hier, dass die Waffen offensichtlich aus einer Marge stammen. Die ersten sieben Nummern sind gleich, nur die letzten Nummern weisen ein paar Lücken auf. Kann es sein, dass diese Waffen fehlen? Kann es sein, dass mehrere Waffen gestohlen oder sonst wie beschafft wurden, die eigentlich Nummern der richtigen Reihenfolge haben müssten?«

»Es müssen an die zehn Waffen gewesen sein, die in der richtigen Reihenfolge durchnummeriert waren. Da haben wir eben festgestellt, dass welche fehlen.«

»Ist das nur bei den CZ fünfundsiebzig so oder auch bei den Glock?«

»Bei den Glock scheint es ähnlich zu sein, da fehlen aber nur zwei. Da haben wir die Nummern vier, sechs und acht. Also fehlen mindestens Nummer fünf und Nummer sieben«, sagte Hofbauer.

»Verstehe. Vielen Dank, Herr Hofbauer«, sagte Martin und legte auf.

»Ich geh mal schnell in den Vernehmungsraum, ich hab da noch ein paar Fragen an Herrn Kola«, sagte er zu Josef und verließ das Büro.

Im Keller ließ er Kola in einen Vernehmungsraum bringen. Er ließ ihn ein wenig warten, denn er wollte, dass Kola nervös wurde. Erst nach ein paar Minuten betrat auch er den Raum und bat Kola, sich zu setzen, da dieser unruhig im Raum herumlief. Martin setzte sich ihm gegenüber und schaltete das Mikrofon ein. »So, Herr Kola«, begann er, »wir haben Ihre Waffen überprüft und festgestellt, dass einige fehlen. Ich gehe mal davon aus, dass Sie das bereits wissen. Nun möchte ich von Ihnen erfahren, an wen Sie die Waffen verkauft haben.«

Kola sah ihn verstört an. »Ich habe keine Waffe verkauft. Sie wurden mir gestohlen.«

»Von wie vielen Waffen reden wir? Wie viele wurden Ihnen angeblich gestohlen? Wie viele Waffen hatten Sie?«

Kola überlegte. Sein Blick schweifte unruhig hin und her, und er begann heftig zu schwitzen. »Von den CZ fünfundsiebzig hatte ich zehn Stück und von den Glock fünf.«

»Also fehlen von den CZ fünf Stück und von den Glock zwei?«

»Wenn Sie das sagen.«

»Wenn ich das sage, muss das noch lange nicht so sein. Also? Wo sind die Waffen hingekommen?«

Kola hob die Hände. »Ich sagte doch schon, die sind mir gestohlen worden.«

»Von wem? Wer sollte sie Ihrer Meinung nach gestohlen haben und vor allem wie?«

»Das kann eigentlich nur Oliver oder Franziska oder auch beide gewesen sein. Sie wissen doch, der Gang, der von unserem Haus hinüber zum Haupthaus führt. Den haben die Kinder immer zum Spielen benutzt.«

»Woher konnten die beiden von den Waffen wissen? Haben Sie sie ihnen gezeigt?«

Kola zuckte mit den Schultern. »Gezeigt habe ich sie ihnen nicht. Ich denke sie haben sie mal gefunden, als der Holzstapel kleiner war. Neugierig wie Kinder eben sind, werden sie nachgeschaut haben, was dahinter ist.«

»Wie sieht es mit den Kalaschnikows aus? Wie viele hatten Sie von denen?«

»Nur die eine, die, die Ihre Kollegen gefunden haben«, gab Kola zu.

»Was denken Sie, was Oliver und Franziska mit den Waffen vorhaben?«

»Was weiß ich? Wahrscheinlich werden sie die Dinger verkaufen. Sie brauchen ja dringend Geld, und so ein Schießeisen bringt locker mal zwei- oder dreitausend Euro.«

»Wann haben Sie gemerkt, dass die Waffen fehlen?«

»Gestern. Da war das ganze Holz weggeräumt und die Waffen dahinter fehlten. Meine Frau und ich haben das Holz wieder aufgestapelt, damit niemand was sieht.«

»Wie es mit Ihnen weitergeht, das wird das Gericht entscheiden«, sagte Martin, stand auf und verließ den Raum.

Er ging wieder hinauf in sein Büro und nahm Platz. Vanessa und Josef hatten offensichtlich schon auf ihn gewartet, denn Vanessa kam aufgeregt zu ihm. »Meiler hat vorhin angerufen. Sie haben den Ring verglichen. Du weißt schon, den wir gefunden haben. Er fast identisch mit dem, der an Sabines Leiche war.«

»Was heißt fast?«

Nun meldete sich Josef zu Wort. »Fast heißt, dass die Steine diesmal echt sind. Alles andere ist identisch.«

»Das kann aber nicht sein«, sagte Martin skeptisch.

»Wieso kann das nicht sein? Das ist das gleiche Modell eines Rings, nur mit anderen Steinen«, sagte Vanessa.

»Meiler hat uns doch gesagt, dass der Ring, der an Sabines Leiche gefunden wurde, nach Maß angefertigt wurde. Also kann es nicht identisch sein. Was sagt Meiler dazu?«

»Das weiß ich nicht, danach habe ich nicht gefragt«, antwortete Josef.

»Dann werde ich ihn mal fragen«, sagte Martin und nahm sein Telefon. Er rief in der Kriminaltechnik an und verlangte nach Meiler. »Ich habe mal eine Frage an dich, Gerhard. Es geht um den Ring. Du hast uns doch gesagt, dass der Ring, den Sabine getragen hat, nach Maß angefertigt wurde? Wie kann es jetzt sein, dass der Ring, den wir bei diesem Hehler gefunden haben, ihm aufs Haar gleicht?«

»Das verstehe ich nicht. Entweder es ist ein großer Zufall oder auch dieser Ring wurde nach Maß angefertigt, nach demselben Maß.«

»Geh der Sache mal nach, bitte. Was habt ihr noch gefunden? Gab es in der Wohnung noch Hehlerware? Geld, Schmuck oder Sonstiges?«

»Nein. Wir haben absolut nichts gefunden. Vermutlich handelt es sich um Raubmord, und die Täter wussten nichts von der Schachtel unter dem Sessel.«

Martin bedankte sich und legte wieder auf. Er wandte sich an Josef. »Hast du schon Rückmeldung von der Technik? Ich meine wegen der Auswertung des Handys?«

»Ja habe ich. Das sind ganz seltsame Nachrichten. Ich werde da nicht schlau draus!« Josef brachte Martin einen Bogen Papier, den er aus dem Drucker geholt hatte. »Da. Schau mal. Sagt dir das was?«

Martin nahm das Papier und besah es sich. »HDL? F zwei F? BB? CU?«, las Martin leise vor.

Vanessa kam von ihrem Platz herüber und nahm Martin das Blatt aus der Hand. »Das sieht man mal wieder, dass ihr schon alte Männer seid«, sagte sie und lachte.

»Wieso? Was ist das für eine Sprache?«, fragte Martin verdutzt.

»Also, HDL heißt, hab dich lieb. F2F ist aus dem Englischen und heißt face to face, also unter vier Augen. BB bedeutet bye bye und heißt ...«

»So viel wie Servus oder?«, unterbrach sie Martin.

»Richtig! Der Kandidat hat hundert Punkte!«

»Und weiter?«, drängelte Josef.

»Das gibt's doch nicht! Die beiden sind nicht miteinander abgehauen! Die haben sich nur verabredet! Sie wollten sich in Zell am Bahnhof treffen und dann gemeinsam weg«, sagte Vanessa aufgeregt.

»Woher willst du das wissen? Steht das etwa auch in diesen komischen Abkürzungen?«

»Nicht so direkt, der meiste Text, den du eigentlich auch hättest lesen können müssen, ist ganz normal geschrieben!«

»Und was steht da noch? Wohin wollten sie?«, fragte Josef.

»Das haben sie wahrscheinlich untereinander ausgemacht also F2F! Wahrscheinlich wollten sie vermeiden, dass jemand auf dem Handy nachlesen kann, wo sie sind.«

»Wann war der letzte Kontakt?«, fragte Martin.

»Kontakt kann man das wohl nicht nennen. Denn da sind ein paar Nachrichten von Franziska, auf die Sabine nicht mehr geantwortet hat. Da steht dann noch melde dich! ASAP! Wo bist du? OMG der Zug kommt gleich! Beeil dich! Warum gehst du nicht ans Handy? Ich hab schon tausendmal versucht, dich zu erreichen! Wo steckst du?«

»Was bedeutet das denn schon wieder? ASAP und OMG?«, wollte Josef wissen.

Vanessa schnaufte tief durch. »Also ihr zwei seid schon anstrengend. ASAP heißt as soon as possible und bedeutet so bald wie möglich. OMG heißt O mein Gott!«, erklärte Vanessa und gab Martin das Blatt.

»Ich würde vorschlagen, Martin, du lässt dir von Max und Moritz mal die Abkürzungen beibringen. Die kennen die Begriffe sicher.«

Martin nahm das Blatt und legt es kopfschüttelnd beiseite. »Ich merk schon, wir werden richtig alt«, brummte er.

»Wieso hat Sabine das Handy eigentlich nicht mitgenommen? Ohne Handy ist man doch heutzutage aufgeschmissen«, meinte Martin dann noch.

»Vielleicht ist sie gar nicht mehr dazu gekommen? Erinnerst du dich? Sie hat doch nur ihr Geld und ihre Papiere mitgenommen. Kleidung und alles andere ließ sie zu Hause. Das ist doch auch seltsam, wenn ich wegfahre, nehme ich doch was zum Wechseln mit?«, fragte Josef.

»Hmmm, vielleicht hast du recht. Es könnte durchaus sein, dass jemand verhindern wollte, dass Sabine mit Franziska wegfährt. Aber warum?«, überlegte Martin laut.

»Oder es wollte jemand verhindern, dass sie überhaupt wegfährt. Egal ob mit oder ohne Franziska«, fügte Vanessa hinzu.

»Wir brauchen die Handydaten von Franziska. Bewegungsprofil und so weiter. Kümmerst du dich bitte drum, Vanessa?«

»Dafür dürfte es schon zu spät sein. Die Daten sind sicher längst gelöscht«, erwiderte Vanessa.

»Von damals ja. Aber die aktuellen müssten noch gespeichert sein oder meinst du nicht?« entgegnete Martin.

»Ja schon, aber ob sie noch dieselbe Handynummer hat?«

»Probier es einfach mal, dann sehen wir das schon«, erwiderte Martin. Vanessa nickte nur und ging zu ihrem Platz zurück.

»Also so viel ist jetzt klar: Franziska ist ohne Sabine weggefahren. Sabine war zu diesem Zeitpunkt vermutlich schon tot oder anderweitig verhindert. Die Frage ist jetzt nicht mehr, wo sie hinwollten, sondern vielmehr, wer oder was hat Sabine davon abgehalten mitzufahren?«, resümierte Martin.

»Dann kann Franziska Sabine nicht umgebracht haben. Es hätte ja keinen Sinn ergeben, sie ständig anzurufen und ihr Kurznachrichten zu schicken, wenn Franziska wusste, dass Sabine tot ist«, meinte Josef.

»Und wenn sie es trotzdem getan hat? Ich mein, so blöd ist die auch nicht, dass sie nicht wüsste, dass wir das überprüfen. Wenn sie zum Beispiel Sabine umgebracht und ihr danach diese Kurznachrichten geschickt hat, muss doch jeder glauben, dass sie nichts damit zu tun hat«, gab Vanessa zu bedenken.

»Ich glaub's trotzdem nicht. Sie waren doch nicht nur Freundinnen, sondern auch ein Paar. Franziska müsste da schon sehr abgebrüht sein, um so etwas zu tun«, erwiderte Josef.

»Vielleicht war Eifersucht im Spiel? Oder Wut, Zorn oder was weiß ich welche Gefühlsregung?«, warf Martin ein.

»Eifersucht? Glaubst du, dass Sabine eventuell eine andere hatte?«, fragte Vanessa.

»Warum nicht? Oder einen anderen? Vielleicht hat sie sich ja umorientiert?«

»Das kann ich mir nicht vorstellen. Das wäre ja also ob ... Nein, das glaub ich nicht!«

Martin wiegte bedächtig den Kopf. »Man kann in einen Menschen nicht hineinschauen. Es soll auch Ehepaare geben, bei denen einer zweigleisig fährt. Die haben manchmal sogar Kinder.«

»Geld!«, rief Josef plötzlich. »Geld könnte auch das Motiv sein! Sabine ist doch zu Franziskas Eltern gegangen und wollte sie erpressen. Wer sagt uns denn, dass es nicht einer von denen gewesen sein kann?«

»Hör auf mit der Spinnerei«, unterbrach ihn Martin. »Wenn dem so sein sollte, dann haben sie ihre eigene Tochter umgebracht. Das kann ich auch nicht glauben.«

»Was aber ist mit Sabines Zieh-Eltern? Ich mein, denen war das Ganze doch ziemlich ...«, überlegte Josef weiter.

»Nein, auch das glaub ich nicht. Obwohl – der Vater? Könnte sein. Aber ich denk, wir sollten uns an Fakten halten, nicht an Vermutungen. Vanessa? Hast du die Verbindungsdaten?«

»Nein, hab ich nicht. Es ist, wie ich mir schon gedacht hab, nicht mehr gemeldet. Franziska hat den Vertrag aufgekündigt und sich wahrscheinlich ein Prepaid gekauft.«

»Dann sieh mal zu, dass du die Daten von Olivers Handy rausbekommst. Eventuell ist Franziskas jetzige Nummer bei ihm gespeichert. Außerdem können wir ihn dann auch orten.«

»Dazu brauch ich aber einen Beschluss«, erwiderte Vanessa.

»Dann besorg dir den«, entgegnete Martin.

»Ich glaub, das können wir uns sparen. Das machen die von der Fahndung sicher eh längst«, wandte Josef ein.

»Dann besorg mir die Daten eben von denen«, sagte Martin zu ihm.

Vanessas Handy klingelte. Sie nahm den Anruf an: »Bieringer?« Sie lauschte kurz und sagte dann aufgeregt: »Ich komm sofort!« Sie sprang auf, nahm ihre Tasche und rannte zur Türe. Sie rief Martin noch zu: »Ich muss heim! Meiner Mutter geht's nicht gut! Ich komm so schnell es geht wieder!« Martin hatte gar nicht die Zeit, um zu antworten.

Martin schaute Josef verblüfft an. »Iatz sand mia zwoa oidn Deppn wieda alloans«, sagte er.

»Ja, genauso wia friahra. Koa Andrea, koa Vanessa, bloß mia zwoa«, gab ihm Josef recht.

»Oiso? Pack mers on«, sagte Martin und begann zu tippen.

»Wos schreibst du do?«, fragte Josef.

»I suach den Bericht vo da Grichtsmedizin«, antwortete Martin. Es dauerte über eine Viertelstunde, dann hatte er ihn. Er las ihn, schüttelte den Kopf und sagte zu Josef: »Sötsam. Unsane zwoa sand des woahrscheinli nit gwen. Dea Huaba is mit oana zwoaradreissger daschossn wurn. Wadecutter steht do. De hom doch a Neinmillimeta.«

»I hob grod no amoi in den Bericht vo da Spurnsicherung und da Technik einigschaut. De wo des doa hom, de hom wirkli ois ausgramt, wos do woar. Koa Steiberl vo am Schmuck oda am Göd is no do gwen. Außa dem Zeig in dea Schachtl untam Stuih, de se nit gfundn hom«, sagte Josef darauf.

»Fingaabdrück?«

»Naa, nix.«

»Andane Spurn?«

»Naa, aa nix. Dea muaß de kennt hom und söba in de Wohnung glassn hom. Einbruchsspurn gibt's aa nit.«

»Herrschaftszeitn no amoi! Wo pack mer den? Wea woar des?«, schimpfte Martin vor sich hin.

»I denk amoi, des woar a Konkurrent. Oana dea wo söba in dem Gschäft oarbat«, mutmaßte Josef.

»Iatz pass amoi auf, Josef. Iatz, wo mia zwoa alloanig do sand, missan mia uns de Oarbat teiln. I dat song, du übanimmst den Foi mit dem Hehler und i kümmer mit um den Foi Murnleich. Mia kemman sunst nit weida.«

»Do merkn mia amoi wieda, wia wichtig de Andrea und de Vanessa eigentli füa uns sand«, sagte Josef.

»Mitleid is ausverkauft. Es hüft iatz nix. Mia miassn des hoit alloanig schaffn.«

»Kunnst nit de Andrea …? I moan, se kanntat doch Innendienst …«

»Du bist bloß zfaul zum söba schreim. Nix do. De Andrea bleibt dahoam, bis se wieda gsund is. I konn koa kranke Inspektorin braucha.«

»Oberinspektorin bitte und krank ist sie auch nicht! Haatschui!«, war eine junge weibliche Stimme zu hören, als die Bürotüre aufging.

Martins Kopf ruckte herum. »Andrea! Was machst du denn hier? Du solltest doch …«, begann er.

»Hier im Büro mitarbeiten.« unterbrach sie ihn und lächelte mühsam. Martin stand auf, nahm sie an den Schultern und drehte sie um.

»Da ist der Ausgang. Da hat der Zimmermann ein Loch gelassen«, sagte er und schob sie zur Türe.

»Das … haatschie … kommt gar nicht infrage! Ihr braucht mich und da bin ich!«, widersprach sie näselnd und entwand sich Martins Griff. Noch ehe Martin sie erneut fassen konnte, lief sie zu ihrem Schreibtisch, warf ihre Tasche daneben und setzte sich.

Erwartungsvoll sah sie die beiden an. »Also? Wie ist der Stand?«, forderte sie.

»Wieso bist du hier? Du solltest doch im Bett sein?«, fragte Josef.

»Ich sollte gar nichts. Ich hab mir gestern Abend ein heißes Bad mit Thymian, Eukalyptus und anderem Zeugs gemacht. Außerdem hat mich Karli Literweise mit Lindenblütentee versorgt und eine Wärmflasche hat er mir auch gemacht. Ihr seht also, ich bin … Haatschie! Bestens gerüstet!«, näselte sie.

»Aber wieso …«, fragte Josef noch mal.

»Das hab ich doch gesagt. Mir geht's – Hatschuiie – gut und ich will arbeiten. Außerdem hat mich Vanessa angerufen und mich darum gebeten. Sie fällt wahrscheinlich ein paar Tage aus und man kann euch doch nicht so lange alleine lassen, hat sie gemeint.«

»Hat sie gemeint? Hat Vanessa gemeint?«, fragte Martin gespielt entsetzt.

»Ja, hat sie. Ihre Mutter liegt auf der Intensivstation und man weiß nicht, ob sie den letzten Schub überlebt. Sie hat mich übrigens darum gebeten, für sie einen Urlaubsantrag aus dem Personalbüro zu holen.

Das hab ich bereits getan und du musst ihn nur noch unterschreiben«, sagte Andrea und brachte Martin ein Formular.

»Hoffentlich erholt sich ihre Mutter wieder«, sagte Martin mehr zu sich selbst. Dann nahm er wieder die Position des strengen Chefs ein, die ihm manchmal gar nicht recht zu passen schien. »Den Urlaubsantrag unterschreib ich aber nicht. Auf keinen Fall!«

»Aber wieso denn nicht? Sie braucht doch ...«

»Nichts braucht sie. Sie soll ihre Überstunden nehmen, sag ihr das. Im letzten Halbjahr sind über zweihundertzwanzig Stunden aufgelaufen. Wie will sie die sonst wegbringen und jetzt ist grade die Gelegenheit, die abzubauen.«

»Gut, ich werd's ihr ausrichten«, antwortete Andrea und nahm das Formular wieder an sich. »Also? Wie ist der Stand der Dinge? Klärt mich mal auf«, forderte sie.

Nur widerwillig erzählten Martin und Josef, was bisher passiert war.

»Das ist alles? Mehr habt ihr nicht? Ja sagt mal, geht's noch? Da bin ich mal zwei Tage nicht da und schon läuft nichts mehr? Eure vielleichts, könnte, kann und was weiß ich noch helfen uns gar nicht weiter. Außer dem Banküberfall, den Oliver Bergmann begangen hat, habt ihr nichts auf der Hand? Keine Beweise? Keine Festnahmen? Wie sieht's mit Hinweisen aus der Bevölkerung aus? Habt ihr da wenigstens was?«

»Nein, haben wir nicht«, musste Martin zugeben.

»Aber die Fahndungsplakate sind doch auch erst seit gestern raus«, erwiderte Josef. »Außerdem sind für den Banküberfall nicht wir zuständig, sondern die Kollegen vom Raub und den Eigentumsdelikten.«

»Noch schlimmer! Dann habt ihr weniger als nichts?«

»Doch haben wir!«, sagte Josef triumphierend. »Wir haben den Herrn Kola. Der sitzt bei uns ein wegen Waffenbesitz und -handel und noch so ein paar Kleinigkeiten. Außerdem kann ...«

»Ich hör schon wieder kann!«, unterbrach Andrea Josef.

»Ja, aber es ist immerhin möglich, dass ...«

»Hör schon auf, Josef. Möglich ist vieles. Es ist auch möglich, dass uns heut noch der Himmel – haaatschie – auf den Kopf fällt!«, unterbrach sie ihn wieder.

»Ich geh mal und befragte den Gärtner«, sagte Martin und verließ fluchtartig das Büro.

Kapitel 19

Da der Gärtner unweit von der Dienststelle wohnte, verzichtete Martin auf den Dienstwagen. Die paar Meter konnte er auch zu Fuß laufen. Bald war er an der Adresse angelangt. Schon unten auf der Straße hörte er ein Klavier. Er blieb stehen und lauschte. Da versuchte, nein, da spielte einer das Präludium Nummer eins von Bach. Martin drückte auf den Klingelknopf. Prompt brach das Spiel ab.

»Ja, bitte?«, quäkte der Lautsprecher über den Klingelknöpfen.

»Herr Weber? Chefinspektor Egger, Kripo Zell, hier. Ich muss mit Ihnen reden«, stellte Martin sich vor.

»Worum geht's denn? Ich hab eigentlich keine Zeit«, antwortete Weber.

»Ich brauch nur ein paar Minuten. Es sind nur wenige Fragen.« Es dauerte einige Sekunden, bis das Türschloss summte.

Martin drückte die Türe auf und betrat das Haus. Die Wohnung lag im vierten Stock unter dem Dach, wie das Klingelschild zeigte. Martin schnaufte einmal tief durch, ehe er die Treppen hochstieg. *Vanessa hat schon recht. Ich werde alt. Ich brauch mehr Training. Vielleicht sollte ich mich von ihr coachen lassen? Sie weiß sicher, wo ich da anfangen muss und was für mich gut ist*, überlegte Martin, als er im dritten Stock stehen blieb und tief Luft holte.

Weber erwartete ihn vor der Wohnungstüre. Er war ein etwa fünfundfünfzigjähriger Mann, mittelgroß, also circa ein Meter fünfundsiebzig, offenbar gut trainiert. Sportliche Figur, kein Ansatz von Fett um den Bauch herum. Von seiner Erkrankung war nichts zu sehen. »Na,

Herr Chefinspektor. Das ist eine schöne Kletterei hier rauf. Ich muss das jeden Tag mehrmals machen«, sagte er zu Martin und gab ihm die Hand.

Martin blickte über das Geländer hinunter. »Dann sind Sie ja bestens trainiert?«

»Davon können Sie ausgehen. Kommen Sie doch mit hinein«, sagte Weber und zeigte auf die halb geöffnete Wohnungstüre.

Martin betrat hinter Weber die Wohnung. Es war eine wirklich kleine Wohnung. Eine Familie hätte hier unmöglich Platz gehabt. Augenscheinlich hatte Weber keine Frau und auch keine Familie. Trotzdem war alles sauber und aufgeräumt. Nur in der Küche stand ein Wäschekorb auf einem Stuhl, den Weber sofort wegnahm und auf den Boden stellte.

»Ich bin noch nicht zum Bügeln gekommen«, sagte er und lächelte verlegen.

»Das macht doch nichts. Ich nehme Ihnen das sicher nicht übel«, antwortete Martin.

Weber zeigte auf den Stuhl. »Setzen Sie sich doch. Aber wie gesagt, ich hab nicht viel Zeit. Ich muss zur Arbeit. Die Rosen müssen geschnitten werden.«

»Wo steht denn Ihr Klavier? Ich hab vorhin jemanden spielen gehört? waren Sie das?«

»Ja, das war ich. Das ...«

»Präludium Nummer eins von Bach?«, unterbrach ihn Martin.

»Ja, woher wissen Sie das?«

»Nun, meine Frau ist ...«

»Pianistin, stimmt's?«

»Genau. Aber ich bin wegen etwas anderem hier. Es geht um den Mord an Sabine Ebersbacher. Kannten Sie sie?«

»Ja, eine schlimme Sache. Zuerst dachten wir alle ja, sie sei nur abgehauen. Weggezogen oder so. Franzi ist ja zeitgleich verschwunden. Da ja jeder weiß, wie die beiden zueinanderstanden, dachte ich, dass sie irgendwohin sind, um ungestört so zu leben, wie sie es wollten. Hier war das ja kaum möglich.«

»Kaum möglich? Wie meinen Sie das?«

»Nun ja, die beiden waren ja, wie soll ich sagen? Eher dem gleichen Geschlecht zugewandt«, erzählte er verlegen.

»Sagen Sie es ruhig. Sie waren lesbisch.«

»Ja, das waren sie. Aber liebe und nette Mädels. Immer zu Streichen aufgelegt. Meistens ließen sie ihren Übermut an mir oder Herrn Kola aus. Manchmal wünschte ich mir, ich wäre dreißig Jahre jünger.«

»So wie Oliver?«

»Ja, er und Sabine hätten sicher gut zusammengepasst. Bis eines Tages was passiert sein muss ...«

»Passiert? Wie kommen Sie darauf?«

»Na ja, irgendwie war das Verhältnis von einem Tag auf den anderen abgekühlt. Sabine mied ihn, wo es nur ging. Sie ging nicht mal mehr in den Pool, wenn Oliver drin war.«

»In den Pool? Ich hab gar keinen gesehen«, wunderte sich Martin.

»Der ist hinter dem Haus. Man muss ums Haus herumgehen, wenn man ihn sehen will.«

»Was wissen Sie von dem Geheimgang, der vom Haupthaus rüber zum Hausmeistergebäude führt?«

»Der alte Gang? Ja, den hat mir Franziska mal gezeigt. Als wir durchs Haus hinuntergingen, führte sie mich an der Hand dort durch. Ich dachte schon ... aber na ja, sie ist, nein war nicht an Männern interessiert.«

»Sie haben also geglaubt, sie hätte mit Ihnen was vorgehabt? Ein heimliches Treffen? Vielleicht ein Schäferstündchen?«

»Nun ja. Sie war eigentlich die ganze Zeit so ... ich weiß nicht, wie ich es sagen soll. Aber ich hatte das Gefühl, dass sie doch an mir interessiert wäre. Auch wenn sie vielleicht nur mal ausprobieren wollte, wie das mit einem Mann ist. Manche Frauen sind vielleicht so. Ich weiß das nicht.«

»Wie alt sind Sie eigentlich, Herr Weber?«

»Sechsundfünfzig.«

»Nun, als Sechsundfünfzigjähriger sollte Ihnen schon klar sein, dass ein so junges Mädchen …«

»Ja ja, das weiß ich auch. Das ist eben nur so ein Gefühl. Hart an der Realität vorbei. Wissen Sie, das Mädel muss man einfach lieben. Ich würde alles für sie tun und …«, begann er und schloss die Augen.

Er schien mit den Gedanken woanders zu sein. Dann fuhr er fort: »Was red ich da? Ich muss zur Arbeit. Kommens doch zum Haus der Bergmanns. Da können Sie mir gerne weitere Fragen stellen. Aber jetzt muss ich los.«

»Gut, ich komm vorbei, wenn ich noch Fragen hab. Auf Wiedersehen, Herr Weber«, sagte Martin und verließ die Wohnung. Er ging langsam die Treppen hinunter. Dabei überlegte er wieder. *Was hat er jetzt gesagt? Dass er das Gefühl hatte, dass Franziska …? Nein, das ist abwegig. Da wird eher ein Muli zu einem Pferd. Wie kommt es, dass er so viel Zeit mit den Mädchen verbringen konnte? War da vielleicht doch mehr, als ich glaube?*

Schließlich erreichte Martin die Haustüre und ging hinaus auf die Straße. Während er zurück zur Dienststelle lief, überlegte er weiter. *Franziska hat ihm den Gang gezeigt. Warum hat sie das getan? Oder war das nur eine perfide Idee von ihr? Hatte sie etwas im Sinn, das sie auf Weber schieben wollte? Vielleicht hing das ja mit den Waffen zusammen. Vielleicht wollte sie ihn ausnutzen, um sagen zu können, dass auch er den Gang kannte? Plante sie schon vor drei Jahren die Waffen zu stehlen? Scheiße! Schon wieder zu viel vielleicht und zu viele Fragezeichen!*

Endlich war er an der Dienststelle angelangt. Er ging in sein Büro und setzte sich. Andrea war alleine. »Wo steckt denn Josef?«, fragte Martin.

»Er ist bei einer Vernehmung«, antwortete Andrea.

»Vernehmung? Welche Vernehmung? Wen vernimmt er?«

»Ach, nur den Oliver Bergmann«, antwortete Andrea kühl.

Martin glaubte, nicht richtig zuhören. »Oliver Bergmann? Unseren Oliver Bergmann?«

»Genau den. Die Fahndung hat ihn unter Zuhilfenahme der Handyortung ausfindig gemacht. Die vom Raub sind dann rausgefahren und haben ihn festgenommen. Als sie ihn hergebracht hatten, ist der Kollege vom Raub zu uns gekommen und hat Josef mitgenommen. Er sagte, dass es uns schließlich auch was anginge, denn die Fälle überschneiden sich.«

»Deshalb ist Josef bei der Vernehmung dabei?«

»Soweit ich verstanden habe, ist er nicht nur dabei, sondern vernimmt Herrn Bergmann selbst.«

»Dann machen wir ja doch Fortschritte«, meinte Martin erleichtert.

»Eine Schwalbe macht bekanntlich keinen Sommer. Ob das nun ein Fortschritt ist oder nicht, muss sich erst noch herausstellen.«

»Was ist mit Franziska? Haben sie die auch?«, fragte Martin aufgeregt.

»Soweit ich weiß, nein. Aber ich denke, dass dies nur eine Frage der Zeit sein wird, wenn die Kollegen mit der Befragung fertig sind.«

»Soll ich nicht besser auch runtergehen? Was meinst du?«

»Ich meine nichts, denn ich habe nichts zu meinen. Der Chef bist du«, antwortete Andrea.

Obwohl es in Martin brodelte und er unruhig war, blieb er sitzen. Schließlich hielt er es nicht mehr aus. »Ich gehe jetzt runter. Da muss ich dabei sein!«

Auf der Treppe kamen Martin Josef und Diederich entgegen. Martin hielt beide auf. »Und? Was sagt er? Hat er ein Geständnis abgelegt? Gibt er die Tat zu? Was sagt der zu Franziska? War sie beteiligt?«

»Jetzt hör schon auf mit deiner Fragerei!«, fuhr ihn Josef an. »Nichts haben wir! Gar nichts! Nicht das Schwarze unter deinen Nägeln! Seine Aussage ist nichts wert!«, schimpfte Josef vor sich hin.

Diederich sagte: »Das Ganze ist ein wenig problematisch. Herr Bergmann steht dermaßen unter Drogen, dass seine Aussage vor Gericht sicher nichts gilt. Er gibt zwar zu, dass er die Bank überfallen und dass er Frau Bieringer angegriffen hat, das war es dann aber auch schon. Er hat zwar noch seine Schwester Franziska beschuldigt, Sabine umgebracht zu haben, aber das nützt uns in seinem Zustand auch nichts.«

»Und jetzt? Was passiert jetzt?«, fragte Martin enttäuscht.

Diederich hob die Schultern. »Was soll schon sein? Herr Bergmann muss in ärztliche Behandlung. Das hat uns der Arzt mitgeteilt, der bei der Befragung anwesend war. Er meinte, dass Herr Bergmann unbedingt wieder in eine Klinik müsse.«

»Von wo er dann wieder abhaut?«

»Das wird diesmal nicht funktionieren. Ich lasse ihn nach Salzburg bringen. Dort kommt er in das Gefängniskrankenhaus. Allerdings ist es so, dass wir frühestens in einer Woche von ihm eine einigermaßen glaubhafte Aussage bekommen werden«, erklärte Diederich.

»Hat er etwas gesagt, wo wir Franziska finden können?«

»Nein, auf diese Frage hin hat er uns nur ausgelacht«, antwortete Diederich.

»Was hat er noch gesagt? Hat er sonst noch irgendetwas Relevantes gesagt?«

»Ja, hat er. Aber das können wir nicht verwerten.«

»Ich brauche ja auch nichts gerichtlich Verwertbares. Ich brauche einen Anhaltspunkt und sonst nichts.«

Diederich nickte Josef zu. »Erzählen Sie, was wir gehört haben.«

»Gehen wir ins Büro?«, schlug Josef vor. Josef setzte sich auf seinen Platz. Diederich blieb stehen.

Als auch Martin saß, schaute Josef Martin nachdenklich an. »Also viel kann man nicht sagen. Nur, dass Herr Bergmann gesungen hat.«

»Gesungen? Hat er gestanden?«, fragte Martin aufgeregt.

»Nein, ich sag doch, er hat gesungen.«

»Na gut, dann hat er eben gesungen. Welches Liedchen denn?«

Josef wiegte bedächtig den Kopf. Dann holte er tief Luft. »Am Brunnen vor dem Tore, da steht ...«

»Hör schon auf mich zu verscheißern«, sagte Martin verärgert.

»Aber du hast doch gefragt, was er gesungen hat. Das ist das Lied, das er uns vorgetragen hat. Er hat übrigens eine sehr schöne Sopranstimme«, erklärte Josef.

»Seit wann verstehst du was von Musik? Also weiter. Was noch?«

»Wenn ich noch etwas hinzufügen dürfte«, begann Diederich.

»Ja bitte?«, fragte Martin gespannt.

»Also, Herr Bergmann hat uns dann noch ein anderes Lied vorgesungen.«

»Und welches?«

»Es waren zwei Königskinder ... Kennen Sie das?«

»Ja kenn ich, aber was soll das alles aussagen?«

»Ich sagte Ihnen doch, dass die Aussagen gerichtlich nicht verwertbar sind. Damit machen wir uns vor allen Beteiligten nur lächerlich. Versuchen Sie aber trotzdem herauszufinden, was Herr Bergmann damit gemeint haben kann. Ich könnte mir gut vorstellen, dass er in seinem Zustand versucht hat, uns etwas zu sagen. Ich darf mich dann verabschieden?«, sagte Diederich und ging.

Zurück blieben drei ratlose Beamte, die nicht so richtig wussten, was sie mit diesen vermeintlichen Informationen anfangen sollten.

Aber dann kam Martin eine Idee. »Weber! Weber weiß, wo Franziska ist!«, rief er plötzlich aus.

»Wer ist bitte Weber?«, fragte Andrea.

»Das ist der Gärtner der Familie Bergmann«, erklärte Josef.

»Und wieso sollte dieser Herr Weber wissen, wo Franziska ist?«, fragte Andrea.

»Ich war doch heute bei ihm, da hat er mir wortwörtlich gesagt, dass er für sie alles tun würde!«

»Vielleicht war das einfach nur so daher gesagt?«, meinte Josef zweifelnd.

»Vielleicht. Da haben wir es doch schon wieder! Wir müssen das überprüfen.«

»Und wie bitte, willst du das überprüfen?«

»Überwachung! Wir müssen ihn überwachen! Er führt uns sicher zu ihr!«, sagte Martin aufgeregt.

»Und wer bitte soll die Überwachung machen? Ich habe Mann und Kind daheim«, widersprach Andrea.

»Vielleicht versteckt er sie ja in seiner Wohnung?«, meinte Josef.

»Gut, dann gehen wir jetzt zu seiner Wohnung. Er ist zwar nicht zu Hause, aber es ist schließlich Gefahr im Verzug. Wenn Franziska wirklich in der Wohnung ist, könnte es doch sein, dass sie abhaut und vielleicht noch einen Überfall begeht. Sie braucht dringend Geld. Ich trau ihr sogar zu, dass sie im Notfall den Gärtner umbringt. Sie steht schließlich mit dem Rücken zur Wand«, erklärte Martin.

»Glaubst du nicht, dass du auf dem Holzweg bist? Warum versteifst du dich so auf Franziska als Täterin? Könnte es nicht sein, dass jemand ganz anderes Sabine umgebracht hat?«, fragte Josef.

»Möglich wär's. Aber im Moment haben wir keine anderen Hinweise. Ich übernehm halt dann die Überwachung«, lenkte Martin ein.

»Ich für meinen Teil habe jetzt Hunger«, verkündete Andrea. »Wer kommt mit?«

Wie immer, wenn es ums Essen ging, war Josef der Erste, der sich meldete. »Ich komme mit. Gehen wir zum Fleischhauer an der Ecke?«

»Eigentlich wollte ich ja in den Gemüseladen. Aber wir können auch gerne zum Fleischhauer gehen. Ich esse eh nur Salat«, sagte Andrea darauf.

Sie gingen zum Fleischhauer und aßen dort etwas zu Mittag. Nach dem Essen gingen sie zurück zur Dienststelle. Ihr Weg führte dabei auch an dem Obst- und Gemüseladen vorbei, in dem Andrea eigentlich ihr Mittagessen hatte kaufen wollen. Obst- und Gemüsekisten standen vor dem Schaufenster. Sie waren so einladend drapiert, dass Andrea nicht umhinkonnte, sich die Auslage genauer anzuschauen. Martin und Josef blieben ebenfalls stehen und warteten.

Plötzlich sagte Andrea: »Ich muss schnell mal da rein. Wartet hier bitte.« Martin sah ihr hinterher und bemerkte eine junge Frau, die im Laden stand. Er sah sie nur von hinten. Sie hatte eine bunte, gestrickte lange Jacke an und eine ebenso bunte gestrickte Mütze auf dem Kopf. Die Haare sahen eher aus wie ein verfilzter Haufen Putzlumpen, die ihr weit über die Schultern fielen. Sie trug eine Leinentasche, in der ohne Weiteres ein Laptop Platz gehabt hätte.

Martin sah genau hin. Irgendetwas an dem Mädchen kam ihm bekannt vor, aber er wusste nicht was. Er beobachtete, dass Andrea etwas zu ihr sagte. Daraufhin drehte sich die junge Frau um, rannte zur Tür, riss sie auf und eilte hinaus. Beinahe hätte sie dabei Martin über den Haufen gerannt, und auch Josef bekam einen Rempler ab.

»Haltet sie fest! Martin! Josef! Festhalten! Das ist Franziska!«, rief Andrea ihnen zu. Noch ehe die beiden reagieren konnten, war das Mädchen zwischen den fahrenden Autos hindurch über die Straße gelaufen und gute fünfzig Meter weg. Das war natürlich viel zu weit für die beiden. Sie hätten Franziska niemals eingeholt.

»So ein Mist!«, schimpfte Andrea. »Jetzt läuft sie uns direkt vor die Füße und wir kriegen sie doch nicht!«

»Ruf die Fahndung an, weit kommt sie nicht«, riet ihr Josef.

Andrea zog ihr Handy und rief die Kollegen an. Sie gab noch eine genaue Beschreibung, da sie dem aktuellen Fahndungsfoto nicht mehr entsprach.

»Wie hast du sie erkannt?«, wollte Martin wissen.

»Zuerst gar nicht. Erst als ich im Laden neben ihr stand und ihr Gesicht sah, fiel mir die Ähnlichkeit auf. Ich hab sie dann gefragt, ob sie Frau Bergmann sei. Daraufhin ist sie weggerannt«, erklärte Andrea.

»Du bist also nicht wegen ihr reingegangen?«

»Nein, ich wollt mir nur ein paar Äpfel und Gelbe Rüben kaufen. Es war reiner Zufall, dass sie auch drin war.«

»Na gut«, meinte Martin. »Gehen wir.«

»Nein, ich geh noch mal rein. Ich hab ja meine Äpfel und Gelben Rüben noch nicht. Außerdem brauch ich noch Zitronen«, wehrte Andrea ab. Sie betrat noch einmal den Laden und holte sich das, was sie brauchte. Erst dann liefen sie zur Dienststelle.

»Das ist dumm gelaufen«, meinte Josef. »Wenn wir schneller reagiert hätten, dann ...«

»Hätte, hätte Fahrradkette«, schimpfte Andrea. »Ich hab zu spät reagiert. Sonst wär sie gar nicht erst rausgekommen.«

»Ich muss zur Technik. Ich will mir die beiden Ringe noch mal genauer anschauen«, meinte Andrea.

»Was hoffst du da zu finden?«

»Ich will die Herstellerpunzierungen überprüfen. Wenn die beiden Ringe wirklich identisch sind, muss es auch einen Hersteller geben, der beide Ringe gemacht hat.«

»Und was willst du mit dieser Info?«

»Na ja, ich will herauskriegen, ob der gefälschte Ring auch von diesem Hersteller stammt.«

»Und wenn nicht?«

»Dann hat ihn ein Fachmann nachgemacht und zwar eins zu eins.«

»Was willst du damit beweisen?«

»Ich will wissen, wann der Ring nachgemacht oder verändert wurde. Dann haben wir das ungefähre Datum des Todes von Sabine.«

»Lass es gut sein, Andrea. Das genaue Todesdatum werden wir so nicht herausbekommen. Außerdem bringt uns das keinen Schritt weiter. Alibis werden wir für den genauen Tag ohnehin nicht bekommen. Wer weiß schon, was er an einem bestimmten Tag vor zwei Jahren gemacht hat, und wer kann das bestätigen?«, sagte Martin und winkte ab.

»Aber einen Versuch ist es doch wert?«

»Na gut, wenn du unbedingt willst, dann mach das. Bleib aber nicht zu lange weg. Wir haben bald Feierabend.«

»Feierabend? Spinnst du?«, fragte Andrea aufgebracht. »Feierabend ist erst, wenn wir etwas Neues haben. Vorher nicht!«

Andrea verließ das Büro. Nach einer halben Stunde kam sie zurück. »So! jetzt hab ich's. Die Feingehaltspunze ist identisch. Aber die Verantwortlichkeitspunze ist unterschiedlich«, sagte sie nachdenklich.

»Und was heißt das für uns?«, fragte Josef.

»Dass beide Ringe von verschiedenen Herstellern sind.«

»Und weiter? Was willst du jetzt mit dieser Information anfangen?«

»Ich hab den Kollegen gesagt, dass sie beim Hauptzollamt nachfragen sollen. Die wissen das sicher, wer der Hersteller ist. Die Kollegen haben mir aber trotzdem weiterhelfen können. Der eine Ring wurde in Innsbruck hergestellt, der andere in Graz. Das sieht man an den Buchstaben in den Punzen.«

»Und welcher ist nun der mit den gefälschten Steinen?«

»Keiner. Auch Zirkonia wird als echt gehandelt. Allerdings mit dem Zusatz, dass es Zirkonia ist.«

»Du weißt schon, was ich meine. Welcher ist der mit den echten Brillis und welcher mit den Zirkonia?«

»Der mit den echten Steinen ist der, den wir bei Huber gefunden haben und der andere ...«

»Hör schon auf«, sagte Martin. »Ich mein, welcher ist der, der gefälscht wurde? Der aus Graz oder der aus Innsbruck?«

»Der aus Graz, der hat die Zirkonia drin.«

»Gut, das wäre dann schon mal geklärt. Denk bitte mit dran, dass wir die Bergmanns nach dem Zertifikat fragen.«

Kapitel 20

Herr Bergmann sah sie erstaunt an, als sie vor der Türe des Hauses standen und er ihnen öffnete. »Sie? Was wollen Sie denn schon wieder?«

»Ist Ihre Tochter da?«, fragte Andrea sofort.

»Franziska? Die ist nicht hier. Aber das wissen Sie sicher bereits. Ihre Kollegen da drüben haben Ihnen das bestimmt schon mitgeteilt«, sagte er und zeigte auf einen Wagen, der gegenüber des Grundstücks stand. Darin saßen zwei Männer, die auffällig zum Haus herüberblickten.

»Solche Idioten«, zischte Andrea und rannte hinüber. Martin sah ihr nach. Sie redete offenbar heftig auf die beiden ein, denn sie fuchtelte die ganze Zeit mit den Händen.

»Kommen Sie bitte herein«, bat Bergmann.

»Einen Moment noch bitte«, antwortete Martin. Er wollte auf Andrea warten, da er neugierig darauf war, um wen es sich bei den beiden handelte. Waren sie nun vom Raubdezernat oder von der Fahndungsabteilung?

Während Andrea zum Haus lief, fuhr der Wagen weg. Martin wagte es nicht zu fragen, denn sonst hätte Bergmann noch etwas mitbekommen.

»Also? Was wollen Sie noch?«, fragte Bergmann noch im Flur.

»Ich muss mit Ihrer Frau reden«, sagte Andrea.

»Und ich mit Ihnen«, sagte Martin.

»Meine Frau ist in der Küche. Wenn Sie mir bitte folgen wollen?«, antwortete Bergmann und zeigte den Gang entlang. Andrea folgte ihm. Martin und Josef warteten, bis Bergmann zurückkam.

»Gehen wir doch in mein Arbeitszimmer«, bat er.

Als sie auf dem Sofa saßen, schaute sie Bergmann erwartungsvoll an. »Nun? Was wollen Sie wissen?« Martin zog zunächst sein Handy hervor und schaltete die Diktierfunktion ein. Er legte es auf den kleinen Tisch vor ihnen.

»Ich will wissen, ob Sie Ihre Tochter in den letzten zwei Jahren tatsächlich nicht mehr gesehen haben«, verlangte Martin.

»Es tut mir leid, Sie enttäuschen zu müssen, aber ich habe meine Tochter seit dem Tag ihres Verschwindens nicht mehr zu Gesicht bekommen«, antwortete Bergmann.

»Sie war also nicht bei Ihnen? War sie vielleicht bei Ihrer Frau?«

»Das müssen Sie sie schon selber fragen. Das weiß ich nicht.«

»Wann haben Sie Frau Ebersbacher zuletzt gesehen? Denken Sie bitte scharf nach. Es wäre sehr wichtig«, fragte Josef.

»Sabine? Also das ist jetzt auch schon über zwei Jahre her. Ich glaub, es war im Frühling ... oder? Nein, es war grade Johanni vorbei. Wir haben im Garten gefeiert. Herr Kola und Herr Weber waren auch dabei.«

»Also um den einundzwanzigsten Juni herum? War Ihr Sohn Oliver auch dabei?«

»Ja, natürlich. Das war ein Familienfest.«

»Wer war noch eingeladen?«, fragte Josef weiter.

»Nun, die Nachbarn und Frau Kola natürlich. Bei diesen Feiern gehört bei uns das Personal dazu. Herr und Frau Griebl, das sind die Nachbarn rechts von uns.«

»Was ist mit den anderen Nachbarn? Ich mein, die links von Ihnen?«

»Mit denen verstehen wir uns leider nicht so gut. Da gibt es ständig Ärger. Meist hatten sie es auf Franziska und Sabine abgesehen. Sie waren ihnen immer zu laut. Aber das waren doch junge Mädchen. Da kann man doch nicht so streng sein. Oder was meinen Sie?«

»Ich mein erst mal gar nichts. Wie heißen die Nachbarn?«, fuhr Josef fort.

»Die anderen Nachbarn sind Herr und Frau Schneider. Unangenehme Zeitgenossen. Wenn die mal ... Aber lassen wir das. Sie haben noch mehr Fragen?«

»Ja hab ich«, begann Martin. »Wir benötigen von Ihnen noch das Zertifikat des Ringes, den Sie Ihrer Tochter geschenkt haben.«

»Das Zertifikat? Wozu in aller Welt das denn?«

»Wir müssen die Echtheit des Ringes bestätigt haben.«

»Da müssen Sie meine Frau fragen. Die ist bei uns im Haus für solche Dinge zuständig.«

»Ich denke, das wird gerade von unserer Kollegin gemacht«, antwortete Martin.

Sie standen auf und wollten das Arbeitszimmer verlassen, als Martin sich noch mal umdrehte und zu Herrn Bergmann sagte: »Übrigens. Wir haben Ihren Sohn Oliver verhaftet. Er befindet sich jetzt in Salzburg in der Gefängnisklinik. Er stand unter starkem Drogeneinfluss. Ich würde Ihnen empfehlen, ihm einen Anwalt zu schicken. Auf Wiedersehen.« Martin und Josef warteten gar nicht erst eine Antwort oder Frage ab, sondern verließen das Haus. Draußen wartete Andrea bereits auf sie.

»Ich hab was«, sagte sie und wedelte mit einem Blatt Papier.

»Was hast du?«, fragte Martin.

»Das hier ist die Kopie des Zertifikats von dem Ring. Damit können wir den eindeutigen Herkunftsnachweis des Ringes führen.«

»Gut, und jetzt fahren wir zu Vanessas Mutter«, verkündete Martin.

»Vanessas Mutter? Wieso das denn? Wir kennen sie doch gar nicht?«, meinte Andrea

»Eben! Und grade deshalb sollten wir sie besuchen«, meinte Martin.

»Eigentlich dachte ich ja ... Aber egal. Du hast recht, fahren wir zu ihr«, gab Andrea nach.

Im Foyer der Klinik erkundigte sich Martin zunächst nach der Intensivstation. Dort wurden sie aufgehalten, als sie hineinwollten.

»Zu wem möchten Sie?«, fragte eine freundliche Schwester.

»Zu Frau Bieringer. Die liegt doch bei Ihnen auf der Station?«

»Ja, das tut sie. Aber kommen Sie bitte erst mal mit«, sagte sie und ging voraus. Martin, Josef und Andrea folgten ihr in einen kleinen Raum. Die Schwester zeigte auf ein Handwaschbecken, neben dem eine Flasche aufgestellt war.

»Bitte desinfizieren Sie zuerst Ihre Hände«, bat sie. Die drei taten wie gefordert und wuschen sich die Hände mit dem Mittel.

»Auch zwischen den Fingern und die Nagelbetten bitte«, forderte sie die Schwester auf. Als sie das Mittel abwaschen wollten, meinte die Schwester: »Bitte dreißig Sekunden einwirken lassen.« Während Martin, Josef und Andrea warteten, schaute die Schwester auf ihre Uhr. Nach einer halben Minute nickte sie.

»Sie können das Mittel jetzt abwaschen.« Auch dies taten sie. Während sie sich die Hände abwuschen, ging die Schwester weg und kam kurz darauf mit ein paar Plastiktüten zurück.

»Ziehen Sie das bitte an. Sonst darf ich Sie nicht zu Frau Bieringer lassen«, sagte sie. Martin packte das Paket aus und staunte. Zum Vorschein kam ein weißer Overall, eine Haube, ein Mundschutz und Schuhüberzieher.

»Das ist ja wie bei unserer Spurensicherung«, meinte Andrea, die ihr Paket ebenfalls öffnete.

»Ziehen Sie das alles bitte an«, forderte die Schwester sie nochmals auf. Als sie damit fertig waren, betrachtete sie die Schwester noch einmal von allen Seiten. Zufrieden nickte sie. »Passt«, meinte sie noch.

»Und wozu ist das alles gut?«

»Das ist wegen der MRSA, also der Multiresistenten Staphylococcus Aureus. Wir haben die Vorschrift alles zu tun, um ein Einschleppen dieser gefährlichen Keime zu verhindern und dies ist nun mal dazu erforderlich. Ich hoffe, Sie verstehen das.«

»Ja, ich verstehe«, sagte einer nach dem anderen. Sie verließen das Zimmer wieder. Die Schwester ging voraus. Ruckartig blieb Andrea stehen.

»Das glaub ich jetzt nicht!«, sagte sie laut. Martin schaute sie verständnislos an.

»Was ist denn?«, fragte Josef.

Andrea zeigte nach vorne zum Schwesternzimmer. »Schaut mal, wer da steht«, sagte sie und die Fassungslosigkeit stand ihr dabei ins Gesicht geschrieben. Martin und Josef folgten dem Fingerzeig. Im selben Moment schaute Franziska Bergmann zu ihnen. Sie erkannte offenbar sofort, was los war. Sie ließ ihre Umhängetasche fallen und rannte los. Es dauerte nur Bruchteile von Sekunden, bis Martin und Josef verstanden. Sie setzten zum Sprint an. Andrea hinterher.

»Stehen bleiben! Frau Bergmann! So bleiben Sie doch stehen!«, rief Andrea, während sie rannte. Eigentlich wäre sie schneller als Martin und Josef gewesen, aber da die beiden nebeneinander vor ihr herliefen, kam sie nicht an ihnen vorbei.

Schließlich wurde es Andrea zu dumm. Sie gab den beiden vor ihnen einen Rempler, sodass sie unweigerlich stolperten. Diesen Moment nutzte Andrea aus, um an ihnen vorbei weiter hinter Franziska herzulaufen. Am Treppenabsatz holte sie sie schließlich ein.

Frau Bergmann machte den Fehler, kurz stehen zu bleiben und sich umzusehen. Wahrscheinlich wollte sie wissen, wie viel Vorsprung sie hatte. Andrea bremste kurz ab, ging in die Hocke und sprang Frau Bergmann an wie eine Raubkatze ihr Opfer. Sie krallte sich an ihr fest und fiel mit ihr zu Boden. Frau Bergmann wehrte sich heftig. Sie schlug, trat und biss um sich. Es nützte nichts. Andrea hatte sie fest im Polizeigriff. Martin und Josef kamen näher.

Martin zog seine Handschellen umständlich unter dem Overall heraus und sagte: »Frau Franziska Bergmann, ich nehme ...«

Weiter kam er nicht. Franziska trat mit einem Fuß nach hinten aus. Dabei erwischte sie Andrea am Schienbein, die sie sofort reflexartig losließ. Diesen kurzen Moment nutzte Franziska, um sich loszureißen und abermals loszurennen. Sie rannte den Flur entlang, an dessen Ende eine Glastüre war. Dabei schubste sie eine Schwester beiseite, die einen kleinen Wagen, auf dem sich vermutlich Medikamente befanden, vor sich herschob. Martin und Josef rannten hinterher. Andrea humpelte mehr, als sie laufen konnte.

An der Glastüre glaubten Martin und Josef, dass sie Franziska endlich hätten. Aber diese drehte sich kurz zur Seite und sprang durch das Glas der Türe, das laut splitternd zerbrach. Dadurch wurde sie aber auch stark abgebremst und Martin sowie Josef hatten so die Gelegenheit ihr nahe genug zu kommen, um sie aufzuhalten. Martin packte sie von hinten. Wieder kratzte und trat sie um sich. Martin wurde zudem auch noch von ihr in die Hand gebissen. Wie eine Raubkatze fauchte und wehrte sie sich gegen den festen Griff, den Josef nun anwandte, um sie festzuhalten. Er drückte sie dabei auch noch zu Boden. Sie drehte und trat wieder um sich. Martin schaffte es, sie an ihrer Strickjacke festzuhalten. Sie wand sich heraus und sprang auf. Noch ehe Martin und Josef sich versahen, war sie durch die kaputte Türe hinaus in das Treppenhaus gelangt, wo sie weiter nach unten lief. Martin und Josef rannten hinter ihr her.

Nach dem nächsten Stockwerk mussten sie aufgeben, denn ihnen ging die Luft aus. Sie hörten nur noch, wie weiter unten eine Tür ins Schloss fiel. Dann war Ruhe. Martin hatte noch Franziskas Jacke in der Hand. Er sah das Kleidungsstück wütend an und warf es zu Boden. »Scheiße, Scheiße, Scheiße! Jetzt ist sie uns schon wieder ausgekommen!«, schimpfte er, während sie nach oben gingen. Dort wartete Andrea auf sie. Ein Blick in ihre Augen genügte Martin, um ihre Enttäuschung zu erkennen.

»Tut mir leid«, sagte er, »sie war einfach zu schnell.« Josef drückte ihm die Jacke in die Hand, die er aufgehoben hatte.

»Die kannst dir als Erinnerung an die Bürotür nageln«, meinte er.

»Das nächste Mal kriegen wir sie«, ermutigte Andrea. »Ich schlag vor, dass ihr mit Vanessa ein wenig Training macht. Ich denk, sie könnt euch gut coachen.«

»Daran hab ich auch schon mal gedacht«, gab Martin zu.

Martin sah zunächst an sich herunter und schaute auch die anderen an.

»Also in dem Aufzug können wir unmöglich noch zu Vanessas Mutter«, sagte er.

»Hast recht. Fahren wir ins Büro?«, fragte Josef.

»Ich bin dafür, dass wir trotzdem noch zu ihr gehen«, meinte Andrea. »Jetzt, wo wir schon da sind?«

Sie gingen wieder hinauf zur Intensivstation. Dort stand die Schwester von vorhin und hatte Franziskas Tasche in der Hand. Sie kramte darin herum. Plötzlich zog sie eine Pistole heraus und schaute sie seltsam an. Martin durchzuckte ein heißer Schreck, als er das sah. Er rannte sofort los, riss der Schwester die Pistole und die Tasche aus der Hand und steckte die Waffe in die Tasche.

»Ich wollte doch nur ...«, begann die Schwester.

»Ich weiß, Sie wollten nur nachsehen, wem die Tasche gehört«, versuchte Martin die Schwester, die nun zu zittern begann, zu beruhigen.

»Ja, die junge Dame von vorhin hat sie fallen gelassen. Ich weiß ja gar nicht, wer sie ist.«

»Das ist schon in Ordnung. Wir kümmern uns um die Tasche«, sagte Andrea und nahm Martin die Tasche ab.

Martin zeigte an sich herunter. »Sie sehen, wir schaun ein wenig zerrupft aus. Könnten Sie uns bitte neue Kleider geben?«, sagte er zu ihr.

»Ja, ja natürlich«, antwortete sie und verschwand in der kleinen Kammer. Sie brachte ihnen drei Pakete, die sie sofort öffneten und den Inhalt dann in der Kammer anzogen.

»Wo finden wir jetzt Frau Bieringer senior?«, fragte Andrea.

»Ganz hinten Zimmer sieben. Auf der rechten Seite. Aber ich glaub, Frau Bieringer hat gerade Besuch von ihrer Tochter.«

»Das wissen wir. Vielen Dank noch mal«, sagte Andrea.

Vor der Türe, die in das Zimmer führte, das ihnen die Schwester beschrieben hatte, blieben sie stehen. Sie schauten durch ein Fenster, das neben der Türe angebracht war. Martin sah ein großes Bett mit einer Person drin, von der man gerade noch den Kopf sah, der mit einer grauen Haube bedeckt war. Neben dem Bett saß in derselben Montur wie sie selbst Vanessa und redete mit der Person. Sie hielt ihre Hand und streichelte sie.

Andrea klopfte vorsichtig gegen die Scheibe. Vanessas Kopf wandte sich ihnen zu. Martin konnte sehen, wie ein freudiger Blick über Vanessas Gesicht huschte. Jedenfalls glaubte er, das in ihren Augen zu erkennen. Vanessa sagte etwas, worauf der bedeckte Kopf nickte. Dann stand sie auf und kam zur Türe. Sie nahm den Mundschutz ab und sah alle drei der Reihe nach an. »Danke«, sagte sie und Tränen stiegen in ihre Augen.

»Wofür?«

»Dass ihr gekommen seid. Ich kann euren Beistand gut gebrauchen. Es geht ihr nicht gut. Ich glaub, es geht zu Ende. Die Ärzte sagen, ihr Zustand ist hoffnungslos. Vielleicht noch eine Woche, vielleicht nur zwei, drei Tage?«

»Meinst du, wir dürfen zu ihr?«, fragte Andrea mit belegter Stimme.

»Ja, ich denk schon. Ich glaub, sie würde sich sogar darüber freuen.«

Sie öffnete die Türe und ließ sie eintreten. Nacheinander gingen sie in das Zimmer.

Als Vanessas Mutter ihren Kopf zu ihnen wandte, erschrak Martin. So hatte er sich das nicht vorgestellt. Die Frau war nur noch Haut und Knochen. Die Augen lagen tief in ihren Höhlen eingegrenzt von nahezu schwarzen Augenringen. Nur ihre Augen glänzten und leuchteten, wie die einer jungen Frau.

»Wen bringst du mir da, Vanessa?«, fragte sie mit leiser Stimme. Es war zu hören, wie schwer ihr das Reden fiel.

Vanessa zeigte auf Martin. »Das ist mein Chef, Herr Chefinspektor Egger.« Danach zeigte sie auf Josef. »Und das ist mein zweiter Chef, Herr Josef Faltermeier.« Dann zeigte sie auf Andrea. »Und das da: Das ist meine Kollegin und Freundin Andrea.«

Martin wartete ab, bis alle vorgestellt waren. Nun trat er an das Bett heran und gab Frau Bieringer die Hand. Sie fühlte sich kalt an. Beinahe wie die Hand einer Toten. Dazu war sie leicht, fein und zerbrechlich, wie Porzellan. Martin wagte es nicht, fest zuzudrücken, sonst hätte er ihr womöglich noch die Finger gebrochen.

»Angenehm«, sagte er und hatte dabei einen dicken Kloß im Hals.

»Sie sind also der Chef, von dem Vanessa immer so schwärmt? Sie sagt immer, dass sie sich so einen Chef wie Sie schon lange gewünscht hat. Sie sagt auch, dass Sie nette Kinder haben und eine nette Frau. So eine Familie wie Sie hätte sie auch gerne mal.«

Martin lächelte.

»Und Sie sind wohl der, der immer so schnell mit dem Goscherl ist?«, fragte sie Josef.

»Na ja«, meinte Josef zögernd, »schnell bin ich schon, aber ...«

»Ja ja, nur nichts zugeben. Das kenn ich«, sagte sie und lächelte dabei.

Zum Schluss war noch Andrea dran. »Vanessa hat mir auch von Ihnen schon viel erzählt. Sie haben einen Buben nicht wahr?«

»Ja, hab ich. Josef heißt er.«

»Beppi sagen Sie wohl zu ihm?«

»Ja, weils sein Pate so will.«

»Ach ja, Beppi. Ich kannte mal einen Beppi. Der war Schreinermeister, wissens? Ein ganz lieber Mann. Aber nix für mich.«

Die wenigen Worte hatten die alte Dame bereits erschöpft. Martin bemerkte dies und gab den anderen ein Zeichen.

»Ich glaub, es wird Zeit, dass wir gehen. Wir haben noch eine Menge Arbeit«, sagte er deshalb.

Kapitel 21

In der Dienststelle stand Staatsanwalt Diederich im Büro und schien auf sie zu warten. »Da sind Sie ja endlich«, sagte er mürrisch. »Wo waren Sie denn so lange?«

»Wir mussten noch ein paar Nachforschungen anstellen. Es sind noch zu viele Fragen offen.«

»Wir haben einige Hinweise aus der Bevölkerung bekommen«, meinte Diederich ohne auf Andreas Antwort einzugehen.

»Ja? Welche denn?«

»Es betrifft diese Franziska Bergmann. Sie wurde bei einer Klinik gesehen, als sie in ein Taxi einstieg. Der Zeuge sagt, dass sie ziemlich zerzaust aussah. So als ob sie grade noch vor jemandem weggelaufen wäre. Sie wissen nichts davon?«

»Mmmh, nein, davon war uns bislang nichts bekannt. Was haben Sie noch?«, sagte Martin mit Unschuldsmiene.

»Nun, da wäre noch eine Verkäuferin aus einem Gemüseladen gleich hier um die Ecke. Sie sagt aus, dass sie Frau Bergmann in ihrem Laden gesehen habe. Sie sei aber urplötzlich weggelaufen, nachdem sie eine junge Frau angesprochen habe, deren Beschreibung irgendwie auf Sie zutrifft, Frau Hauser. Sie können mir nichts Näheres darüber berichten?«

»Ja, nein, ich mein ...«, stammelte Andrea.

»Waren Sie vor Ort, Frau Hauser?«, fragte Diederich streng. Es schien, als ob er die Wahrheit wüsste.

»Wir waren vor Ort und es war Frau Hauser, die Frau Bergmann erkannte. Wir wollten sie festnehmen, aber leider war die junge Frau zu schnell für uns«, gab Martin zu.

»Sie sollten vielleicht etwas mehr Sport treiben, Herr Egger und Herr Faltermeier. Dann passiert so etwas nicht«, mahnte Diederich.

Martin lief rot an. »Wenn wir das in unserer Dienstzeit machen könnten und Sie uns vielleicht Gesellschaft leisten?«, fragte Martin.

»Halten Sie sich an Frau Bieringer. Nehmen Sie sich ein Beispiel an ihr. Die junge Frau ist fit und sportlich. Fragen Sie sie doch mal, wie sie das macht. Übrigens – wo steckt Frau Bieringer eigentlich?«

»Ich habe ihr freigegeben. Sie muss sich um ihre kranke Mutter kümmern«, antwortete Martin.

»Hat sie denn einen Urlaubsschein ausgefüllt und abgegeben?«

»Nein, hat sie nicht, Herr Staatsanwalt, und das braucht sie auch nicht. Frau Bieringer hat über zweihundertzwanzig Überstunden im letzten Halbjahr angehäuft. Ich habe ihr gestattet, diese zu nehmen«, sagte Martin. Der Zorn in seiner Stimme war unüberhörbar.

»Na gut. Dann machen Sie weiter. Ich brauch übrigens noch Ihre Protokolle und Berichte von gestern. Haben Sie sich schon darum gekümmert?«

»Die werden sofort von uns erledigt«, sagte Andrea.

Diederich verließ das Büro.

»So ein Depp!«, meinte Josef.

»Also? Wo geht's weiter?«, fragte Josef.

»Das hast du doch grade gehört. Berichte und Protokolle schreiben«, sagte Martin zu ihm.

»Aber dann machen wir Feierabend für heut«, sagte Josef.

»Ja, dann ist Feierabend«, bestätigte Martin und setzte sich an seinen Rechner.

Sie schrieben etwa eine halbe Stunde, bis Andrea plötzlich sagte: »Habt ihr eigentlich gesehen, welche Schuhe Franziska anhatte?«

Martin und Josef sahen sich an. Beide schüttelten den Kopf.

»Ich schon. Ich hab's gespürt und gesehen. Sie hatte Bergschuhe an!

Warum hat eine junge Frau wie Franziska Bergschuhe an? Die braucht man doch eigentlich nur ...«

»Der Wilde Kaiser«, rief Martin.

»Bergmann hat doch eine Hütte auf dem Wilden Kaiser! Das hat uns doch der Kola gesagt! Dass wir daran nicht gedacht haben! Die ist dort oben! Ich garantiere euch, Franziska ist dort!«, sagte Martin aufgeregt.

»Die Bergwacht! Wir brauchen die Bergwacht und den Polizeiheli! Wir müssen da rauf!«, sagte nun Josef, den das Jagdfieber gepackt zu haben schien.

»Erst mal müssen wir wissen, wo die Hütte genau liegt«, versuchte Andrea Ruhe reinzubringen.

»Ich ruf den Bergmann an! Der muss uns sagen, wo die ist!«, sagte nun Josef immer noch aufgeregt.

»Das würde ich nicht tun«, meinte Andrea.

»Wir haben doch Herrn Kola. Fragen wir den. Wenn wir Bergmann fragen, könnte es sein, dass er seine Tochter warnt und dann haben wir die Arschkarte gezogen«, erklärte Andrea.

»Wieso soll Bergmann ...? Hat dir seine Frau etwas gesagt? Weiß die etwas? Du hast doch mit ihr geredet«, fragte Josef.

»Ja, hab ich. Frau Bergmann hat mir gesagt, dass Franziska bei ihr war und sie um Geld angegangen ist. Sie sei so gut wie pleite und bräuchte dringend Geld. Andernfalls müsste sie noch eine Tankstelle überfallen.«

»Und? Hat sie ihr was gegeben?«

»Ja, hat sie. Dreißig Euro. Mehr hatte sie nicht daheim, hat sie gesagt.«

»Josef. Geh du runter zu Kola und frag ihn. Wir warten hier«, ordnete Martin an.

»Immer ich. Und was macht ihr?«, maulte Josef unlustig.

»Wir organisieren derweil den Heli und rufen die Bergwacht an«, sagte Martin.

»Wieder nix mit Feierabend«, murrte Josef, als er das Büro verließ.

»Mach du das mit der Bergwacht. Ich ruf die Bereitschaft mit dem

Heli an«, sagte Martin zu Andrea. Während Andrea telefonierte, rief Martin die Kollegen an. »Egger hier! Wir brauchen euch und euren Heli. In einer halben Stunde geht's los. Wir müssen auf den Wilden Kaiser!«, sagte er.

Zu seiner Enttäuschung hörte er: »Tut mir leid, Herr Egger. Der Heli wurde bei seinem letzten Einsatz ziemlich ramponiert. Er ist in der Werkstatt.«

»Na, dann kann man wohl nichts machen«, meinte er und legte auf. »Wolkenstein! Er sagte doch noch vorgestern, dass er mit den Kollegen aus Tirol eine Übung am Wilden Kaiser macht! Den ruf ich jetzt an«, sagte er laut und wählte dessen Nummer.

»Wolkenstein?«, meldete sich eine müde Stimme.

»Servus, Wolkenstein. Ich bin's, Egger. Ich brauch dich und deine Leute am Wilden Kaiser«, sagte er.

»Was? Jetzt? Weißt du, wie spät es ist? Meine Leute waren den ganzen Tag dort oben. Die sind fix und alle.«

»Ja, weiß ich, halb fünf. Aber das hilft mir jetzt auch nichts. Ich brauch dich und zwar schnell. In einer halben Stunde am Flugplatz! Bis gleich«, sagte er und legte auf.

Josef kam ins Büro. »Ich hab die Wegbeschreibung. Ich weiß jetzt, wo die Hütte ist!«

»Na dann nichts wie los!«, sagte Martin und stand auf. Andrea blieb sitzen.

»Was ist mit dir? Kommst du nicht mit?«

»Ja, doch. Ich wart nur auf einen Rückruf von der Bergwacht. Die sind bei einem Einsatz auf dem Kleinen Venediger.«

»So lange können wir nicht warten. Wolkenstein hilft uns. Also los jetzt!«

Nur widerwillig stand Andrea auf. Sie hinkte leicht, als sie zur Türe ging.

»Was ist mit deinem Fuß? Geht das überhaupt? Wenn nicht, dann bleibst du besser hier«, sagte Martin zu ihr.

»Nein nein, das geht schon. Pack mers, damit wir das hinter uns bringen«, sagte sie und verließ das Büro.

Unten auf dem Parkplatz öffnete Martin den Kofferraum und holte zwei Paar Bergstiefel heraus. Die hatte er immer im Wagen, damit er und Josef bei solchen Einsätzen gerüstet waren.

»Was ist mit dir, Andrea? Hast du deine Bergstiefel auch dabei?«

»Nein, die liegen daheim. Ich brauch sie sonst eh nicht.«

»Dann fahr schnell heim und hol sie. Ich wart auf dich am Flugplatz!«, rief er ihr zu, ehe er ins Auto stieg und mit Josef wegfuhr.

Während sie am Flugplatz von Zell eintrafen, sahen sie schon den Helikopter der COBRA mit sich drehenden Rotorblättern auf dem Flugfeld stehen. Martin fuhr direkt dorthin und stellte seinen Wagen ab. Wie er sich gedacht hatte, war Wolkenstein bereits da. Sie begrüßten sich kurz.

»Wo soll denn die Reise hingehen und worum geht's hier eigentlich?«, fragte Wolkenstein. Martin erklärte ihm die Sachlage. Aber auch, dass er nicht sicher war, ob sich die Frau dort aufhielt.

Wolkenstein schaute ihn zweifelnd an und fragte noch einmal: »Wo ist denn die Hütte genau?«

»Frag Josef, der weiß, wo wir hinmüssen«, antwortete Martin. Wolkenstein ging mit einer detaillierten Karte zu Josef und ließ sich erklären, wo die Hütte zu finden war. Martin beobachtete dabei, wie Josef auf Wolkenstein einredete und immer wieder auf die Karte zeigte.

»Wir haben Glück«, sagte Wolkenstein, als er zu Martin kam. »Die Hütte, die ihr sucht, liegt genau dort, wo wir unsere Übungen abhalten. Genauer gesagt, inmitten des Übungsgebietes. Ich hab die heut schon mal gesehen und ein Teil meiner Leute campieren dort in der Nähe. Ich werd sie sofort alarmieren.«

»Wir müssen aber trotzdem mit hoch«, sagte Martin, der nahezu schreien musste, da der Heli einen Mordslärm verursachte.

»Ist schon klar. Ich doch auch«, antwortete Wolkenstein.

»Jetzt müssen wir nur noch auf Andrea warten«, sagte Martin zu

Wolkenstein, der ihn aber nicht mehr hörte, weil er per Funk mit den Kollegen redete.

»Wir können sofort los!«, sagte Wolkenstein und zeigte auf den Heli. »Wir müssen uns aber beeilen. Eine Schlechtwetterfront zieht auf«, sagte er und zeigte nach Westen, wo sich bereits hohe Wolkentürme über dem Gerlos zeigten.

»Einen Moment noch. Ich muss auf Andrea warten. Die kommt sicher gleich!«, sagte Martin.

»Fünf Minuten kann ich dir geben. Mehr ist nicht drin!«

Martin fühlte sich, als ob er auf Kohlen säße. Die Zeit verging. Immer wieder schaute er auf die Uhr. Der Pilot ließ den Rotor schneller laufen. Allmählich knatterte es immer lauter und lauter. Auch der Wind, den die Rotorblätter verursachten, wurde immer heftiger.

»Was ist jetzt? Wo bleibt deine Kollegin?«, rief ihm Wolkenstein zu, der gerade im Begriff war, in den Heli zu steigen.

»Eine Minute noch. Ich bin sicher, sie ist gleich da!«, rief Martin zurück.

Josef saß bereits drinnen und hatte sich angeschnallt. Endlich sah Martin Andreas Auto auf das Flugfeld fahren. Sie stellte ihren Wagen neben seinem ab und stieg aus. Martin blieb vor Staunen der Mund offen stehen, als sie bei ihm ankam.

»Was hast du denn da an?«

»Schick oder?«, sagte sie und drehte sich um sich selbst.

»Ja, schick schon, aber …«

»Das sag ich dir später. Wo ist deine Schutzweste?«

»Ach du Scheiße! Daran haben wir gar nicht gedacht!«, rief er und rannte zu seinem Auto. Er holte die beiden Schutzwesten aus dem Kofferraum und rannte zum Heli, der soeben erste Anstalten machte, zu starten.

Gerade noch rechtzeitig schaffte er es einzusteigen und sich anzuschnallen. Die Westen warf er zuvor noch hinein. Wolkenstein gab ihm einen Helm mit einer Freisprecheinrichtung.

»Das war aber wirklich in letzter Sekunde«, sagte er und grinste Andrea an.

»Was hast du da eigentlich an?«, fragte Martin Andrea.

»Ach der? Den hab ich von Karli. Der hat den in seiner Zeit beim Bundesheer abgestaubt. Der steht mir gut, oder findest du nicht?«

»Ein Overall des Bundesheeres? Na, ich weiß nicht so recht. Woher soll man wissen, dass du bei der Polizei bist?«

»Steht doch hinten drauf«, sagte sie und zeigte auf ihren Rücken.

»Wo?«

»Na, auf der Schutzweste natürlich!« Erst jetzt fiel Martin auf, dass Andrea ihre Schutzweste bereits anhatte.

Wolkenstein gab dem Piloten noch die Koordinaten, die er schnell berechnet hatte. Der Heli hob ab und flog in nordöstliche Richtung. Ganz knapp über den Baumwipfeln ging es schnell dahin.

»Wieso fliegt der so tief?«, fragte Martin.

»Wir hatten keine Zeit mehr, den Flug anzumelden, und so wissen die Privatflieger nicht, dass wir hier unterwegs sind. Deshalb müssen wir uns tiefer halten, sonst kracht es eventuell. Nun sag mir mal, worauf wir uns genau einstellen müssen«, sagte Wolkenstein.

»Also es geht um eine junge Frau. Um die Schwester des Bankräubers von vorgestern, um genau zu sein. Ich bin nicht sicher, ob sie überhaupt da oben ist und wenn, ob sie alleine dort ist. Sie ist wahrscheinlich bewaffnet und wird sich wehren.«

»Das ist aber sehr wenig Konkretes, meinst du nicht?«, fragte Wolkenstein.

»Mehr weiß ich eben nicht. Eigentlich wollte ich ja mit dem Heli der Bereitschaft ...«

»Der ist hin. Das weiß ich schon. Der Pilot hat da heut Früh einen Crash hingelegt. Der ganze Unterbau ist hinüber. Aber es ist trotzdem in Ordnung, dass du mich angerufen hast. Jetzt können die Kinder mal zeigen, was sie gelernt haben«, sagte Wolkenstein.

Er gab noch seine Befehle durch, dann lehnte er sich zurück und schloss die Augen.

»Der hat die Ruhe weg. Der schläft«, flüsterte Andrea.

»Das hab ich gehört. Das ist nicht Ruhe oder Schlaf, das ist Entspannung. Das solltet ihr auch mal machen«, sagte Wolkenstein. Andrea hatte schlichtweg vergessen, dass man über den Bordfunk alles mithören konnte.

Plötzlich quakte das Funkgerät, das Wolkenstein bei sich trug. Er nahm den Helm ab und meldete sich. Er unterhielt sich mit seinem Gesprächspartner kurz, dann setzte er den Helm wieder auf und gab einen Befehl an den Piloten.

»Umdrehen. Wir fliegen zurück!«

Martin, Josef und Andrea sahen ihn verwirrt an.

Martin meinte: »Warum denn das?«

»Meine Leute haben mir grade gemeldet, dass da niemand ist. Die Hütte ist leer«, antwortete Wolkenstein.

»Aber vielleicht sind wir nur zu früh dran? Vielleicht kommt sie ja noch?«, zweifelte Andrea.

»Sie behalten sie aber im Auge, falls doch noch jemand auftauchen sollte.«

Damit war das Thema für Wolkenstein erledigt. Er lehnte sich wieder zurück und schloss die Augen.

Martin wurde beinahe übel, als der Heli in einer steilen Kurve wendete. Ebenso wurde Andrea zusehends blass und blasser. Das aufkommende Unwetter, das Wolkenstein schon zuvor bemerkt hatte, kündigte sich mit einem starken Wind an. Dieser beutelte den Hubschrauber noch zusätzlich. Dazu goss es wie aus Kübeln. Nur Josef schien das nichts auszumachen. Auch er hatte die Augen geschlossen und folgte dem Vorbild Wolkensteins. Vielleicht war es aber auch nur, damit er von der Fliegerei weniger mitbekam.

Schließlich landete der Hubschrauber wieder dort, wo er gestartet war. Sie warteten ab, bis die Rotorblätter zum Stillstand gekommen waren. Erst dann stieg Wolkenstein aus. Dann folgte Martin, der aber sofort von Andrea beiseitegeschoben wurde. Sie sprang heraus und rannte davon. Kurz darauf hörten sie, wie sie sich übergab. Als Letzter kletterte Josef heraus. Er blieb stehen, schnaufte kurz durch und tat, als ob nichts wäre. Bis er Andrea hörte. Dann rannte auch er nach hinten und leistete ihr Gesellschaft.

Wolkenstein grinste und zeigte mit dem Daumen in Richtung der beiden. »Die sollten vielleicht öfter mal Achterbahn fahren, dann gewöhnen sie sich daran«, sagte er spöttisch.

Martin wartete, bis Andrea und Josef ihre Mägen entleert hatten. Dann rief er nach ihnen.

»Fahren wir jetzt ins Büro zurück?«, fragte Josef.

»Nein, wir machen jetzt Feierabend. Wenn was sein sollte, rufe ich euch an«, antwortete Martin.

Kapitel 22

Es war bereits halb acht, als Martin daheim eintraf. Julia hatte nichts gekocht, da sie nicht gewusst hatte, wann er heimkam. So setzten sie sich an den Küchentisch und aßen kalt. Plötzlich klingelte es an der Haustüre. Julia schaute auf die Uhr. »Wer kann das noch sein? Um diese Uhrzeit?«

»Das werden wir gleich sehen«, antwortete Martin und ging zur Haustüre. Er öffnete sie und schaute überrascht, als er erkannte, wer da stand. »Vanessa? Was um Himmels willen machst du denn hier?« Sie hatte eine kleine Reisetasche in der Hand und sah ziemlich zerzaust aus, denn es hatte wieder zu regnen begonnen. Die Haare hingen tropfnass auf ihre Schultern und in ihr Gesicht. Augenscheinlich stand sie auch schon länger vor der Türe.

»Guten Abend Martin. Ich will nicht stören, aber ... Weißt du, meine Mama hat mich weggeschickt. Sie hat gemeint, es wäre nicht gut für mich, wenn ich in der Nacht bei ihr bliebe und ihr beim Sterben zuschau«, sagte sie mit Tränen in den Augen. »Ich bin dann heim. Aber ich hab's nicht ausgehalten. Das Haus, weißt du. Es ist so leer und ...«

»Red nicht lang, komm herein«, antwortete Martin und hielt die Türe weit offen. Er nahm ihr noch die Tasche ab und trug sie ins Haus.

»Guten Abend allerseits«, sagte sie, als sie die Küche betrat.

»Vanessa!«, riefen die Buben und sprangen auf.

»Was machst du denn hier?«, fragte Moritz.

»Na ja, ich ... weißt du, meine Mama ...«

»Jetzt setz dich erst mal. Hast du Hunger?«, fragte Julia.

»Nein, danke, ich hab schon gegessen«, antwortete sie traurig.

»Hast du geweint?«, fragte Max.

Vanessa nickte nur.

»Warum hast du geweint?«, fragte Moritz.

»Jetzt esst erst mal und lasst Vanessa in Ruhe. Sie ist sicher müde«, sagte Martin streng.

Nach dem Abendessen gingen die Buben zu Bett. Da nun ein wenig Ruhe eingekehrt war, versuchte Martin, mit Vanessa zu reden. »Also Vanessa. Ich verstehe ja, dass du es daheim nicht aushältst. Mir würde es nicht anders gehen. Aber ...«

»Ich kann doch sonst nirgends hin«, unterbrach ihn Vanessa.

»Hast du denn keine Freunde oder Verwandte, die dich aufnehmen könnten?«, fragte Julia.

»Wenn es euch nicht recht ist, dann geh ich eben wieder«, sagte Vanessa traurig.

»Blödsinn. Du bleibst erst mal hier. Wir haben noch ein Zimmer frei. Da kannst du einstweilen wohnen«, bot ihr Martin an.

»Ich möchte euch aber nicht zur Last fallen. Ich zahl auch dafür. Wenn du willst im Voraus.«

»Lass mal stecken. Ich nehme kein Geld von dir. Wir Kollegen müssen doch zusammenhalten. Außerdem sind wir auch Freunde. Wo kämen wir denn da hin, wenn ...«

»Ich bezieh mein Bett auch selber und sauber machen kann ich auch selber und ...«

Julia stand auf. »Ich geh jetzt mal schnell nach oben, das Zimmer herrichten«, sagte sie und nahm Vanessas Tasche an sich. Vanessa schaute ihr hinterher.

»Glaubst du, deine Frau hat etwas dagegen, wenn ich bei euch bleib?«, fragte sie.

»Nein. Natürlich nicht, du gehörst zu meinem Team und damit auch zu meiner Familie.«

»Danke, Martin. Wie weit seid ihr heut eigentlich gekommen? Gibt's was Neues in dem Fall?«

»Nein, eigentlich nicht«, antwortete er und erzählte die Vorfälle, die es gegeben hatte.

»Dann bin ich euch gar nicht abgegangen?«

»Doch sehr. Wir hätten dich schon brauchen können.«

»Warum hast du mich dann nicht angerufen?«

»Weil dein Problem mehr Gewicht hat als der Fall.«

»Weißt du, ich hab noch mal über den Fall nachgedacht. Ich frage mich, warum Franziska ausgerechnet jetzt auftaucht. Warum ist sie nicht schon früher heimgekommen?«, sagte Vanessa.

»Das weiß ich auch nicht. Mich beschäftigt vielmehr die Frage, wo sie jetzt sein könnte. Die Hütte ist eine Option, aber mehr auch nicht.«

»Der Gang ...«, begann Vanessa leise. »Bist du sicher, dass der unterirdische Gang nur bis zum Haupthaus der Bergmanns führt? Glaubst du nicht, dass es möglich ist ...«

Martin sprang auf. »Mädchen, du bist ein Genie! Dass wir da noch nicht draufgekommen sind! Das werden wir gleich morgen Früh überprüfen.«

»Martin? Ich hab da noch eine Bitte. Könntest du deine Frau fragen, wegen des Musikunterrichts? Du weißt schon.«

»Ich hab sie schon gefragt. Sie meint, du sollst einfach mal vorbeikommen und es ausprobieren. Wir haben verschiedene Instrumente im Haus, aber Julia meinte, du solltest vielleicht mit dem Piano anfangen. Die Noten ein wenig kennenlernen und so weiter. Wann ihr das machen wollt, vereinbarst du am besten selber mit ihr.«

»Soo, das Zimmer ist fertig. Ich hab dir auch noch frische Handtücher ins Bad gelegt, falls du heut noch duschen möchtest«, sagte Julia, als sie von oben herunterkam.

»Dann geh ich mal ins Bett«, sagte Vanessa und verließ das Zimmer.

»Dein Zimmer ist die Nummer vier. Das ist ganz hinten rechts. Ich hab den Schlüssel stecken gelassen«, rief ihr Julia noch nach. Julia setzte sich zu Martin an den Tisch. »Se is scho a oarms Hascherl«, sagte sie. »Hot se denn goar koan meah, dea wo se um se kümmert? Gibt's denn koa Vowandschaft nit? An Onkel oda a Tant? An Gedi leicht?«

»Naa, es gibt neamand meah. Wann ihra Muatta stirbt, nacha is se ganz alloa.«

»Moanst nit, mia kanntn ihra höfn?«

»Wia wüst ihra höfn? Du konnst nit an Muattaersatz füa se sei, wannst des moanst. Außadem geht des nit, wei se is mei Untagebene. Wos moanst wos do füa a Gredt rauskamat? Am Neid waarn do Tür und Tor aufgmocht.«

»Schod. I dadat ihra so gern höfn«, sagte Julia.

Kurz danach gingen auch sie zu Bett.

Kapitel 23

Am nächsten Morgen als Martin und Julia aufstanden, war das Frühstück schon fertig vorbereitet. Diesmal waren es aber nicht Max und Moritz, sondern Vanessa, die sie am Frühstückstisch erwartete. »Guten Morgen. Max und Moritz sind schon auf dem Weg in die Schule«, sagte sie. Sie hatte offenbar nicht gut geschlafen, denn ihre Augen waren dunkel umrändert und zeigten alle anderen Zeichen von Müdigkeit.

»Hast du nicht schlafen können?«, fragte Julia.

»Ja schon, aber nicht richtig. Mir ist meine Mama nicht aus dem Kopf gegangen. Ich mach mir richtig Sorgen um sie. Was sie jetzt wohl macht?«

»Sie wird auch frühstücken und dabei an dich denken«, meinte Martin.

»Ja, das möcht schon sein. Was machen wir heute, Martin?«, fragte sie.

»Wir machen gar nichts. Du fährst zu deiner Mutter und kümmerst dich um sie. Ich fahr ins Büro, und dann geh ich mit Josef und Andrea deiner Idee nach«, erklärte er.

Eine Stunde später kam Martin im Büro an. Kurz nach ihm trafen auch Josef und Andrea ein. Martin wartete, bis sie an ihren Plätzen saßen, dann verkündete er das neue Vorhaben. »Vanessa hat mich gestern Abend auf eine Idee gebracht …«

»Vanessa? Wieso Vanessa?«, fragte Josef.

»Vanessa wohnt seit gestern Abend bei mir. Ich hab mich mit ihr unterhalten. Sie hatte eine grandiose Idee. Auf die hätten wir selber auch kommen können«, sagte er.

»Wieso wohnt Vanessa bei dir?«, fragte Andrea.

»Weil sie sonst nicht wusste wohin. Ihre Mutter hat sie weggeschickt, weil sie nicht wollte, dass Vanessa ihr beim Sterben zusieht. Da ist sie eben zu mir gekommen.«

»Aber sie hätte doch auch zu mir kommen können?«, sagte Andrea und schien beleidigt.

»Ich bin ihr eben als Erstes eingefallen. Außerdem, wo hätte sie bei dir schlafen können?«

»Na ja, ein extra Zimmer habe ich zwar nicht, aber auf der Couch wäre schon Platz gewesen«, gab Andrea zu.

»Sie braucht aber keinen Schlafplatz auf der Couch, sondern ein Zimmer, in dem sie wohnen und in das sie sich auch zurückziehen kann.«

»So gesehen, hat sie ja recht«, stimmte Andrea zu.

»Bei mir hätte sie auch Platz genug gehabt. Ich habe etliche freie Zimmer, mit denen ich ohnehin nicht weiß, was ich anfangen soll«, meinte Josef.

»Ich glaube kaum, dass sie bei dir die Ruhe gefunden hätte, die sie jetzt braucht«, erwiderte Martin.

»Was war das denn für eine Idee, die Vanessa hatte?«, wollte Andrea wissen.

»Ihr erinnert euch an den Durchgang, der vom Haus der Kolas zum Haupthaus führt?«, fragte Martin.

»Ja, was ist damit?« Andrea wurde neugierig.

»Hat einer von uns daran gedacht, dass es da unten nicht nur diesen einen Gang geben könnte?«

Als beide den Kopf schüttelten, meinte Martin: »Dann wird es jetzt höchste Zeit, dass wir uns das mal genauer anschauen.«

Sie fuhren zum Haus der Familie Bergmann. Martin klingelte kurz. Dann noch mal und noch mal. Niemand öffnete. Martin kann dies seltsam vor, deshalb ging er um das Haus herum. Er wusste von Weber, dass hinten ein Pool war. Vielleicht hielt sich die Familie ja dort auf.

Aber auch hinter dem Haus war niemand zu sehen. In einer Ecke des Gartens befand sich ein kleines Häuschen, das wahrscheinlich die Gerätschaften für den Garten beherbergte. Martin ging gefolgt von Andrea und Josef hinüber. Es war zwar unwahrscheinlich, dass sich darin jemand aufhielt, aber man konnte ja nie wissen. Als er die Türe öffnete, wäre er beinahe in das tiefe Loch gefallen, das sich vor ihm auftat. Er trat einen Schritt zurück und zeigte hinein. »Schaut mal«, sagte er zu den anderen.

Auch Josef trat nun an das Loch und besah es sich genauer. »Da steht eine Leiter. Wo führt die hin? So etwas hab ich noch nicht gesehen.«

Nun schaute auch Andrea hinein. »Wir brauchen eine Taschenlampe. Hol mal eine aus dem Auto« sagte sie zu Josef.

Josef lief zum Auto und kam kurz darauf mit einem Handstrahler zurück. Er gab ihn Andrea, die ihn einschaltete und in das Loch leuchtete. Die Leiter, die nach unten führte, war eigentlich nur ein langes Vierkantholz, auf dem Querlatten aufgenagelt waren. Martin kannte so etwas nur aus Julias Heimat Tirol. Dort benutzten die Obstbauern solche Leitern, um einfacher auf die Bäume zu kommen, weil sie weniger sperrig waren als normale Leitern. Man sah dem Kantholz durchaus an, dass es schon etliche Jahre hier stehen musste. Trotzdem wirkte es noch sehr stabil. Die Sprossen waren deutlich zu erkennen und auch wo sie endete. Dort war eine hölzerne Türe zu sehen, die irgendwohin führen musste.

»Das schauen wir uns jetzt mal genauer an«, beschloss Martin und nahm Andrea die Lampe aus der Hand. Er kletterte rückwärts hinunter, bis er an der Türe ankam. Er leuchtete sie an und betrachtete sie von oben bis unten. Eine alte verrostete Türklinke, die augenscheinlich schon lange nicht mehr benutzt worden war, lud ihn förmlich ein, sie niederzudrücken und die Türe zu öffnen. Die Türe quietschte und knarrte laut in ihren Angeln, als Martin sie aufdrückte. Vorsichtig leuchtete er mit der Lampe hinein und erkannte, dass sich dort ein langer, in den Stein gehauener Gang befand. Er drehte den Kopf zu den anderen und sagte: »Da ist ein Gang. Ich bin mal gespannt, wo der hinführt.«

Vorsichtig, Schritt für Schritt ging er vorwärts. Andrea und Josef folgten ihm eng aufgeschlossen. Langsam wurde der Gang enger und niedriger, sodass Martin sich bücken musste, um sich nicht den Kopf anzuschlagen. Nach etwa zwanzig Metern wurde der Gang so niedrig und eng, dass sie auf alle vieren gehen mussten, um weiterkriechen zu können.

»Wie weit der wohl geht?«, fragte Josef. Seine Stimme klang dumpf und hohl, so als ob er in ein leeres Fass sprechen würde.

»Das werden wir gleich sehen«, antwortete Martin. Je weiter sie vordrangen, umso kühler und feuchter wurde es in dem Gang. Bald rutschten sie mit den Knien durch kleine Wasserpfützen, denen sie aber nicht ausweichen konnten.

»Hätte ich bloß den Overall von gestern angezogen, der wäre wenigstens wasserdicht«, schimpfte Andrea vor sich hin.

Martin leuchtete voraus, um zu sehen, ob der Gang nicht bald zu Ende war. Aber daran war gar nicht zu denken. Nun ging es auch noch um eine enge Kurve, die Martin dazu zwang, sich auf den Bauch zu legen und so voranzurobben. Allmählich wurde die Luft auch noch feuchter und stickiger, sodass das Atmen immer schwerer wurde. Er hörte hinter sich Josef schnaufen und fluchen. Endlich war das Ende des Tunnels in Sicht. Eine kleine Holzklappe schien den Ausgang zu verschließen. Martin kroch darauf zu und drückte dagegen. Die Klappe ließ sich überraschend leicht öffnen. Sie schwang nach innen hoch und gab den Blick auf eine Höhle frei. Martin kroch hinein. Und richtete sich auf. Die Höhle war hoch genug, sodass er sich den Kopf nicht an der Decke anschlug.

»Jetzt geh halt mal beiseite!«, schimpfte Josef. Martin trat einen Schritt zur Seite. Er sah sich um und leuchtete die Höhle, die nicht viel größer als drei Meter auf drei Meter war, aus. Josef und Andrea kamen nun auch herein.

»Wow!«, entfuhr es Andrea »Das ist ja eine richtige Räuberhöhle!«

Mit dem Schein der Lampe war es kaum möglich, die gesamte Höhle zu erhellen. Während Martin sich drehte, leuchtete er in jede Ecke.

»Da! Da ist eine Lampe«, rief Andrea.

Martin schaute in die Richtung, die ihm Andrea wies. Tatsächlich hing eine Glühbirne in einer Fassung von der Decke. Martin suchte den Lichtschalter. Er ging davon aus, dass der Schalter irgendwo an der Wand neben der Eingangstüre befestigt sein musste. Aber da war nichts.

Josef streckte sich ein wenig und drehte an der Glühbirne. Prompt erhellte sie den Raum.

Nun war die Handleuchte nicht mehr erforderlich. Martin schaltete sie aus, behielt sie aber noch in der Hand. Nun schauten sie sich gründlicher um. In einer Ecke lag ein Schlafsack, der augenscheinlich dringend einer Wäsche bedurft hätte. Daneben noch einer, der aber zusammengerollt war. Zudem roch es hier nach Schweiß und Urin. Martin sah sich weiter um.

»Da, schau mal! Sogar eine Heizung gibt's hier!«, rief Andrea überrascht und zeigte auf einen kleinen Heizlüfter, der an der Wand rechts neben ihnen stand.

»Und eine Belüftung gibt's auch!«, stellte Josef staunend fest.

»Dann schalt sie mal ein«, forderte ihn Martin auf. »Hier stinkt's wie in einem Klo in einer Kneipe.« Martin sah Josef nach, wie er zu einem kleinen Ventilator ging, der augenscheinlich aus einem Computer stammte. Er war an einem silbernen, zehn Zentimeter starken Aluflexschlauch befestigt, den man auch für Ablufttrockner verwenden konnte. Das Kabel des Ventilators führte zu einer Autobatterie, die darunter am Boden stand. Josef drückte den kleinen Wippschalter, der am Kabel angebracht war. Sofort surrte der Ventilator los und blies frische Luft in die Höhle. Der Aluschlauch endete in der Wand oberhalb einer weiteren Klappe, die aus der Höhle führte.

»Wo kommt der Strom für das Licht und die Heizung her?«, fragte Andrea.

Martin schaute nach oben und entdeckte das Kabel, das von der Lampe weg bis zu der Stelle führte, an der der Abluftschlauch in die Wand eingebracht war. Martin zeigte auf die Klappe. »Schaun wir einfach mal nach, wo die hinführt.«

»Da ist noch ein Ausgang«, sagte Josef.

Martin drehte sich zu ihm. Auch er sah nun die dritte Klappe in dem Raum.

»Wo es da wohl hingeht?«, fragte Andrea.

»Da schaun wir nachher. Jetzt gehen wir erst mal da rein«, antwortete Martin und zeigte auf den Eingang, wo auch das Kabel hinführte.

»Sollten wir uns nicht aufteilen? Ich geh mit Andrea hier lang und du gehst da rein?«, schlug Josef vor und zeigte auf die neu entdeckte Klappe.

»Nein, ich finde, es ist besser, wir bleiben zusammen. Erst schaun wir da nach, später können wir immer noch den anderen Gang, sofern es überhaupt einer ist, überprüfen«, widersprach Martin. Er hob die Klappe. »Halt sie mal fest«, sagte er zu Andrea, die sie sofort nahm. Er kroch hinein und schaltete die Lampe wieder ein. Zu seiner Überraschung war der Gang hoch genug, dass er aufrecht stehen konnte. Er wartete ab, bis auch Josef und Andrea bei ihm waren. Dann leuchtete er wieder nach vorne. Martin konnte erkennen, dass der Gang ein gutes Stück weit breit genug war, um dort hintereinander aufrecht gehen zu können. Über ihnen führten der Schlauch und das Stromkabel durch den Gang.

Nach etwa zwanzig Metern wurde es wieder enger, aber die Höhe blieb gleich. Martin und Josef waren gezwungen, sich seitlich vorwärts zu bewegen, was sich aber aufgrund ihres Bauchumfangs als schwierig herausstellte. Nur Andrea hatte kein Problem damit. Sie schlüpfte regelrecht zwischen den Felswänden hindurch. Irgendwann wurde es ihr zu dumm, warten zu müssen, bis Martin und Josef weiterkamen.

»Lasst mich mal nach vorne. Ich komm da leichter durch«, sagte sie. Martin schaute Josef an, der sofort verstand und sich auf den Boden legte. Auch Martin legte sich hin, sodass Andrea mühelos über sie hinwegsteigen konnte. Sie nahm noch die Lampe und zwängte sich wieder durch die lang gezogene Spalte. Irgendwann wurde die Spalte so eng, dass Martin und Josef nicht mehr weiterkamen. Nur Andrea passte noch durch.

»Jetzt warte halt mal!«, rief ihr Josef nach. »Du rennst wie eine Wüstenmaus! Wir kommen nicht mehr mit!«

»Wie wär's mal mit abnehmen?«, antwortete sie.

»Das hilft uns jetzt auch nichts«, sagte Martin laut, denn Andrea befand sich bereits außer Sichtweite. Nur der Schein der Lampe war noch schemenhaft zu erkennen. »Lass es gut sein und komm zurück!«, rief Martin ihr nach.

»Kommt nicht infrage! Ich geh weiter!«, rief sie zurück. Nach ein paar Minuten umgab Martin und Josef absolute Dunkelheit. Man sah nicht mal mehr die Hand vor Augen.

»Raucher müsste man jetzt sein«, meinte Josef.

»Wieso?«, fragte Martin.

»Na, Raucher haben wenigstens ein Feuerzeug in der Tasche«, erklärte er.

»Andrea! Andrea? Wo steckst du denn?«, rief Martin in die Dunkelheit.

»Hier! Hier bin ich!«, kam zurück. Ihre Stimme klang, als wäre sie in einem tiefen Loch. Ganz weit entfernt.

»Und wo bitte ist hier?«, rief Josef.

»Ich bin fast am Ende angelangt. Ich seh Licht!« Dann war Stille. Es dauerte eine gefühlte Ewigkeit, bis aus der Richtung, in die Andrea verschwunden war, wieder der Lichtschein der Lampe zu sehen war.

»Andrea?«, rief Josef, dem das Licht aufgefallen war.

»Natürlich, wer sonst?«, sagte sie. Endlich war sie zurück.

»Und? Was ist am Ende des Ganges?«

»Ihr glaubt es nicht! Der Gang führt direkt zu dem anderen Gang, der von Kolas Haus zum Haupthaus führt«, erzählte sie. »Der Zugang ist ganz schmal. Nur ein Spalt. Man sieht ihn kaum. Das aber auch nur dann, wenn man weiß, dass da ein weiterer Weg ist.«

»Gut, dann gehen wir wieder zurück zur Höhle«, erklärte Martin. Er nahm Andrea die Lampe aus der Hand und gab sie Josef, der nun vorausging. Wieder mussten sie sich durch den engen Gang zwängen. Als sie endlich zurück in der Höhle waren, schnaufte Martin tief durch.

»Also, was hast du gesehen?«, fragte Martin Andrea.

»Ich hab's ja schon gesagt. Der Gang führt zu dem anderen Gang, der vom Haus der Kolas zum Haupthaus führt. Das Lüftungsrohr endet kurz davor, vielleicht damit man es nicht sieht. Das Stromkabel verschwindet ebenfalls kurz vor dem Ende in der Decke. Es sieht so aus, als wäre es eingeputzt«, erklärte sie.

»Schaun wir uns mal den anderen Gang an?«, fragte Josef.

»Ja gut. Schaun wir mal, wo der hinführt«, antwortete Martin und hob die Klappe hoch. Andrea hielt sie fest, während Martin und Josef durch das Loch schlüpften. Der Gang war etwa einen halben Meter breit und ebenso hoch. Dadurch waren die drei gezwungen, auf dem Bauch zu kriechen.

»Hoffentlich wird der nicht noch enger. Umdrehen ist da nicht. Da müssten wir rückwärts kriechen«, meinte Andrea. Doch schon nach wenigen Metern sahen sie Licht am Ende des Tunnels. Martin schaltete die Lampe aus und kroch darauf zu. Es schien, als ob das Licht durch ein großes Maul schimmerte. Als Martin das Loch erreichte, stoppte er.

»Was ist? Warum geht's nicht weiter?«, fragte Andrea.

»Das scheint ein Brunnen zu sein«, antwortete Martin. Er nahm ein kleines Steinchen, das unter ihm lag, und ließ es in die Tiefe fallen. Erst nach zwei oder drei Sekunden hörte er, wie das Steinchen auf dem Wasser aufschlug. »Da geht's aber weit runter«, stellte er fest.

»Und wie kommt man dann wieder raus?«, fragte Josef, der ebenfalls nichts erkannte.

»Es sind Haken in die Wand eingelassen. Daran kann man anscheinend raufklettern«, vermutete Martin.

»Na dann kletter mal«, forderte Andrea.

Martin kroch weiter nach vorne, bis er einen der Haken fassen konnte. Er zog sich aus dem Gang heraus und suchte mit den Füßen nach einem weiteren Haken, an dem er sich abstützen konnte.

»Was ist jetzt? Geht's da endlich weiter?«, monierte Josef.

»Jetzt wart halt ein bisserl ab. Ich hab's ja gleich!«, antwortete Martin unwirsch und zog sich hoch. Als er mit den Füßen auf dem nächsten Haken stand, ging es leichter. Er kletterte nach oben, stellte dabei aber fest, dass die Haken nicht mehr ganz fest saßen. »Passt auf da unten! Die Haken sind locker. Macht keinen weiteren Schritt, ehe ihr euch nicht sicher seid, dass ihr festen Halt habt!«, rief er nach unten, als einer der Haken aus der Wand brach und nach unten fiel. Er hörte ihn noch auf dem Wasser aufschlagen.

Es ging etwa acht Meter nach oben, bis Martin den Brunnenrand erreichte. Er zog sich über die Brüstung, die aus Ziegelsteinen gemauert war. Etwas Putz bröselte dabei ab und fiel in den Schacht.

Prompt beschwerte sich Josef: »Pass doch auf! Du erschlägst uns noch!«

Martin half zuerst Josef und danach Andrea heraus. Sie standen neben dem Brunnen und klopften sich ab.

Josef sah Martin an. »Wie war das mit dem indischen Schlammspringer? Jetzt schaust zur Abwechslung du mal so aus«, sagte er und grinste.

»Depp!«, war Martins kurze Antwort darauf. Er blickte sich um. Etwa fünfzig Meter entfernt war der Gerätschuppen zu sehen, in dem ihre Reise begonnen hatte. Martin warf noch einmal einen Blick in den Brunnen. Außer den Eisen, die in die Wand eingelassen waren, war kaum etwas zu erkennen. Er schaltete einmal die Taschenlampe ein und leuchtete hinunter. Etwa zwanzig Meter tief unten erkannte er das Wasser. Im Wasser schwamm etwas. »Schaut mal«, sagte er zu Andrea und Josef und zeigte hinunter.

»Was ist das?«, fragte Andrea.

»Ich weiß nicht? Es sieht aus wie eine Puppe. Eine große Puppe«, antwortete Martin.

»Ein Mensch? Kann das ein Mensch sein?«, fragte Andrea.

»Ich weiß es nicht. Wir müssen ohnehin die Spurensicherung holen. Die sollen sich das mal anschauen«, sagte Martin und schaltete die Lampe wieder aus.

Martin zog sein Handy aus der Tasche und rief in der Dienststelle bei der Spurensicherung an.

»SpuSi, Meiler?«

»Hallo Gerhard. Egger hier. Ihr müsst noch mal rauskommen zum Haus der Bergmanns. Wir haben da eine Höhle gefunden, die müsst ihr untersuchen. Dann haben wir noch etwas – wir wissen aber nicht, was es ist. Es könnte sein, dass eine Leiche in einem Brunnen liegt«, erklärte er.

»Höhle? Brunnen? Leiche? Sag mal, seid ihr in der Geisterbahn?« Meiler traute seinen Ohren kaum. Martin erklärte ihm genauer, was passiert war. »Dann seh ich mal zu, dass ich jemanden mitbring, der was vom Bergsteigen versteht und für die Höhle denk ich wird es am besten sein, wenn ich nur die Schlankeren unter uns einsetze.«

»Bring Otto von der Rechtsmedizin auch gleich mit. Vorsichtshalber, denk ich.«

»Ja, mach ich«, antwortete Meiler und legte auf.

»Was ist jetzt?«, fragte Josef genervt. »Soll ich mal nachschaun, ob da ein Seil drin ist?«

»Was willst du mit einem Seil?«

»Na, da runterklettern und nachschaun, was es ist«, sagte Josef gereizt.

»Das ist nicht unsere Aufgabe. Lass das mal die SpuSi machen. Die sind dafür ausgerüstet und können das. Wir nicht.«

Andrea warf noch einmal einen Blick nach unten in den Brunnen. »Was das wohl ist? Ob das Franziska …?«

»Hör auf mit der Spinnerei. Das wird sie schon nicht sein. Sie war doch vorhin noch sehr lebendig. Und ich brauch sie noch. Es sind zu viele Fragen offen«, antwortete Martin schroff.

»Wer soll's denn sonst sein?«

»Das weiß ich nicht, und außerdem ist doch noch gar nicht klar, ob das da unten ein Mensch ist oder nicht«, fuhr Martin Josef an.

Kapitel 24

Martin leuchtete noch einmal in den Brunnen hinein. Ein Umriss war im Wasser deutlich erkennbar. Aber eben nur ein Umriss.

»Martin?« Andreas Stimme riss ihn aus seinen Gedanken.

»Ja, was ist?«

»Meiler kommt«, kündigte sie an und zeigte zur Hofeinfahrt.

Martin sah die Fahrzeuge und winkte ihnen. Offenbar war er gleich erkannt worden, denn sie steuerten auf ihn zu. Dann blieb der erste Wagen stehen, aus dem Meiler stieg.

»Hallo Martin. Also? Was hast du. Zeig mal«, sagte er und folgte Martin zum Geräteschuppen.

»Da ist das Loch«, erklärte ihm Martin. Er sagte ihm auch, was ihn dort unten erwartete.

»Und was ist mit dem Kind, das in den Brunnen gefallen ist?«, meinte Meiler im Scherz.

»Depp. Wir wissen nicht, wer oder was es ist. Jedenfalls liegt da was unten. Holt es mir bitte herauf«, antwortete Martin gereizt. Er mochte es nicht, dass Späße getrieben wurden, wenn es eventuell um eine Leiche ging. Meiler instruierte seine Leute, die sich sofort an die Arbeit machten.

Josef und Andrea standen noch neben dem Brunnen.

»Ich müsste mich umziehen«, meinte Andrea. »Ich fühl mich nicht wohl in den nassen Klamotten«, ergänzte sie.

»Ich eigentlich auch«, stimmte Josef zu.

Da es Martin nicht anders erging, bat er Meiler um Hilfe. »Könnte uns einer deiner Leute heimbringen? Wir müssten uns umziehen. In unseren Dienstwagen können wir so nicht rein.« Meiler betrachtete ihn abschätzend.

»Kein Problem. Ich lass dich von einem Kollegen im Lieferwagen heimbringen. Ins Auto kommt ihr mir so nicht«, sagte er und rief einen Kollegen herbei.

Nachdem alle drei sich zu Hause gewaschen und umgezogen hatten, fuhren sie mit Josefs Wagen zurück zum Haus der Bergmanns. Dort herrschte das geordnete Chaos. Männer und Frauen in weißen Overalls gingen ihrer Arbeit nach. Martin schaute hinüber zum Brunnen und sah dort Otto, der sich über etwas beugte, das mit einem weißen Tuch abgedeckt war. Martin steuerte auf ihn zu. Otto erblickte ihn und erhob sich. Martin wollte auf das längliche Etwas zugehen, das unter einem weißen Tuch verborgen lag.

Otto hielt ihn auf. »Tu dir das nicht an«, sagte er leise.

»Ist das Franziska?«

»Das kann ich noch nicht mit Sicherheit sagen. Aber es scheint so zu sein.«

»Ich will sie sehen!«, sagte Martin und schob Otto beiseite.

Otto packte ihn am Arm und hielt ihn fest. »Ich hab gesagt, du sollst dir das nicht antun. Es hilft niemandem, wenn du jetzt hier kotzt!«

»Wieso? Was hat man mit ihr gemacht?«

»Vermutlich dasselbe, was mit Sabine Ebersbacher gemacht wurde«, sagte Otto ruhig.

»Mit einer Saite erdrosselt?«

»Ja und nicht nur das. Aber ich erspar dir die Einzelheiten. Du kannst sie im Bericht nachlesen.«

Inzwischen waren auch Josef und Andrea ausgestiegen und kamen dazu.

»Können wir sie abtransportieren?«, rief ein Mann des Bestattungsinstituts herüber.

»Ja, aber gleich in die Gerichtsmedizin mit ihr!« Andrea sah Martin an, dass es ihm nicht gut ging. Gar nicht gut. »Ist sie es?«, fragte sie leise.

»Das wissen wir noch nicht mit Sicherheit. Wir werden abwarten müssen.«

Meiler kam zu ihnen. »Was kannst du uns über die Höhlengänge sagen?«, fragte er Martin, der geistesabwesend neben ihm stand.

»Wie? Was? Ach ja, die Gänge. Also einer, vermutlich der Hauptgang, führt vom Hausmeisterhaus rüber zum Haupthaus. Den kennt ihr ja bereits. Von der Höhle unter uns geht ein Gang rüber zum anderen. Der zweite Gang geht vom Geräteschuppen zur Höhle und der dritte führt von der Höhle in den Brunnen. Habt ihr schon etwas Relevantes herausgefunden? Zum Beispiel, wie viele Personen sich da unten aufgehalten haben könnten?«

»Ja, wir haben etwas. Aber das müssen wir noch überprüfen. Da sind etliche genetische Spuren, die wir abgleichen müssen. Habt ihr etwas angefasst?«

»Ja«, antwortete Josef. »Ich hab die Lüftung eingeschalten und die Glühbirne angefasst. Ansonsten eigentlich nichts.«

»Haben sich Herr oder Frau Bergmann sehen lassen?«, fragte Martin Meiler.

»Nein, bisher nicht. Das ist schon seltsam. Bei dieser Menschansammlung sollte man doch meinen, es würde sie neugierig machen.«

»Hast du versucht, ins Haus zu kommen?«, fragte Josef.

»Ja, ich hab geklingelt und geklopft, aber es hat niemand reagiert. Glaubst du an Gefahr im Verzug?«

»Ausschließen würde ich es nicht«, meinte Andrea. »Wenn man davon ausgeht, dass die Leiche im Brunnen die Tochter der Bergmanns ist, könnte es doch durchaus sein, dass die Eltern ebenfalls dem Täter zum Opfer fielen.«

»Meinst du, wir sollten reingehen?«, fragte Meiler Martin.

»Ja, aber probiert es erst mal über den Tunnel.«

Meiler entfernte sich und gab ein paar Befehle.

»Was ist eigentlich mit Frau Kola? Die müsste doch daheim sein?«, fragte Andrea.

»Eigentlich schon. Mich wundert's auch, dass sie nicht herausgekommen ist«, sagte Martin.

»Ich geh mal rüber und schau nach«, sagte Andrea und ging los.

Als Andrea weg war, fragte Josef: »Wos is mit da Vanessa? Wia geht's ihra?«

»Nit so guat. De Julia hot gsoggt, dass se in da Friah an Onruaf kriaggt hot, se miassat ganz schnö in de Klinik kemman, weils mit ihra Muadda z'End geht.«

Josef überlegte. Kurz darauf fragte er weiter: »Wos wead iatz aus ihra? Se hot doch sunst neamand meah, dea wo se um se kümmern dat? Wos kenna mia mochn? Wia kennan mia ihra höfn? Se is doch iatz ganz alloanig?«

Martin hob die Schultern. »I woaß aa nit. Eigentli sand mia ja so wos wia ihra Familie. Des hots söba gsoggt. Konnst di no erinnern? Wias domois zrückkemma is, nochdem se ongschossn wurn is? Do hot se gsoggt ›Ich will eine Familie – eine Familie wie euch!‹«

»Ja stimmt. Do host recht. Wenn se uns ois Familie siecht, soydatn mia uns aa um se kümmern, wia a Familie.«

Meiler kam zu ihnen. »Wir kommen mit unserem Werkzeug nicht durch den Gang da unten. Der ist viel zu eng. Wir müssen direkt ins Haus«, erklärte er.

»Dann macht das so«, ordnete Martin an. Martins Handy klingelte. Er holte es heraus und sah auf das Display. »Wolkenstein«, murmelte er.

»Was gibt's?«, meldete er sich.

»Wolkenstein hier. Meine Leute beobachten immer noch die Hütte. Von dem Mädchen ist weit und breit nichts zu sehen. Aber zwei Erwachsene, vermutlich ein Ehepaar, sind grad gekommen. Sie hatten einen Schlüssel zur Hütte. Sollen wir sie festnehmen?«

»Nein, das sind vermutlich die Eltern von Franziska. Auf die Tochter braucht ihr nicht mehr zu warten. Wir haben sie wahrscheinlich gefunden. Könntest du dafür sorgen, dass die Eltern noch heute zu mir in die Dienststelle kommen?«

»Festnehmen?«

»Nein, es besteht im Moment kein Tatverdacht. Gebt ihnen einfach nur Bescheid, dass sie zu mir kommen sollen.«

»Sollen wir ihnen auch gleich was zu ihrer Tochter sagen? Sie ist doch tot oder hab ich dich falsch verstanden?«

»Nein, sagt noch nichts. Wir sind noch nicht hundertprozentig sicher, dass die Leiche Franziska ist. Die Untersuchungen laufen noch.«

»Gut, dann geb ich meinen Leuten Bescheid«, sagte Wolkenstein und beendete das Gespräch.

Martin ging hinüber zum Haus. Meiler stand vor der Türe. »Du kannst die Sache abblasen. Die Eltern sind auf dem Wilden Kaiser.«

Meiler nickte nur, steckte zwei Finger in den Mund und pfiff. Nach ein paar Minuten kamen Meilers Männer heraus. »Helft bei den anderen weiter mit«, ordnete Meiler an.

»Was ist jetzt eigentlich mit dem Mädchen? Man hört so viel?«, fragte Meiler Martin.

»Wenn ich das wüsste, wäre der Fall gelöst. Sie hatte die Antworten auf meine Fragen«, sagte Martin betrübt.

»Sie war die Freundin der anderen Leiche aus der Mure?«

»Soweit ich weiß, ja. Aber ich kann es nicht mit Bestimmtheit sagen.«

»Hältst du sie für die Mörderin ihrer Freundin?«

»Nein, nicht direkt, aber ich bin sicher, sie wusste, wer der Täter ist. Sonst wär sie jetzt nicht tot.«

»Weißt du, was mir am meisten stinkt bei der Sache? Ich war nah dran an ihr!«, sagte Martin. »So nah dran! Ich hab sie schon gehabt, und dann ist sie mir wieder entwischt. Hätte ich nur besser aufgepasst! Sie könnt noch leben! Gestern erst hätte ich sie schnappen können. Ihre Weste ist das Einzige, was ich in den Händen habe. Schau her«, sagte er und zeigte Meiler seine Hand »Hier hat sie mich gebissen! In meine

Hand. Nur weil ich nicht schnell genug war, hat sie wegrennen können. Ich könnt mich in den Arsch beißen, weißt du?«

»Jetzt reg dich wieder ab. Du kannst nichts dafür. Wer weiß, ob sie nicht trotzdem jemand umgebracht hätte. Hattest du denn einen Haftbefehl?«

»Nicht direkt. Sie war zwar verdächtig, aber ich hätte sie als Zeugin gebraucht.«

»Siehst du? Genau das wollte der Täter verhindern. Wenn sie als Zeugin ausgesagt hätte, dann wäre er wahrscheinlich dran gewesen. Er war nur einen Tick schneller als du«, beruhigte ihn Meiler.

»Er muss gewusst haben, dass sie mir was zu sagen hat. Ich frage mich nur, woher. Woher wusste der Täter, dass sie eine wichtige Zeugin ist?«

»Vielleicht hat sie es ihm gesagt? Vielleicht hat sie ihm gedroht, alles, was sie wusste, der Polizei zu erzählen?«

»Du meinst, sie hat ihn erpresst?«

»Könnte doch sein, oder?«

»Wieso gehen wir eigentlich von einem Täter aus? Es könnte auch eine Frau gewesen sein«, sagte Martin.

»Was ist denn mit dem toten Hehler? Hat sie etwas damit zu tun?«

»Das frage ich mich auch. Aber das Projektil stammte aus einer anderen Waffe, als der ihres Bruders«, antwortete Martin nachdenklich.

»Wer immer Franziska umgebracht hat, die Person musste von der Höhle da unten wissen«, meinte Meiler.

Andrea kam vom Hausmeisterhaus herüber. »Sie ist nicht da«, rief sie von Weitem.

»Wer ist nicht da?«, fragte Meiler.

»Frau Kola, die Frau des Hausmeisters. Ich kann sie nirgendwo finden«, erklärte ihm Andrea.

»Vielleicht ist sie ja nur beim Einkaufen?«, mutmaßte Meiler.

»Oder sie besucht ihren Mann?«, meinte Josef.

»Kommt, fahren wir in die Dienststelle. Vielleicht hat sich dort etwas Neues ergeben« Martin trommelte seine Leute zusammen.

Vor ihrem Büro saß Frau Kola auf einem Stuhl. Sie schien auf sie zu warten, denn als sie näherkamen, stand sie auf und ging auf Martin zu. Martin sah sie verwundert an. »Frau Kola? Was machen Sie denn hier?«, fragte er und gab ihr die Hand.

»Ich glaub, ich muss eine Aussage machen. Mir ist gestern was aufgefallen. Ich weiß zwar nicht, ob es wichtig ist, aber ...«

»Das werden wir noch sehen. Kommen Sie doch bitte herein«, sagte Martin, öffnete die Türe und ließ Frau Kola eintreten. »Bitte setzen Sie sich«, sagte Martin und zeigte auf den Stuhl neben seinem Schreibtisch. Andrea und Josef nahmen an ihren Schreibtischen Platz. Martin holte das Diktiergerät aus seiner Schublade, stellte es auf den Tisch und schaltete es ein. »So, Frau Kola. Nun erzählen Sie mal, was haben Sie gesehen oder gehört?«

»Es geht um Herrn Weber. Unseren Gärtner, wissen Sie? Er ist gestern gekommen und hat im Garten gearbeitet. Es war eigentlich alles so wie immer. Dann auf einmal war er weg. Ich bin sicher, er ist nicht nach Hause gegangen. Normalerweise meldet er sich bei uns ab, wenn er mit seiner Arbeit fertig ist und heimgeht.«

»Und gestern nicht?«

»Nein. Gestern nicht, und heute Früh ist er auch nicht gekommen. Ich weiß nicht, was mit ihm passiert ist.«

»Haben Sie gestern Franziska gesehen?«

»Ja, nein, ich weiß nicht. Das heißt, ich bin mir nicht sicher. Da war eine junge Frau bei Herrn Weber. Sie hat mit ihm geredet. Der Statur nach könnte sie es gewesen sein.«

»Wie hat sie ausgesehen? Was hatte sie an? Wie lange blieb sie bei Herrn Weber? Haben sich die beiden gestritten? Haben Sie sonst noch etwas beobachtet?«

»Ausgesehen? Nun, sie hatte lange verfilzte Haare. Wissens, so wie manche von den jungen Dingern rumlaufen. Grad als wären sie aus der Waschmaschine gekommen, wo sie zu heiß gewaschen wurden. Was sie anhatte? Ich glaub, das waren Jeans oder so. Sie war auch zu weit weg. Ich seh nicht mehr so gut. Gstritten haben sich die beiden. Glaub ich jedenfalls. Sie hat mit den Händen herumgefuchtelt und heftig auf ihn eingeredet. Sie ist auch nicht lange geblieben. Nur zehn Minuten oder so. Sonst hab ich nichts gesehen«, antwortete sie.

»Haben Sie gesehen, wohin die junge Frau dann gegangen ist?«

»Nein, sie hatte ein Fahrrad dabei. So ein altes mit Gesundheitslenker. Sie ist dann damit weggefahren. Aber fragen Sie mich jetzt bitte nicht wohin. Das weiß ich nicht.«

»Was war dann mit Herrn Weber? Was hat er nach diesem Gespräch gemacht?«

»Er hat weitergearbeitet. Aber ich glaub, er hat einen mächtigen Zorn ghabt. Er hat mit dem Werkzeug herumgefuhrwerkt, als würde er damit jemanden erschlagen wollen.«

»Werkzeug? Welches Werkzeug?«

»Eine Reuthaue. Er hat damit einen Wurzelstock herausgehauen. Von einem Strauch. Den hat er letzte Woche kurz gemacht. Der musste raus. Er war nämlich kaputt. Wahrscheinlich haben ihm Wühlmäuse die Wurzel abgfressn.«

»Wo war das?«

»Das war hinten beim Brunnen.«

»War das das letzte Mal, dass Sie ihn gesehen haben?«

»Ja, ich glaub schon«, sagte sie.

»Gut, Frau Kola. Sie haben uns sehr geholfen. Vielen Dank. Wenn Ihnen noch etwas einfallen sollte, melden Sie sich bitte sofort bei uns.«

»Ja, mach ich. Darf ich jetzt zu meinem Mann?«

»Das habe nicht ich zu entscheiden. Fragen Sie das den Anwalt Ihres Mannes. Der wird Ihnen einen Besucherschein besorgen.«

»Dann mach ich das so. Auf Wiedersehen, die Herrschaften«, sagte sie und verließ das Büro. Martin schaltete das Diktiergerät aus.

»Was sagt ihr jetzt? Herr Weber steht auf meiner Liste der Verdächtigen ganz oben«, sagte Martin und grinste.

»Dann werden wir ihn wohl suchen lassen müssen«, meinte Andrea.

»Nein, noch nicht. Erst warten wir die Ergebnisse der SpuSi und der

Gerichtsmedizin ab. Dann sehen wir weiter. Vielleicht ergibt sich noch der eine oder andere Hinweis.«

»Was war da eigentlich mit den beiden Männern, die das Haus der Bergmanns beobachtet haben? Du hast doch mit ihnen geredet, Andrea? Was wollten die da?«, fragte Josef.

»Ach so. Die zwei. Die hätte ich beinahe vergessen. Die waren von der Fahndung. Sie hatten den Auftrag, das Haus der Bergmanns zu überwachen. Es ging tatsächlich um Franziska. Die Anordnung dazu kam vom Raubdezernat.«

»Dann mach dich mal bei denen schlau, ob sie gestern was gesehen haben. Wenn schon Frau Kola Franziska gesehen hat, dann doch die zwei erst recht. Vielleicht können sie ja auch was zu Weber sagen?«, wies Martin an.

»Klar, mache ich«, antwortete Andrea und griff zum Telefon.

»Jetzt wäre ein Brauner recht«, meinte Josef.

»Bring mir auch einen mit«, bat Martin.

»Mir auch bitte«, sagte Andrea.

»Ja wo sind wir denn? Bin ich euer Lakai oder was? Holt euch euren Braunen doch selber!«

»Keine Zeit«, antworteten beide unisono.

Murrend verließ Josef das Büro.

Kapitel 25

Martin rief die Protokolle vom Fall Huber auf. Den Bericht der Gerichtsmedizin kannte er weitgehend. Nur die Todeszeit war nicht klar. Laut Bericht musste der Mann kurz vor seinem Auffinden erschossen worden sein. Und er war augenscheinlich gefoltert worden. Man hatte ihn geschlagen. Hämatome am Bauch und an den Schläfen zeugten davon. Zwei seiner Finger waren gebrochen. Dass das den Nachbarn nicht aufgefallen war? Pulverschmauch an der Eintrittswunde zeugten davon, dass der Schuss aus unmittelbarer Nähe abgefeuert worden sein muss.

Danach las er noch der Bericht der Spurensicherung. Das Collier stammte aus einem Einbruch in Salzburg. Andere Teile wiederum aus einem Überfall auf ein Juweliergeschäft in Kitzbühel. Der Ring war in Innsbruck hergestellt worden. Wie war Huber an den Ring gekommen? Der andere, den sie bei Sabine gefunden hatten, stammte aus Graz. Jedenfalls laut Stempel. Aber das musste nichts heißen. Vielleicht war auch der Stempel gefälscht? Das musste die SpuSi noch mal überprüfen. Ansonsten war die Wohnung leergeräumt gewesen. Nichts mehr da, kein Geld, keine andere Hehlerware. Martin schloss die Akte wieder.

»Ich hab was«, sagte Andrea, als sie den Hörer auflegte.

»Na los, erzähl«, forderte Martin sie auf.

»Also die Kollegen haben was beobachtet. Allerdings nicht Franziska ...«

»Sooo, euer Brauner«, sagte Josef, als er ins Büro kam. Er hatte drei

Becher dabei, die er in beiden Händen hielt. Einen davon brachte er Andrea.

»Ist der ohne Zucker?«, fragte sie.

»Ja, ohne Milch und Zucker. Schwarz und heiß, wie die Liebe«, antwortete Josef, ehe er den zweiten Martin brachte. Er blieb mit seinem Becher bei Martin stehen.

Dieser sah ihn misstrauisch an. »Was willst du? Geld?«

»Nein, ein danke würde schon reichen«, sagte Josef und grinste verschmitzt.

»Na gut, dann eben danke, Herr Kollege.«

»Darf ich jetzt weitermachen?«, fragte Andrea.

»Ich bitte darum«, sagte Martin.

»Also die Kollegen haben etwas beobachtet. Allerdings haben sie Franziska nicht gesehen. Aber Weber ist mit dem Fahrrad weggefahren. Er schien es sehr eilig zu haben und ...«

»Weber? Der stand doch gar nicht auf der Liste?«, unterbrach sie Josef.

»Nein, aber sie haben ihn mir so beschrieben, dass es Weber gewesen sein muss. Er hatte ein großes Paket, also einen großen Leinenbeutel auf dem Gepäckträger bei sich. Er muss schwer gewesen sein, denn Weber hielt ihn mit einer Hand fest, sonst wäre er womöglich runtergefallen. Was drin war, wussten die Kollegen natürlich nicht.«

»Dann werden wir ihn mal danach fragen«, sagte Martin und stand auf. » Was ist? Kommt ihr mit?«, forderte er die beiden auf.

»Ja, natürlich«, antworteten sie.

Als sie das Büro verlassen wollten, klingelte Martins Telefon. Er ging zurück und nahm den Anruf an: »Egger?«

»Hallo Martin! Meiler hier. Wir haben da was gefunden, das dürfte dich interessieren.«

»Und was wäre das?«

»Diebesgut. Ich fress einen Besen, wenn das nicht aus der Wohnung von Huber stammt.«

»Wo habt ihr das gefunden?«

»In der Höhle unter dem Garten. Da war ein Hohlraum unter dem Schlafsack. Den haben wir gefunden, als wir den Schlafsack einpacken wollten. Es lagen ein paar Bretter scheinbar zufällig am Boden. Das hat uns stutzig gemacht. Die Kollegen haben die Bretter beiseitegezogen und – was sehen sie da?«

»Jetzt red schon«, sagte Martin ungeduldig.

»Da waren ein paar Leinenbeutel drin. Als wir sie aufgemacht haben, konnten wir unseren Augen nicht trauen. Alles Hehlerware. Diverse Schmuckstücke, ein paar Rolex und Breitling, Ringe und Diademe.«

Martin musste sich setzen. »Und du glaubst, dass das alles von Huber stammt?«

»Ich geh davon aus. Huber wurde umgebracht und ausgeraubt. Franziska und Oliver wurden dort gesehen. Eine Schusswaffe hatten die beiden auch. Also? Was schließt du daraus?«

»Vorerst mal gar nichts. Wir haben noch weitere Informationen, die wir überprüfen müssen. Die Sache kann auch ganz anders gelaufen sein, beziehungsweise es kann ein anderer Täter gewesen sein.«

»An wen denkst du?«

»Ich denke an Weber, den Gärtner. Ich überprüf das aber gleich. Jetzt pressiert's! Danke trotzdem für die Info. Servus derweil«, sagte Martin und legte auf. »Jetzt aber nichts wie los zu Weber!«, sagte er zu den anderen.

Unten vor dem Gebäude steuerten Josef und Andrea auf die Dienstfahrzeuge zu.

»Nichts da! Wir gehen zu Fuß. Es ist nicht weit«, hielt sie Martin zurück.

An der Haustüre des Gebäudes, in dem Weber wohnte, klingelte Martin. Erst einmal, dann noch einmal und noch einmal. Niemand öffnete. Schließlich klingelte Martin Sturm. Das heißt, er ließ den Finger minutenlang auf der Glocke. Aber wieder nichts.

Plötzlich rief jemand von oben: »Herrschaftszeitn no amoi! Wos is denn los? Wenn do koana nit aufmocht, nacha is aa koana do!«

»Sand Sie da Noboar vom Herrn Weber?«, rief Martin hinauf.

»Jo, bin i! Da Weber is scheints nit do. Sunst dadat eah woih aufmochn!«, rief der Mann von oben herunter.

»Wir sind von der Polizei! Machen Sie uns bitte auf!«, rief Andrea.

»Kiewerer? Es seids Kiewerer?«

»Ja sind wir. Nun machen Sie schon auf!«, rief nun Josef.

»Oan Moment bittschön«, sagte der Mann und verschwand vom Fenster. Kurz darauf surrte der Türöffner. Sie stürmten hinein.

»Vierter Stock!«, rief Martin und rannte los. Wie schon beim vorherigen Besuch musste er am Absatz der dritten Etage stehen bleiben, um Luft zu holen. Josef erging es nicht besser. Nur Andrea rannte weiter. Als Martin und Josef oben ankamen, klingelte Andrea bereits an der Türe. Dasselbe wie vorher. Niemand öffnete. Andrea hieb mit der Faust an die Türe. »Herr Weber! Aufmachen! Polizei!«, rief sie. Die Türe zur Nachbarswohnung ging auf. »I hob eich doch gsoggt, wenn ea nit aufmocht, wead ea nit do sein«, sagte der Mann, der in Unterhemd und Schlafanzughose vor ihnen stand.

»Gehens bitte wieder in Ihre Wohnung«, sagte Martin zu ihm.

Noch einmal hämmerte Andrea gegen die Türe. »Aufmachen, Herr Weber! Sonst müssen wir die Türe eintreten!« Wieder keine Reaktion. Andrea legte ihr Ohr an das Türblatt. Sie schaute Martin an. »Da ist jemand drinnen.« Sie versuchte es noch einmal: »Herr Weber! Wir wissen, dass Sie da sind! Also machen Sie endlich auf!«

»Dea is nit do!«, sagte der Nachbar, der die Türe einen Spalt geöffnet hatte und herauslugte.

»Machens die Tür zu!«, zischte ihm Martin zu. »Es könnte jetzt ein bisserl laut werden«, fügte er hinzu. Der Mann gehorchte endlich. Wahrscheinlich aber stand er hinter der Türe und lauschte auf das, was nun kommen musste.

»Herr Weber! Machen Sie endlich auf, sonst trete ich die Türe ein!«, rief nun Martin, während er an die Türe hämmerte. Sie hörten ein Geräusch. »Er ist drin«, sagte er.

»Gefahr im Verzug?«, fragte Josef und wartete ab. Als Martin nickte, trat Josef einen Schritt zurück, holte mit dem Fuß aus und trat gegen die Türe. Krachend flog sie aus den Angeln und in den Flur der Wohnung. Holz splitterte und es staubte gewaltig. Martin, Josef und Andrea stürmten hinein. Sie schauten in die Räume, die sich links und rechts des Flures befanden. Geradeaus war die Küche. Das wusste Martin noch von seinem ersten Besuch. Die Türe war zu. Langsam schlichen die drei auf sie zu. Martin gab ein Handzeichen, das zeigen sollte, dass Weber da drin sein musste. Sie blieben neben dem Türstock stehen und zogen ihre Waffen.

Martin griff nach der Klinke, drückte sie schnell herunter und stieß die Türe auf. Zu dritt starrten sie auf den Mann, der vor ihnen stand. Er hatte eine Waffe in der Hand, mit der er auf Martin zielte. Eine Waffe mit Schalldämpfer. Hinter ihm auf dem Tisch lagen etliche Schmuckstücke. Was es alles war, konnte Martin nicht erkennen. Martin wurde heiß und kalt zugleich.

»Legen Sie die Waffe weg, Herr Weber. Kommen Sie, geben Sie sie mir. Ich lege auch meine aus der Hand«, sagte Martin, legte seine Pistole auf den Boden, richtete sich wieder auf und ging langsam auf Weber zu.

»Bleiben Sie stehen! Stehen bleiben sag ich! Ihr anderen werft eure Waffen auch weg!«, rief Weber mit schriller Stimme.

Martin ging unbeirrt weiter. Er wusste, was er riskierte. Aber er wusste auch, dass Josef und Andrea hinter ihm standen und auf Weber zielten. Hinter sich hörte er eine Waffe zu Boden fallen. *Nur eine?*, dachte er.

Plötzlich knallte es neben seinem Kopf. Weber schrie auf, ließ die Waffe fallen und fiel zu Boden. Er wälzte sich und schrie wie am Spieß.

»Holt den Notarzt!«, rief Martin den anderen zu und sprang zu Weber. Als Erstes kickte er die Waffe beiseite. Dann beugte er sich über den verletzten Mann und sagte in wenig freundlichem Ton: »So, Herr Weber. Jetzt sind die Fronten geklärt. Woher haben Sie den Schmuck?«

»Scheren Sie sich zum Teufel!«, stieß Weber zwischen den Zähnen hervor.

Josef telefonierte. Nun kam auch Andrea heran. Sie kümmerte sich aber nicht um Weber, sondern nahm den Schmuck, der auf dem Tisch lag, in Augenschein.

Martin wollte weiter mit Weber reden, aber der rührte sich nicht mehr. War er tot? Hatten ihn Josef oder Andrea erschossen? Es musste Andrea gewesen sein, denn sie hielt ihre Waffe noch in der Hand. Martin legte seine Finger an die Halsschlagader von Weber. Da war ein Puls zu fühlen. Leicht und schwach zwar, aber er war noch da. Also war Weber nicht tot. Langsam begann Martins Ohr zu schmerzen. Ein feiner Schmerz, wie Nadelstiche fühlte es sich an. Aber nicht außen, nein, der Schmerz saß tiefer. »Andrea?«, fragte er. Er hörte seine eigene Stimme nur dumpf und verzerrt.

»Hast du gschossen?«

»Ja hab ich.«

»Was hast du gesagt?«

»Ich hab gesagt, dass ich geschossen hab!«

»Entschuldige, aber ich verstehe dich nicht!«, sagte er, nachdem er bemerkt hatte, dass sich Andreas Mund zwar bewegte, bei ihm aber so gut wie nichts ankam.

Er klopfte mit der flachen Hand auf sein Ohr, aber er spürte nichts. Auch der Schmerz war plötzlich weg. Irgendjemand packte ihn an der Schulter und zog ihn beiseite. Er wollte schon protestieren, aber dann bemerkte er, dass es der Notarzt war, den Josef gerufen hatte. Sofort begann der Notarzt damit Weber zu versorgen. Andrea zeigte auf ihn und sagte etwas zum Arzt. Dieser gab augenscheinlich noch ein paar Anweisungen, dann nahmen zwei Sanitäter Weber und legten ihn auf eine Liege. Sie trugen ihn weg.

Dann kam der Arzt zu Martin und besah sich das Ohr. »Vermutlich ein Knalltrauma«, hörte Martin den Mann dumpf sagen. »Am besten gehen Sie in die Klinik und lassen das behandeln. Sie können auch gleich bei uns mitfahren, wenn Sie wollen«, bot er an.

Martin stimmte wortlos zu. »Ihr kümmert euch um den Rest hier«, sagte er zu Josef und Andrea. Die beiden nickten nur.

In der Klinik brachte Martin eine Schwester in die Fachabteilung für Hals-Nasen-Ohren-Erkrankungen.

Er musste nicht lange warten, bis ein Arzt kam. Als Martin ihm erklären wollte, was passiert war, winkte dieser ab. »Ich weiß, worum es geht. Außerdem müssen Sie nicht so schreien«, sagte der Arzt zu ihm. Er untersuchte Martin gründlich und machte ein paar Tests. Nach über einer Stunde war er fertig und bestätigte die Diagnose des Notarztes. »Sie haben Glück gehabt. Das Trommelfell ist nicht verletzt. Aber Sie haben ein Knalltrauma«, sagte er zu Martin. »Ich empfehle Ihnen jetzt ein paar Tage absolute Ruhe. Am besten in einem ruhigen Raum. Außerdem geben Sie dreimal täglich drei Tropfen aus diesem Fläschchen ins Ohr. In ein paar Tagen müsste sich die Sache beruhigt haben«, erklärte er Martin und gab ihm ein kleines Fläschchen. »Gehen Sie bitte auch zu Ihrem Hausarzt und lassen Sie das Ohr kontrollieren. Sollte es wider Erwarten Komplikationen geben, kommen Sie einfach wieder. Auf Wiedersehen!«

Damit war Martin entlassen. Auf dem Rückweg ging er in die kleine Cafeteria der Klinik. Kaum saß er, klopfte ihm jemand von hinten auf die Schulter. Erschrocken drehte er sich um. »Vanessa!«, schrie er. »Was machst du denn hier?«

Vanessa zuckte zurück. Sie sagte etwas, das Martin nicht verstand.

»Setz dich doch!«, rief er.

Sie sagte wieder etwas und setzte sich.

»Magst auch einen Braunen?«

Wieder sagte Vanessa etwas.

Er hielt den Kopf schräg und ihr das Ohr hin, auf dem er noch einigermaßen hörte. »Was hast gsagt?«

»Ich hab dich gefragt, warum du so schreist«, sagte sie nun etwas lauter.

»Andrea hat die Pistole genau neben meinem Ohr abgefeuert. Jetzt hör ich auf dem einen Ohr so gut wie nichts mehr«, sagte er. Martin schaute Vanessa lange und bedächtig an. Sie trug ein schwarzes Kostüm und ihre Augen sahen verweint aus. So leise wie möglich fragte er sie: »Ist deine Mama gestorben?«

Sie nickte. Martin sah die Tränen in ihren Augen aufsteigen.

»Das tut mir leid«, sagte er.

»Ich hab hier noch ein paar Formalitäten zu erledigen ghabt. Deswegen bin ich eigentlich hier«, sagte sie laut genug, dass er sie verstand.

»Ja ich weiß. Die lästige Bürokratie. Selbst mit dem Tod ist damit nicht Schluss. Es heißt nicht umsonst ›von der Wiege bis zur Bahre Formulare, Formulare‹.«

»Soll ich dich nachher heimbringen? Bist du fertig mit deinen Untersuchungen?«

»Ja, ich bin fertig. Das wär freundlich von dir, wennst mich heimbringen tätst«, antwortete er.

»Das mach ich doch gerne.«

Sie tranken einen Kaffee und aßen jeweils ein Stück Sachertorte.

Daheim wollte ihn Vanessa stützen, als sie zum Haus gingen. Er wehrte sich aber dagegen. »Ich hör zwar jetzt schlecht, aber deswegen bin ich noch kein Tattergreis«, sagte er so laut, dass Julia aus dem Haus trat. Kopfschüttelnd sah sie ihm zu, wie er auf sie zuging.

»Andrea hat mich schon angerufen. Ich weiß also Bescheid. Ich bin aber einfach nicht weggekommen. Sonst hätt ich ihn abgeholt. Danke dir, dass du ihn gebracht hast«, sagte sie zu Vanessa.

»Keine Ursache«, sagte Vanessa und lächelte schwach.

»Komm doch mit rein. Trinken wir eine Tasse Braunen zusammen«, lud Julia Vanessa ein.

»Nein danke. Ich hab mit Martin schon Kaffee getrunken, noch eine Tasse wär zu viel.«

»Komm trotzdem mit rein. Die Buben sind auch schon von der Schule da. Die würden sich sicher freuen.«

»Nein danke. Ich will nicht stören. Außerdem hab ich noch so viel zu tun«, lehnte Vanessa ab und ging zu ihrem Auto.

Kapitel 26

Martin saß im Wohnzimmer auf dem Sofa und sinnierte vor sich hin, als Julia ins Haus kam. Sie nahm ihn an der Schulter und schüttelte ihn. Er schaute sich um. »Julia! Was ist?«

»Ich hab jetzt ein paar Mal versucht dich anzusprechen, aber du reagierst nicht. Hörst du wirklich so schlecht?«

»Das weiß ich nicht. Redest du jetzt so laut oder hör ich jetzt besser?«

»Ich red laut mit dir.«

»Hm, was gibt's? Hast du Neuigkeiten?«

»Nein, aber das hier«, sagte sie und hielt ihm einen Gehörschutz hin.

»Was soll ich damit?«, fragte er.

»Setz das auf, dann schonst du dein Ohr. Vielleicht geht's dann schneller. Mit dem wieder hören, mein ich.«

Nur widerwillig setzte er sich die Muscheln auf. Nun hörte er gar nichts mehr. Julia sagte etwas, aber er verstand nichts. Er nahm den Gehörschutz ab und fragte: »Was hast du gesagt?«

»Ich hab dich gefragt, ob du was essen willst.«

»Nein. Ich hab vorhin mit Vanessa eine Sacher gegessen. Ich hab jetzt keinen Hunger«, lehnte er ab.

Plötzlich standen Max und Moritz vor ihm. Max sagte etwas, aber Martin verstand ihn nicht.

»Was hast du gesagt?«, fragte Martin.

Max zuckte zurück.

»Was hat er denn? Wir haben doch gar nichts gemacht«, fragte Moritz Julia.

»Am besten lasst ihr ihn in Ruhe. Er hatte einen schweren Tag«, sagte Julia und schob die Buben hinaus.

Martin setzte den Gehörschutz wieder auf. Normalerweise trug er den nur, wenn er auf dem Schießstand war. Jetzt war es still. Angenehm still. Er hörte nicht einmal die Türglocke, als es schellte. Erst als ihn jemand an der Schulter nahm und leicht schüttelte, reagierte er.

»Andrea! Josef! Schön, dass ihr da seid!«, rief er. Josef deutete ihm an, dass er den Gehörschutz abnehmen solle, was er dann auch tat. »Also? Was gibt es Neues?«, fragte er.

»Nicht viel. Wir haben den Schmuck bei Weber sichergestellt und zur Abteilung Raub und Eigentumsdelikte gebracht. Die kümmern sich darum.«

»Was gibt's an Spuren beim Brunnen? War es Franziska, die tot aufgefunden wurde?«

»Leider ja. Die DNA wurde zwar noch nicht überprüft, aber Andrea hatte sie ja im Gemüseladen gesehen. Es scheint eindeutig zu sein. Sie wurde übrigens nicht nur stranguliert, sondern man hat ihr mit der Saite quasi den Kopf abgetrennt. So weit, dass er nur noch an den Sehnen der Halswirbelsäule zusammenhing. Der Mord selbst geschah außerhalb der Höhle. Genau genommen im Garten hinter dem Brunnen. Da, wo Weber ein Loch gegraben hatte. Dort haben wir auch die Tatwaffe gefunden. Eine Saite mit Hölzchen an jedem Ende, die sozusagen als Griff dienten.«

»Ich weiß, Frau Kola hat mir gesagt, dass er da einen Wurzelstock ausgraben musste.«

»Wir gehen jetzt davon aus, dass Weber Franziska umgebracht hat. Das Motiv dafür ist uns zwar noch unbekannt, aber das wird sich schon finden«, erklärte Josef. Er sah sich um. »Julia? Hättest du etwas zu trinken für mich? Das laute Reden macht meinen Hals trocken«, bat er.

»Natürlich. Ich bring dir gleich was. Du auch Andrea?«

»Ja bitte«, nahm Andrea an.

Kurz darauf kam Julia und brachte eine Flasche Wasser und drei Gläser. Eins davon stellte sie vor Martin.

»Was habt ihr noch? Waren Herr und Frau Bergmann schon im Büro?«, fragte er.

»Ja, waren sie. Sie schienen regelrecht geschockt zu sein, als wir ihnen von Weber erzählten.«

»Von Franziska habt ihr ihnen noch nichts gesagt?«

»Nein, das konnten wir zu dem Zeitpunkt noch nicht. Da hatten wir noch keine Informationen von Otto«, erzählte Andrea.

»Was ist mit dem Schmuck in der Höhle, den Meiler gefunden hatte?«

»Auch der ist bei der Abteilung Raub«, erklärte Josef.

»Was war das für eine Waffe, die Weber benutzt hat? Eine Zweiunddreißiger?«

»Ja, vermutlich ist mit dieser Waffe auch Huber erschossen worden. Das muss aber erst noch die Ballistik zeigen.«

»Was ist mit Oliver Bergmann? Weiß man da schon etwas? Wann ist er vernehmungsfähig?«

»Das kann noch eine Weile dauern, haben die Kollegen in Salzburg gesagt. Der muss sich derart aufgeführt haben, dass man ihn zuerst fixiert hat, und als er dann noch renitent war, hat man ihn sediert. Das wird wohl noch eine oder zwei Wochen so bleiben«, antwortete Andrea auf Martins Frage.

»Also als Zeuge für uns vorerst nicht erreichbar?«

»So könnte man das bezeichnen«, stimmte Josef zu.

»Gibt es etwas Neues von Vanessa? Ich hab sie in der Klinik getroffen, und sie hat mich heimgebracht. Ihre Mutter ist heute gestorben. Kann man etwas für sie tun? Was meint ihr?«

»Was willst du da groß tun? Sie war bei uns und wollte arbeiten. Aber ich hab sie gleich wieder heimgeschickt. Sie hat doch bei euch übernachtet? Wie läuft das jetzt weiter?«, fragte Andrea darauf.

»Darüber hab ich mit ihr noch nicht geredet. Aber meine Türe steht ihr jederzeit offen, wenn sie das will.«

»Was hat der Arzt zu deinem Ohr gesagt? Ich will dich ja nicht unbedingt drängen, aber ohne dich sieht's in dem Fall momentan zappenduster aus. Wann können wir wieder mit dir rechnen?«, fragte Josef.

»Ha! Du bist gut. Das weiß ich selber noch nicht. Es kann schon noch ein paar Tage dauern, bis ich wieder einsatzfähig bin. Oder was denkst du, ist los, wenn ich bei einer Vernehmung die Leute anplärre wie ein Marktschreier?«

»Die Vernehmungen können ja wir machen. Aber die Ermittlungen?«

»Die könnt ihr auch ohne mich machen. Ich möchte nur vor jedem Schritt informiert werden«, meinte Martin.

»Wie sieht's aus? Bleibt ihr zum Abendessen?«, fragte Julia aus der Küche.

»Nein danke. Wir fahren heim«, lehnte Josef ab.

»Versucht ihr zwei morgen Früh mal, ob ihr Weber befragen könnt«, sagte Martin zu ihnen.

»Was glaubst du, hat er außer dem Mord an Huber noch auf dem Kerbholz?«

»Das weiß ich nicht und glauben tu ich nur an unseren Herrgott«, antwortete Martin. »Aber fragt Weber auch mal nach den Waffen. In der Höhle wurden sie ja nicht gefunden, wenn ich nicht irre.«

»Nein, da war nur der Schmuck. Aber mit den Waffen könntest du recht haben. Weber kannte ja die Gänge. Vielleicht war er es, der die Waffen geholt und irgendwo vertickt hat.«

»Bei Huber vielleicht? Egal! Fragt ihn einfach danach. Der Kerl weiß sicher mehr, als wir denken«, sagte Martin.

»Wir fahren jetzt heim«, beschloss Andrea.

»Sehen wir uns morgen?«, fragte Josef.

»Vielleicht. Mal sehen, wie es mir morgen geht. Ansonsten kommt ihr her und erzählt mir, was los ist«, versuchte Martin zu flüstern. Aber augenscheinlich war es doch zu laut, denn Julia rief aus der Küche: »Das kommt gar nicht infrage! Solange du nicht auskuriert bist, gehst du nicht ins Büro!«

Andrea und Josef verließen das Haus. Da sie auf dem Weg hinaus an der Küche vorbei mussten, fragte Andrea Julia: »Was gibt es denn Gutes?«

»Marillenknödel nach Art meiner Mama«, antwortete Julia.

»Marillenknödel? Da bleib ich doch glatt hier. Josef, fahr du mit meinem Auto heim. Morgen Früh kommst du bei mir vorbei und holst mich ab«, sagte Andrea, während sie in die Küche schielte, und gab Josef ihren Autoschlüssel.

Nachdem Josef gegangen war, ging Andrea zu Julia in die Küche und half ihr. Anscheinend hatte sie viel Spaß, denn Martin hörte sie trotz seiner momentanen Einschränkung lachen und scherzen. Er lehnte sich zurück und schloss die Augen.

Vor seinem geistigen Auge erschien Sabine. Er sah sie, wie sie fröhlich lachend über den Rasen der Bergmanns lief, gefolgt von Franziska. Beide lachten vergnügt und scherzten. Plötzlich fiel Sabine hin und verwandelte sich in Sekundenschnelle in ein Gerippe, dessen Schädel ihn angrinste. Es schien zu sagen »Such meinen Mörder«. *Das will ich ja,* dachte Martin. *Aber du musst mir helfen. Du weißt doch, wer dir das angetan hat. Welchen Grund hatte er dafür? Hast du jemandem so wehgetan, dass er keinen Ausweg wusste? Nur den, dich umzubringen?* Er sah Weber, wie er vor ihm stand und mit seiner Waffe auf ihn zielte. Plötzlich krachte ein Schuss und ihm schmerzte das Ohr.

»Papa? Papa! Komm wach auf und spiel mit uns!«, rief Max und schüttelte ihn.

»Jetzt wird nicht gespielt. Jetzt wird zu Abend gegessen«, rief Julia aus der Küche.

»Ach Manno. Wir wollten doch grad ...«

»Ende der Debatte. Es gibt Marillenknöderl«, widersprach Julia. Aus der Küche drang ein unwiderstehlicher Duft nach Vanille und Zimt. Er veranlasste Martin, nun doch in die Küche zu gehen.

»Habt ihr etwas für mich übrig?«, fragte er.

»Ich hab gedacht, du hast keinen Hunger?«, antwortete Andrea.

»Ja doch. Jetzt schon. Das duftet so verführerisch«, sagte er. »Wie viele haben wir denn?«

»Ungefähr dreißig Stück. Das müsste reichen, wenn du dich zurückhältst«, antwortete Julia und lächelte.

Am nächsten Morgen fühlte sich Martin wie gerädert. Er hatte seltsame Träume von Franziska und Sabine gehabt. Nach dem Frühstück klingelte das Telefon.

Julia nahm das Gespräch entgegen und meldete sich: »Egger!« Sie sagte das in einem Ton, der fast jeden wieder auflegen hätte lassen. Kurz darauf reichte sie Martin das Telefon. »Für dich. Der Herr Hofrat. Aber schrei nicht so ins Telefon, sonst fällt ihm noch ein Ohr ab.«

»Egger? Was gibt's, Herr Hofrat?«

»Guten Morgen, Herr Egger.« Martin wechselte den Hörer auf das andere Ohr, denn er hatte Gmeiner kaum verstanden. »Herr Egger. Wie geht es Ihnen?«, fragte der Hofrat.

»Soweit ganz gut, Herr Hofrat. Warum rufen Sie an?« Martin schwante Übles, denn wenn Gmeiner anrief, gab es entweder Ärger oder Arbeit.

»Ich hab gehört, Sie haben ein Problem mit dem Hören?«

»Ja, nein, ich mein ...«

»Dann ist es ja gut. Wie geht's mit dem Fall voran?«

»Ganz gut. Aber wir sind noch nicht ganz am Ende. Uns fehlen noch einige Informationen.«

»Ich habe auch gehört, dass Frau Bieringers Mutter verstorben ist. Wie geht es ihr?«

»Das weiß ich nicht, Herr Hofrat. Ich hatte heute noch keine Gelegenheit, mit ihr zu sprechen.«

»Ich hab in diesem Zusammenhang eine Bitte, Herr Egger«, sagte Gmeiner und druckste ein wenig herum. »Sie wissen, dass Frau Bieringer noch jung ist, sehr jung. Sie braucht jetzt jemanden, der sich um sie kümmert, der für sie da ist, wenn sie ein Problem hat. Sie ist jetzt alleine. Sie hat doch keine Anverwandten, wenn ich richtig informiert bin?«

»Nein, hat sie nicht.«

»Sehen Sie? Ich hab mir gedacht, dass Sie ein wenig auf sie aufpassen könnten. Dass Sie ihr beistehen, wenn sie Hilfe braucht. Könnten Sie nicht ... Ich mein ... Sie sind doch für sie so etwas wie eine Vaterfigur und da ...«

»Nein, Herr Hofrat. Das geht nicht. Ich habe Familie und ich kann mich nicht auch noch um ein ...«

»Aber Herr Egger. Sehen Sie es doch mal so. Sie als Frau Bieringers Vorgesetzter haben doch so etwas wie eine Verpflichtung Ihren Untergebenen gegenüber. Eine Art Fürsorgepflicht. Sie können doch das Mädel jetzt nicht alleine lassen. Fragen Sie doch einfach Ihre Frau. Vielleicht sieht sie ja eine Möglichkeit, wie Sie Vanessa unterstützen können?«

»Ich weiß nicht so recht, Herr Hofrat. Ich kann doch nicht Kindermädchen spielen. Ich habe zu arbeiten, und ich ...«

»Tun Sie mir den Gefallen, Herr Egger. Ich kenn das Mädel jetzt schon so lange, und ich würde mich freuen, wenn sie in Ihnen einen guten Freund finden würde.«

»Ich überleg mir das, Herr Hofrat.«

»Gut, tun Sie das. Über Ihren Fall halten Sie mich auf dem Laufenden?«

»Ja, mach ich, Herr Hofrat.« Martin legte auf. Laut sinnierte er: »Woher der das bloß immer weiß? Hat er einen Zuträger bei uns? Gibt es da jemanden, der ihm Bericht erstattet? Wer kann das sein? Josef sicher nicht. Andrea auch nicht. Der Staatsanwalt? Diederich? Schon eher. Ich werde ihm mal auf den Zahn fühlen müssen.«

»Was hast du gesagt?«, fragte Julia aus der Küche.

»Nichts! Ich hab nichts gesagt!«

»Schrei doch nicht wieder so!«

»Ich schrei doch nicht!«

»Und ob du schreist! Jetzt schon wieder!«

Nun wurde es Martin zu dumm. Er zog seine Jacke an und verließ das Haus. Er hörte kaum mehr, wie Julia hinter ihm herrannte und rief: »Wo willst du denn hin? Bleib hier! Du sollst hierbleiben, hab ich gesagt!« Natürlich würde es Ärger geben, wenn er heimkam. Aber der Fall war ihm zu wichtig, als dass er daheim rumsitzen und nichts tun konnte.

»Was machst du denn hier?«, fragte Andrea, als er ins Büro kam.

»Nach was sieht es denn aus?«

»Wieso bleibst du nicht daheim?«, fragte Josef.

»Was hast du gesagt?«, fragte Martin zurück.

»Ich hab dich gefragt, warum du nicht daheim bleibst!«, rief Josef laut.

»Weils mir daheim zu langweilig ist!«, brüllte Martin.

»Was ist denn hier los?«, fragte Diederich, der soeben ins Büro kam. »Streiten Sie oder was?«

»Nein. Martin hört schlecht. Deshalb müssen wir ein wenig lauter reden«, erklärte Josef.

»Aha? Das Knalltrauma?«

»Ja, genau das!«

»Warum bleiben Sie dann nicht zu Hause?«, fragte Diederich.

»Was haben Sie gesagt?«

»Ich habe Sie gefragt, warum Sie nicht daheimbleiben!«

»Weil ich keine Lust habe, daheim rumzusitzen und Däumchen zu drehen, während hier ein Mörder frei herumläuft!«

»Was sagt denn der Herr Hofrat dazu?«

»Aha? Sie sind das also? Herr Diederich. Ich muss Ihnen eins sagen: Halten Sie sich aus meinem Privatleben raus!«

»Wie meinen Sie das?«

»Wie bitte?«

»Wie Sie das meinen!«

»Das erklär ich Ihnen ein andermal. Jetzt hab ich keine Zeit!«

Diederich sah offenbar ein, dass es keinen Sinn machte, sich mit Martin weiter zu unterhalten. Er verließ grußlos das Büro.

»Was hast du da eben gemeint, als du sagtest, er solle sich aus deinem Privatleben raushalten?«, fragte Andrea.

»Wir haben anderes zu tun. Habt ihr bei der Klinik angefragt, ob Weber vernehmungsfähig ist?«

»Ja, haben wir. Er hat zwar Schmerzen, aber die halten sich dank der Schmerzmittel in Grenzen. Man hat mir gesagt, dass ich ihm das Schultergelenk zerschossen hab. Sie haben ihm ein neues eingesetzt, aber der Arm wird wohl steif bleiben«, erklärte Andrea.

»Dann fahrt ihr jetzt hin und befragt ihn.«

»Willst du nicht mitkommen?«, fragte Josef.

»Nein, ich bleib lieber hier, sonst brüll ich nur im Klinikum herum, und das will ich den anderen Patienten nicht antun«, antwortete Martin und grinste.

Kapitel 27

Josef und Andrea verließen das Büro. Martin setzte sich an seinen Rechner und wollte seinen Bericht schreiben. Doch er wusste nicht, wie er beginnen sollte. Deshalb rief er zunächst den Bericht über Sabine auf. Er las ihn aufmerksam und genau. Er kam zu dem Schluss, dass der Täter entweder eine unberechenbare Wut auf das Mädchen gehabt hatte, oder aber sehr stark und kräftig war. Jedenfalls zeigten die Striemen am Halswirbelknochen, dass jemand die Saite nicht nur fest zusammengezogen, sondern auch noch wie eine Säge hin- und herbewegt hatte. Bei Franziska war es ganz ähnlich gewesen. Ihrem Bericht lag ein Foto bei. Links und rechts der Saite, die am Tatort gefunden worden war, waren Hölzchen angebracht, um sie besser halten zu können. Das war ein Beweis dafür, dass die Tat geplant gewesen war. Die Halsmuskeln, die Luftröhre und die Speiseröhre waren völlig durchtrennt worden. Da auch die Arterien und die Venen durchtrennt waren, musste viel Blut geflossen sein. Allerdings fehlten einige der Merkmale, die bei Sabine zu finden gewesen waren. Keine Spur von Einkerbungen an den Halswirbeln. *Also doch ein anderer Täter? Aber wer? Wer hatte einen solchen Zorn auf Franziska, dass er sie so brutal umbrachte? Der Todeskampf musste eine halbe Ewigkeit gedauert haben. Jedenfalls lang genug, um Franziska leiden zu lassen. Todeszeitpunkt? Etwa zwei Stunden vor auffinden der Leiche. Sonstige Verletzungen? Keine, außer ein paar Abwehrkennzeichen. Sie muss sich also gewehrt haben.* Martin erschrak, als ihm jemand eine Hand auf die Schulter legte. Er drehte sich um. Erstaunt rief er: »Vanessa! Was um alles in der Welt tust du hier? Du solltest doch ...«

Sie ließ ihn nicht ausreden, sondern legte ihren Finger auf ihren Mund. Dann flüsterte sie etwas. Er hörte es kaum, deshalb drehte er seinen Kopf und gab ihr ein Zeichen, das Gesagte zu wiederholen: »Ich halt's daheim nicht aus. Das Alleinsein macht mich verrückt. Ich will arbeiten, Kannst du das nachvollziehen?«

Martin nickte nur. Er hatte verstanden. »Pass auf, Mädel, ich ...«

Wieder legte sie den Finger auf den Mund. Er versuchte leiser zu sprechen, was ihm nur leidlich gelang. »Pass auf, Vanessa. Du kannst jetzt nicht arbeiten. Du bist nicht in der Lage, dich so zu konzentrieren, wie es sein müsste. Deshalb gehst du wieder heim.«

»Nein, ich geh nicht heim. Mir fällt die Decke auf den Kopf. Außerdem hab ich da niemanden zum Reden. Verstehst du?«

»Ja, ich verstehe«, antwortete Martin und bemerkte, wie mühsam es für ihn war, leise zu sprechen. »Ich habe eine bessere Idee. Du setzt dich in deinen Wagen und fährst zu mir heim. Da ist Julia und mit der kannst du reden. Ist das ein Angebot?«

»Na gut, wenn du das sagst.«

Martin war nahe dran, ihr von seinem Telefonat mit Gmeiner zu erzählen. Aber er ließ es sein, denn das hätte vielleicht zu Problemen geführt. Vanessa verließ das Büro wieder.

Wieder versuchte Martin, sich auf den Fall zu konzentrieren und seine Gedanken zu sammeln, um den Bericht zu schreiben. Es gelang nur leidlich. Schließlich gab er auf.

»Da sind wir wieder!«, rief Andrea, als sie zusammen mit Josef das Büro betrat.

»Und? Was sagt er?«

»Du wirst dich wundern! Weber hat ein Geständnis abgelegt!«, sagte Josef laut genug, dass Martin ihn verstand.

»Weber? Ein Geständnis? Was gesteht er? Dass er auf mich schießen wollte?«

»Nein, viel besser. Er hat gestanden, dass er Huber erschossen hat.«

»Huber? Warum das denn?«

»Das ist kompliziert und einfach zugleich«, begann Andrea.

»Na dann leg mal los!«, forderte Martin sie auf.

»Also, Weber hat die Waffen von Kola geklaut. Die hat er dann Huber verkauft und …«

»Wieso an Huber? Woher kannte er den?«, unterbrach Martin Andrea.

»Jetzt unterbrich mich halt nicht. Sonst verlier ich noch den Faden! Also – Weber hat die Waffen an Huber verkauft. Huber gab ihm ordentlich Geld dafür. Stückpreis eintausend Euro, hat Weber gesagt. Die Waffe, die Weber später benutzt hat, bekam er auch von Huber zum gleichen Preis …«

»Und was ist mit dem Schmuck?«

»Jetzt unterbrichst du mich schon wieder!«

»Ja ja, entschuldige! Was war dann weiter?«

»Jetzt komm ich zu unserer großen Frage. Nämlich den Ringen. Wir haben doch festgestellt, dass der Ring, den wir bei Huber fanden, der Ring ist, den Franziska von ihren Eltern bekommen hat …«

»Und was ist damit? Wie kam …«

»Wenn du mich noch einmal unterbrichst, sag ich nichts mehr und schreib meinen Bericht. Den kannst du dann lesen!«

»Ja, ich schweige ab sofort wie ein Grab«, versprach Martin.

»Also weiter – Weber bekam den Ring von Sabine, damit er die Steine verkauft. Allerdings mit der Bedingung, dass er ihr statt der Brillis einen Ersatz einsetzen lässt. Weber hat dann versucht, den Ring oder besser die Steine loszuwerden. Was aber, wie wir wissen, nicht gelang. Er ging zu Huber und wollte den Ring als Ganzes im Tausch gegen einen anderen Ring verkaufen. Huber willigte ein, musste aber erst einen ähnlichen Ring finden. Es dauerte eine Weile, dann meldete sich Huber wieder bei ihm und teilte ihm mit, dass er den Ring hätte. Weber ist dann sofort hin und hat den anderen Ring abgeholt. Den mit den echten Brillis drin hat er gleich dort gelassen. Andrea holte tief Luft, ehe sie fortfuhr. »Sabine trug ab sofort den Ring mit den falschen Steinen. Franziska schien davon nichts bemerkt zu haben, denn sie sagte nichts …«

»Aber offenbar hat sie es doch bemerkt und Sabine deshalb umgebracht? Richtig?«

»Ja himmelkreizdonnerwetter no amoi! Iatz langts mer aba! I sog iatz nix meah! I mog nimma!«, schimpfte Andrea los.

»Geh bitte Andrea. Erzähl weiter«, bat, nein bettelte Martin beinahe.

»Naa, i mog nimma!«, stellte sich Andrea stur.

»Josef, dann mach du doch weiter«, bat Martin nun seinen Kollegen.

»Ja gut. Aber eine Unterbrechung und es ist Schluss. Hast du mich verstanden?«

»Ja, hab ich«, knurrte Martin.

»Dass Franziska Sabine umgebracht hat, ist richtig. Das stimmt. Aber nicht der Ring war der Grund dafür. Es gab einen anderen Grund. Einen viel wichtigeren und dramatischeren ...«

Josef legte eine künstlerische Pause ein. Er wollte offenbar Martin ein wenig zappeln lassen.

»Dramatischeren Grund? Was soll das sein? Hat sich Sabine mit einem Mann eingelassen? Gab es eine andere Frau? Nun red doch endlich!«

Josef lächelte, ehe er fortfuhr: »Sabine war schwanger!«, sagte er und schnalzte genüsslich mit der Zunge.

»Was? Schwanger? Das gibt es doch nicht! Sie war doch lesbisch! Wie kann das sein?«, rief Martin und sprang auf.

»Lesbisch oder nicht. Sie war trotzdem eine Frau mit Kinderwunsch«, begann nun Andrea weiter zu erzählen. »Sie hatte sich darüber bereits einige Male mit Franziska gestritten. Franziska war absolut dagegen. Sie wollte kein Kind. Sie wollte verständlicherweise auch nicht, dass sich Sabine deswegen mit einem Mann einlässt. Das wäre ein Vertrauensbruch gewesen – was es letztlich aus ihrer Sicht dann war. Sabine dagegen war der Meinung, dass dies doch egal wäre, solange keine Gefühle im Spiel seien. Hauptsache, sie würde schwanger werden und ein Kind bekommen. Immer wieder kam es deshalb zum Streit. Sabine unterhielt sich mit Weber darüber und Weber erklärte sich sofort dazu bereit, mit ihr ein Kind zu zeugen. Aber Sabine wollte nicht mit ihm schlafen. Das hat sie ihm auch gesagt. Sie meinte zwar, dass sie es sich vorstellen könnte, von ihm ein Kind zu bekommen, aber eben nicht so. Das wollte sie Franziska nicht antun. Weber hat sich dann umgehört und ist darauf gekommen, dass es auch die Möglichkeit einer Samenspende gäbe. Nicht so eine anonyme, sondern gezielt von einem bestimmten Mann für eine bestimmte Frau. Das haben sie dann gemacht. Mehrmals sogar. Obwohl es Weber auf dem natürlichen Weg lieber gewesen wäre, machte er mit. Schließlich wurde Sabine schwanger. Zuerst wollte sie es Franziska gar nicht sagen, aber es ließ sich schließlich nicht mehr verbergen. Franziska stellte sie zur Rede und Sabine gab alles zu. Sie erklärte Franziska, dass sie mit keinem Mann geschlafen hätte. Aber Franziska glaubte ihr nicht und brachte sie wohl aus Eifersucht und Kränkung im Affekt um.«

»Und wer hat Franziska umgebracht? Weiß Weber das auch?«, fragte Martin.

»Nein, er sagt, er wisse nicht, wer das getan haben könnte und warum. Er sei es jedenfalls nicht gewesen.«

»Glaubst du ihm das?«, fragte Martin Andrea misstrauisch.

»Ja, ich glaub ihm das. Warum sollte er lügen? Er muss eh lebenslänglich hinter Gitter. Da kommt's für ihn auf einen Mord mehr oder weniger auch nicht an.«

»Was ist mit dem Schmuck? Was ist mit Huber? Warum hat er den erschossen?«, fragte Martin.

»Das hat was mit dem Ring zu tun«, begann Josef. »Sabine wollte den echten Ring zurückhaben. Sie hatte Franziska gebeichtet, dass er ausgetauscht worden war, und die bestand darauf, dass der Ring wieder herkam. Das hat Sabine Weber erzählt, und der ist zu Huber gegangen und wollte den Ring zurück. Aber Huber weigerte sich, den Ring herauszugeben. Deshalb hat Weber Huber schließlich erschossen. Den Schmuck und das Geld hat er mitgenommen, damit es nach einem Raubüberfall aussieht. Den Schmuck versteckte er in der Höhle, die ihm Sabine mal gezeigt hatte. Franziska muss ihn gefunden haben, denn sie stellte ihn zur Rede und sie stritten heftig darüber. Sie bestand darauf, dass der Schmuck verschwände. Sonst würde sie ihn anzeigen. Deshalb hat er einen Teil davon mit dem Fahrrad geholt und heimgebracht. Den Rest kennen wir ja.«

»Wird Weber bewacht?«, fragte Martin.

»Ja. Wallner hat uns einen ... wart mal«, sagte Josef und schaute auf seinen Block.

»Ach ja. Einen Aspiranten. Den Herrn Becker. Marco Becker heißt der. Wallner meinte, der hätte noch etwas gutzumachen bei uns.«

»Dann ist es ja gut. Dem haut der Weber sicher nicht ab. Der hat seine Lektion gelernt«, sagte Martin wissend lächelnd.

»Und wo machen wir jetzt weiter?«, fragte Andrea.

»Ich möchte gerne wissen, woher Herr Weber das alles weiß. Habt ihr darauf eine Antwort? Meiner Meinung nach ist er jedenfalls zu gut informiert, als dass er das nur als Außenstehender wissen kann. Also los, überprüft seine Aussagen. Ich möchte wissen, welcher Arzt diese intrauterine Insemination, also die künstliche Befruchtung, durchgeführt hat, wann das war, was das gekostet hat und so weiter. Notfalls lasst euch einen Beschluss geben. Geht dazu am besten zu Herrn Diederich«, ordnete Martin an.

Andrea und Josef zogen los.

Martins Telefon klingelte. Seltsamerweise hörte er die Stimme an der anderen Leitung klar und deutlich.

»Ich bin's, Otto«, antwortete der Anrufer.

»Was gibt's? Hast du was Neues für mich?«

»Das kann man wohl sagen. Ich hab an der Saite, mit der Franziska umgebracht wurde, fremde DNA gefunden. Sie stammt nicht von Franziska. Ich hab auch keine Vergleichs-DNA. Das muss jemand sein, der bisher noch nicht oder kaum mit uns zu tun hatte«, erklärte Otto.

»Fahr in die Klink und hol dir von Weber eine Speichelprobe. Er sagt, er habe es nicht getan, aber ich bin mir da nicht so sicher. Es könnte aufgrund der Indizien trotzdem sein.«

»In Ordnung, mach ich sofort«, antwortete Otto und legte auf.

»Herr Egger!«, rief jemand, dessen Stimme er kannte.

»Was schreien Sie denn so, Herr Staatsanwalt?«

»Sie hören doch schlecht? Da muss man doch schreien!«

»Hören Sie auf damit. Mein Ohr ist schon besser geworden. Was wollen Sie?«

»Ihre Berichte. Ich brauch die Berichte. Herr Hofrat Gmeiner will sie haben.«

»Die sind noch nicht geschrieben. Da müssen Sie schon warten, bis Herr Faltermeier und Frau Hauser zurück sind.«

»Können Sie mir wenigstens einen mündlichen Bericht erstatten?«

»Nein, kann ich nicht, weil mir leider nicht alle Details bekannt sind.«

»Aber sobald die beiden zurück sind, werden die Berichte und Protokolle geschrieben. Ich mach Sie persönlich dafür verantwortlich. Falls Herr Gmeiner nachfragen sollte ...«

»Apropos Gmeiner. Herr Staatsanwalt. Erlauben Sie mir eine Frage. Wie stehen Sie zu dem Herrn Hofrat? Ich mein, sind Sie mit ihm öfter in Kontakt?«

»Ja, natürlich. Das muss ich doch schon aus beruflichen Gründen«, antwortete Diederich verwundert. »Wieso interessiert Sie das? Sie haben vorhin schon so eine seltsame Bemerkung gemacht. Also? Erklären Sie mir das«, fügte er hinzu.

»Ich glaub, ich hab nichts zu erklären. Ich muss höchstens etwas klarstellen. Wenn es um mich geht und es für den Herrn Hofrat relevant ist, sage ich ihm das schon selber. Das brauchen Sie mir nicht abzunehmen.«

»Wie darf ich das verstehen?«

»So, wie ich es gesagt habe. Wieso wusste der Herr Hofrat von meiner Verletzung? Und woher vom Tod der Frau Bieringer?«

»Ich musste ihm das doch ...«

»Sie mussten gar nichts, Herr Diederich. Haben Sie den Herrn Hofrat auch über Herrn Wedel informiert?«

»Ja, hab ich. Der Herr Hofrat hat sofort ein Disziplinarverfahren eingeleitet und soweit ich weiß, hat er Hauptmann Wedel empfohlen, eine Therapie zu machen.«

»Gut, Herr Staatsanwalt. Wenn ich die Berichte habe, informiere ich Sie«, sagte Martin und begann, sich mit seinem Computer zu beschäftigen. Diederich bemerkte, dass er nicht mehr benötigt wurde und verließ das Büro.

Martin holte noch einmal die Akte der Gerichtsmedizin über Franziska auf den Schirm und studierte sie aufmerksam. Eine halbe Stunde später nahm er sein Telefon und rief bei Diederich an.

»Staatsanwalt Diederich?«, meldete sich dieser.

»Herr Diederich, Egger hier. Wie lange sind Sie eigentlich schon Staatsanwalt?«

»Ich wüsste nicht, was Sie das anginge!«, blaffte ihn Diederich an.

»Entschuldigen Sie. Lassen wir doch die Unstimmigkeiten von vorhin beiseite. Ich hab da eine neue Spur, und der muss ich nachgehen. Also? Wie lange sind Sie Staatsanwalt?«

Diederich schien zu überlegen, denn es dauerte eine Weile, bis er antwortete: »Letztes Jahr hatte ich mein fünfundzwanzigstes Jubiläum. Leider waren Sie bei der Feier nicht dabei, sonst wüssten Sie das.«

»Ja, ich hatte zu tun. Können Sie sich vielleicht noch an einen Fall erinnern, bei dem eine Krankenschwester angeklagt wurde?«

»Weswegen soll sie denn angeklagt worden sein?«

»Ich denke da an vorsätzlichen Kindestausch oder so etwas?«

»Vergessen Sie das! So etwas gibt es nicht!«, erwiderte Diederich.

»Ich denke doch. Schließlich war das ja bei Sabine und Franziska der Fall. Die beiden wurden vertauscht. Leider ist das erst vor zwei Jahren herausgekommen.«

»Selbst wenn es das gegeben haben sollte, dann weiß ich nichts davon. Vielleicht hat das ja ein anderer Kollege übernommen.«

»Könnten Sie vielleicht ...? Ich mein, es muss dann doch noch Akten darüber geben?«

»Nein, kann ich leider nicht. Vermutlich gibt es diese Akten schon gar nicht mehr.«

»Gut, dann danke ich einstweilen für die Hilfe«, sagte Martin. Der Spott in seiner Stimme war unüberhörbar. *Wieso will der mir nicht helfen? Für ihn wäre das doch eine Kleinigkeit. Er bräuchte nur im Archiv nachschauen lassen. Dass es die Akten nicht mehr gibt, glaube ich nicht. Das kann ich mir nicht vorstellen. Kann es sein, dass ...? Nein, das wäre zu ...? Oder? Himmelherrschaftszeiten! Dass ich da nicht eher draufgekommen bin!*

Martin suchte im Telefonbuch nach einer Nummer. Als er sie hatte, rief er dort an.

»Klinik Zell am See?«, meldete sich jemand.

»Chefinspektor Egger, Mordkommission Zell am See«, meldete sich Martin. »Verbinden Sie mich bitte mit der Klinikleitung«, verlangte er.

»Das geht leider nicht. Der Herr Professor ist in einer Besprechung«, lehnte die freundliche Stimme ab.

»Gut, wer leitet bei Ihnen das Archiv?«

»Das ist Herr Glauber. Der macht das schon seit Jahren.«

»Dann verbinden Sie mich mit ihm.«

»Das geht auch nicht. Herr Glauber hat sich vorgestern krankgemeldet. Wann er wiederkommt, weiß ich leider nicht.«

»Dann geben Sie mir seine Adresse. Es ist wichtig!«

»Es tut mir leid, aber das darf ich nicht. Der Datenschutz, Sie verstehen?«

»Ja, ich verstehe«, brummte Martin und legte auf. *Dann müssen eben Andrea und Josef direkt dorthin. Aber dafür brauchen sie eine richterliche Anordnung. Hoffentlich macht Diederich da mit.*

»So! Wir haben jetzt alle Informationen, die du brauchst!«, sagte Josef überlaut, als er mit Andrea das Büro betrat.

»Was schreist denn so?«, fuhr ihn Martin an.

»Ich hab gedacht, du ...«

»Lass die Pferde denken. Die haben einen größeren Schädel als du. Also? Was habt ihr?«

»Du wolltest wissen, welcher Arzt das gemacht hat, wo es gemacht wurde und was es gekostet hat? Richtig?«, fragte Andrea.

»Ja, richtig«, brummte Martin.

»Wir haben folgendes herausgefunden. Der Arzt, ein gewisser Doktor Friedrich, hat eine Praxis in Innsbruck. Dort wurde diese künstliche Befruchtung durchgeführt. Begonnen hat das etwa ein Jahr vor Sabines Verschwinden. Der Mann, der sich für die Samenspende zur Verfügung gestellt hatte, war aber nicht unser Herr Weber. Der hat ...«

»Also hab ich recht ghabt! Der lügt uns an!«

»Darf ich jetzt weitermachen?«, fragte Andrea.

»Ja, mach weiter«, forderte Martin sie auf.

»Weber hat die Rechnungen beglichen, die nicht unerheblich waren. Pro Sitzung rund viertausend Euro. Da es mehrerer Sitzungen bedurfte, summierte sich das Ganze auf zwanzigtausend Euro ...«

»Das ist eine Menge Holz«, bemerkte Martin.

»Ja und daher wusste Weber auch darüber Bescheid. Der Mann, der wirklich als Samenspender fungierte, war Oliver Bergmann!«

»Jetzt verarscht du mich aber, oder? Das ist doch der Bruder von Sabine! Wusste sie das denn da noch nicht?«

»Als sie damit begann, also etwa ein Jahr vor ihrem Tod, hatte sie noch keine Ahnung davon. Das geht aus einer Anfrage hervor, die ich bei der Klinik, in der Sabine in Behandlung war, gestellt habe.«

»Aber später wusste sie es doch, oder?«

»Ja, da war es aber eigentlich schon zu spät. Sie war bereits schwanger. Doktor Friedrich hat dann bei ihr eine Abtreibung vorgenommen. Sie wollte aber trotzdem ein Kind. Zunächst hatte ihr Doktor Friedrich eine anonyme Samenspende vorgeschlagen, aber das wollte sie nicht. Daraufhin stellte sich Weber als Samenspender zur Verfügung.«

»Und das hat dann geklappt? Weber war also doch der Vater ihres nie geborenen Kindes? Wie seid ihr eigentlich an die ganzen Informationen gekommen? Hattet ihr denn eine gerichtliche Anordnung?«

»Ja, hatten wir auch. Aber bei den Recherchen in Innsbruck nutzte das nichts. Wir ...«

»Ihr wart in Innsbruck? Seid ihr geflogen?«

»Nein, waren wir nicht«, erklärte Josef.

»Wir haben dort angerufen und um Hilfe gebeten. Da war ein Major

Funke dran. Der sagte, dass er dich kenne, und der hat uns dann ganz unbürokratisch geholfen.«

»Funke? Major Alexander Funke? Also hat er es doch geschafft, der alte Fuchs! Ich kenn ihn. Das war vielleicht einer! Der hat doch glatt in ... Aber lassen wir das. Was habt ihr noch?«

»Wir sind dann noch zu Weber und haben ihm erzählt, was wir rausgefunden haben. Er hat alles zugegeben und uns auch den Grund für seine Lügen gesagt.«

»Und der wäre?«

»Er hat gesagt, dass ihm Sabine leidgetan hätte, weil er sich in ihre Situation zumindest ein wenig hineinversetzen konnte. Er ist als Adoptivkind aufgewachsen und wäre beinah an Leukämie gestorben, wenn man seine leiblichen Eltern nicht gefunden hätte.«

»Was war dann mit dem Mord an Sabine? Hat er da wenigstens die Wahrheit gesagt?«

»Ja, hat er. Das war einer der wenigen Punkte, in denen er uns offenbar nicht angelogen hat. Sabine wurde von Franziska umgebracht«, sagte Josef.

»Und was ist mit Franziska? Wusste er was oder nicht?«

»Nein, aber er hat einen Verdacht. Er meinte, wenn er nicht sicher wüsste, dass Oliver im Gefängnis sitzt, hätte er darauf gewettet, dass der es war.«

»Und wieso das?«

»Weil Oliver wusste, dass Franziska Sabine auf dem Gewissen hat. Er hat Sabine geliebt und es war wie ein Weltuntergang für ihn, als er erfuhr, dass sie eigentlich seine Schwester war.«

In diesem Moment stürmte Staatsanwalt Diederich in Martins Büro. »Herr Egger! Sie müssen sofort raus zum Flugplatz! Hauptmann Wedel will sich umbringen!«

Kapitel 28

Martin war wie vor den Kopf gestoßen. »Wie kommen Sie darauf?«

»Er hat mir ein Schreiben zukommen lassen! Darin gibt er alles zu. Er gibt zu, dass er Franziska Bergmann umgebracht hat! Er schreibt hier auch detailliert, wie er es getan hat und es deckt sich mit unseren Erkenntnissen! Los jetzt! Worauf warten Sie noch? Das wird ein Fressen für die Presse!«

»Die Presse ist mir ziemlich wurscht!«, sagte Martin, sprang auf und rannte, gefolgt von Andrea und Josef, hinaus. Sie fuhren mit eingeschalteter Signalanlage hinaus zum Flugplatz Zell. Als sie dort ankamen, sahen, sie, wie soeben ein kleines Sportflugzeug abhob und hochzog.

Martin rannte hinauf in den Tower. Er hielt den Männern dort seinen Ausweis hin. »Chefinspektor Egger. Kripo Zell. Das Flugzeug, das grade abgehoben hat! Wer ist das?«

»Das wissen wir nicht. Er hat auch keine Starterlaubnis.«

»Können Sie ihn aufhalten?«

»Wie denn? Sollen wir den Lauftraum sperren?«

»Ja, tun Sie das, und dann versuchen Sie, den Mann zu erreichen. Egal wie, aber er muss sofort wieder runter.«

»Runtergekommen ist noch jeder«, meinte einer der Männer und grinste.

»Hören Sie auf zu scherzen«, sagte Martin wütend. »Der Mann in der Maschine will sich umbringen!«

»Wenn der mal oben ist, haben wir keine Chance«, erwiderte der andere.

»Stellen Sie mir eine Funkverbindung zu ihm her!«, befahl Martin.

Der Mann am Funkgerät, der laut Namensschild Leitner hieß, zögerte. »Was soll das bringen?«

»Ich will mit ihm reden! Verbinden Sie mich mit ihm!«

»Also der Luftraum ist jetzt vorsorglich gesperrt«, sagte ein Mann, der vermutlich der Leiter des Towers war.

»Ich hab die Verbindung, aber er antwortet nicht«, sagte Leitner.

»Geben Sie mir das Mikro!«, befahl Martin hektisch. Leitner nahm das Headset ab und reichte es Martin. Er setzte es auf und rief in das Mikro: »Herr Wedel! Herr Wedel? Hören Sie mich?«

Er wartete ein wenig, dann rief er nochmals: »Herr Wedel! Hier spricht Egger. Drehen Sie sofort um und kommen Sie wieder herunter!«

»Warum sollte ich?«, kam die Antwort.

Martin schnaufte erleichtert durch. Wenigstens antwortete Wedel. »Sagen Sie mir erst einmal, warum Sie das tun wollen?«

»Ich hab Franziska Bergmann umgebracht. Dafür komme ich lebenslang ins Häfn. Ich will selbst bestimmen, wie mein Leben endet!«

»Was soll der Blödsinn, Herr Wedel? Warum sollten ausgerechnet Sie Frau Bergmann umgebracht haben? Sie hatten doch gar kein Motiv?«

»Doch hab ich!«

»Und welches?«

»Das steht alles in dem Brief, den der Staatsanwalt von mir bekommen hat!«

»Ich weiß nichts von einem Brief. Also sagen Sie mir, warum Sie Franziska umgebracht haben wollen!«

»Sabine war meine Tochter. Franziska hat sie umgebracht, nur weil Sabine ein Kind wollte.«

Martin war einen Moment sprachlos. »Was sagen Sie? Sie sind Sabines Vater? Das kann nicht sein.«

»Doch. Ich hatte vor sechsundzwanzig Jahren ein Verhältnis mit Frau Bergmann. Als sie schwanger wurde, wollte sie sich sogar scheiden lassen. Aber da ich damals als kleiner Beamter kaum Geld hatte, trennte sie sich von mir und tat so, als wäre das Kind von ihrem Mann. Dass die

Kinder vertauscht wurden, habe ich erst jetzt erfahren. Zuerst dachte ich, Franziska wäre meine Tochter. Aber dann kam heraus, dass das genetisch gar nicht sein konnte. Sie kennen ja den Bericht. Dadurch hab ich auch erfahren, dass Sabine mein Kind ist. Franziska hat sie getötet und ich Franziska. Jetzt hab ich keinen Grund mehr zu leben!«

»Herr Wedel. Das ist doch ausgemachter Unsinn, was Sie da reden. Sabine hat doch die DNA überprüfen lassen und dabei ist eindeutig festgestellt worden, dass Herr Bergmann der Vater und Frau Bergmann die Mutter von Sabine war. Die beiden sind also die biologischen Eltern von Sabine!«

»Schaun sie mal«, lenkte Leitner Martin ab und zeigte hinaus.

Martin folgte dem Fingerzeig und sah, wie Wedel das Flugzeug geradewegs auf die Schmittenhöhe zusteuerte.

»Herr Wedel! Drehen Sie sofort ab! Kommen Sie zurück! Das ist alles nur ein Irrtum!«

»Sie lügen!«, rief Wedel. Der Ton in seiner Stimme ließ erkennen, dass er Zweifel hatte. Er gab offenbar Gas.

Es war zu spät. Martin hielt sich die Augen zu. Dann krachte es auch schon. Das Flugzeug war direkt in die Bäume auf der Schmittenhöhe geflogen.

»Das hat der nicht überlebt« Leitner senkte den Blick.

»Los! Organisieren Sie einen Rettungstrupp! Die Bergwacht und was weiß ich! Vielleicht hat er das doch überlebt!«, rief Martin aufgeregt.

Die beiden Männer riefen die Rettungskräfte. Anscheinend hatten sie das oft trainiert, denn es schien, als ob diese Situation alltäglich wäre.

Martin zitterte am ganzen Körper, als er die Treppe hinunterging. Andrea und Josef erwarteten ihn unten. Martin versuchte die Situation zu erklären. »Er wollte doch noch ...«

Aber Andrea hielt ihn davon ab. »Sag jetzt nichts. Wir haben's gesehen.«

Josef fuhr den Wagen zurück zur Dienststelle. Andrea und Martin saßen auf der Rückbank, da Martin im Moment nicht ansprechbar war und Andrea ihn nicht alleine sitzen lassen wollte. Als sie im Büro ankamen, saß Vanessa auf ihrem Platz.

Noch ehe sie etwas sagen konnten, sagte Vanessa: »Ich hab's im Radio gehört. Da hab ich mir gedacht, dass ihr jetzt sicher Hilfe braucht, wenn ihr eure Berichte schreibt. Also? Bei wem fangen wir an?«

»Bei mir!«, rief Josef.

»Nein, bei mir!«, rief Andrea.

»Ihr zwei könnt das selber«, widersprach Vanessa. »Martin? Kommst du? Fangen wir an«, sagte sie und wartete, bis Martin neben ihr saß. Es dauerte den ganzen Nachmittag, bis die Berichte im System waren. Vanessa druckte alle aus und legte sie Martin zum Unterschreiben vor.

Es war fünf Uhr nachmittags, als Martin die Berichte Diederich auf den Schreibtisch legte.

»Wie geht's Ihnen?«, fragte Diederich.

»Na ja, nicht so gut.«

»Dann gehen Sie jetzt heim und ruhen sich aus.«

»Nein, das geht noch nicht«, widersprach Martin. »Ich muss erst noch ein paar Details klären.«

»Die wären?«

»Zum einen, wie konnte Wedel das Flugzeug überhaupt starten?«

»Und zum anderen?«

»Wie kam Wedel in das Flugzeug? Da braucht man doch einen Schlüssel?«

»Ich hab mich heute Nachmittag bereits darüber informiert. Mir stellten sich nämlich dieselben Fragen. Herr Wedel hat mal versucht, den Pilotenschein zu machen. Leider schaffte er die Prüfung nicht. Da er bereits bei der schriftlichen Prüfung angetrunken erschienen war, ließ man ihn erst gar nicht zu. Die Flugstunden absolvierte er allerdings im nüchternen Zustand, wie mir der Leiter der Flugschule versicherte. Der Fliegerarzt hatte zwar so seine Bedenken, aber die räumte Wedel gekonnt aus. So brachte er zum Beispiel ein Attest wegen seiner hohen Leberwerte vor, in dem bestätigt wurde, dass er starke Medikamente nehmen musste, die er aber bereits abgesetzt habe. Weiters konnte er ohne Probleme das Flugzeug benutzen, da er als Mitbesitzer dieser Maschine einen Zweitschlüssel besaß.«

»Dann war es also sein Flugzeug. Wie sieht's aus? Machen Sie die Meldung an den Herrn Hofrat, oder soll ich das tun?«, fragte Martin.

»Am besten machen Sie es selbst, denn wie ich gehört habe, haben Sie ein besonders gutes Verhältnis zum Herrn Hofrat.«

»Danke, Herr Staatsanwalt und – nichts für Ungut«, sagte Martin und reichte ihm die Hand.

Martin ging zurück ins Büro. »Wir führen jetzt eine Nachbesprechung«, sagte er und setzte sich auf seinen Stuhl.

»Also? Wo fangen wir an?«, fragte Josef.

»Von vorne würd ich vorschlagen«, meinte Andrea.

»In Ordnung. Wir hatten eine Tote, von der wir nicht wussten, wer sie ist. Im Laufe der Ermittlungen hat sich herausgestellt, dass die Tote Sabine Ebersbacher war. Sie war mit Franziska Bergmann liiert und ...«

»Liiert! So ein Schmarrn!«, unterbrach ihn Andrea. »Die zwei waren ein Liebespaar!« Martin warf ihr einen zornigen Blick zu.

»Na gut, dann waren sie eben ein Paar!«, gab er nach und fuhr fort: »Sabine wurde von Franziska umgebracht, weil sie schwanger war und Franziska auf keinen Fall ein Kind wollte. Dazu kam noch, dass Franziska glaubte, Sabine habe ein Verhältnis mit einem Mann. Franziska wiederum wurde von Hauptmann Wedel umgebracht, da sie, wie er glaubte, seine Tochter Sabine umgebracht hatte. Der Hehler Huber wurde von Herrn Weber erschossen. Oliver Bergmann hatte mit den Morden nichts zu tun. Er beging lediglich einen Banküberfall. Das und die Delikte sind Fälle, die die Staatsanwaltschaft verfolgen muss. Die gehen uns nichts an. Was die Haare betrifft, die in dem Medaillon gefunden wurden, glaube ich, kann man davon ausgehen, dass es Haare von Oliver waren. Sabine musste sie hineingetan haben, als sie noch ein gutes Verhältnis zueinander gehabt haben und er der Vater ihres Kindes werden sollte«, erklärte Martin.

»Gibt es noch Fragen?«, wollte er wissen.

Da die anderen den Kopf verneinend schüttelten, stellte er fest: »Damit ist der Fall für uns abgeschlossen.«

»Jetzt gibt's Marillenknöderl von Vanessa!«, rief Andrea freudig.

»Nein, die gibt's jetzt nicht! Vanessa hat andere Sachen im Kopf, als für dich Marillenknöderl zu machen. Außerdem muss ich mit ihr noch ein paar Worte reden – privat«, sagte Martin.

Andrea und Josef verstanden und verließen das Büro. Andrea warf ihm noch einen neugierigen Blick zu, den Martin nicht erwiderte.

Vanessa wartete, bis die beiden draußen waren. Dann kam sie zu Martin und setzte sich auf den »Armesünderstuhl«. »Du möchst mit mir reden? Um was geht's denn?«

Martin sah sie lange an, ehe er begann: »Ich weiß, es ist jetzt grade ein bisserl unpassend. Aber es geht um dich. Du bist zu uns gekommen und hast uns um Quartier gebeten und ...«

»Ich zahl ja auch dafür, das hab ich dir doch gsagt«, unterbrach sie ihn.

»Darum geht es gar nicht. Das ist schon in Ordnung so. Bezahlen brauchst du nichts. Aber es geht um deine Zukunft, Weißt, der Herr Hofrat hat mich gebeten, dass ich mich ein bisserl um dich kümmern soll, jetzt in der schweren Zeit und ...«

»Der Herr Hofrat hat das gsagt?« Vanessa schien gerührt.

»Ja, aber ich muss gleich dazu sagen, dass ich das, was ich dir jetzt sag, auch gsagt hätt, wenn der Hofrat mich nicht drum gebeten hätte. Es ist halt so, dass du jetzt ganz alleinig dastehst auf der Welt und meine Familie und ich möchten dich unterstützen, so gut es geht. Du kannst also bei uns wohnen bleiben, so lange du willst und so lange es dir bei uns gefällt ...«

»Aber ich ...«

»Sag jetzt nichts mehr. Ich glaub, ich rede auch im Namen von Andrea und Josef, wenn ich sag, dass du auf jeden von uns zählen kannst. Egal was passiert. Du hast selber gesagt, dass wir deine Familie sind. Du erinnerst dich? Nur deswegen bist du bei uns geblieben. Jetzt zeigen wir dir, was Familie heißt.«

»Aber ich ...«

»Ich sag dir das alles deshalb, weil ich weiß, dass am Grab von Angehörigen immer gern gesagt, wird ›Wenn was ist, meld dich. Ich helf dir.‹ Das ist meist nur so dahingesagt. Wir meinen es aber ernst.«

»Darf ich jetzt mal was sagen?«

»Ja, sicher«, antwortete Martin.

Vanessa holte tief Luft, ehe sie begann: »Also die Sache ist die. Ich hab über meine Situation nachgedacht. Ich weiß jetzt, dass ich im Haus meiner Mutter nicht mehr leben möchte. Jedenfalls nicht allein. Deshalb werde ich es verkaufen und mir eine Wohnung suchen. Bis dahin möchte ich, wenn du nichts dagegen hast natürlich, bei euch bleiben. Quasi als Untermieterin.«

»Natürlich kannst du bei uns wohnen bleiben. Ich bin froh, dass ich so besser auf dich aufpassen kann«, meinte Martin und grinste verschmitzt.

Ein paar Tage später fand die Beerdigung von Vanessas Mutter statt. Martin hatte die gesamte Mannschaft der Inspektion Zell am See dazu aufgefordert, an der Beerdigung teilzunehmen. Er hatte aber nicht damit gerechnet, dass so viele Leute zusammenkamen. Es waren sicher über hundert Personen anwesend. Neben den Polizisten auch Nachbarn, Bekannte und ein paar Geschäftsleute, bei denen Frau Bieringer eingekauft hatte. Natürlich waren auch Martins Familie und Josef sowie Andrea mit ihrer Familie anwesend. Sogar der Staatsanwalt hatte es sich nicht nehmen lassen zu kommen, und auch der Herr Hofrat Gmeiner gab sich die Ehre.

Vanessa stand inmitten Martins Familie, so als ob sie dazugehören würde. Sie lehnte sich an Martin, während er schützend seinen Arm um ihre Schulter legte. Martin beobachtete die Leute. Alte und junge Menschen waren darunter. Vielleicht oder sogar wahrscheinlich einige, die nur der Neugier halber hier waren. Es wäre sicher interessant gewesen, zu sehen, ob Frau Bieringer nicht doch noch Verwandtschaft gehabt hatte.

Schließlich war die Zeremonie vorüber und die übliche Beileidsbekundung begann. Martin tat Vanessa leid, als er sah, wie viele Hände sie schütteln musste. Natürlich waren auch welche dabei, die ihre Hilfe zusagten.

Als es vorüber war, nahmen Martin und Julia Vanessa in die Mitte und begleiteten sie zu ihrem Auto. Max und Moritz rannten hinterher. Sie würden nicht zulassen, dass Vanessa sich einsam fühlte.

Rezepte

Brandteig

Zubereitungszeit: 15 Minuten
Zutaten: ⅛ l Wasser oder Milch, 120 g Butter, 120 g Mehl, 4 Eier
Das Wasser mit der Butter und einer Prise Salz zum Kochen bringen, dann das Mehl mit einem Schneebesen einrühren und so lange bearbeiten, bis sich die Masse vom Boden des Topfes löst. Mit einem Kochlöffel werden dann langsam und vorsichtig die Eier zugegeben und verrührt.

Kartoffelknödel

Vorbereitungszeit: 20 Minuten
Zubereitungszeit: 20 Minuten
Zutaten: 500 g gekochte Kartoffeln, am besten sind mehlige, 150 g Mehl, 2 Eidotter, 30 g zerlassene Butter, Salz und Muskat.
Die gekochten und durchgepressten Kartoffeln mit allen Zutaten vermengen, zu Knödel formen, etwa 10 Minuten in Salzwasser langsam kochen.

Marillenknöderl

Kartoffel- oder Brandteig
Zutaten: 500 g Marillen, Würfelzucker, 80 g Butter, 100 g Brösel
Marillen waschen, aufschneiden, die Kerne entfernen und statt der

Kerne Würfelzucker einsetzen. Die Knödelmasse wie oben angegeben fertigen. Zwetschkenknödel werden wie Marillenknödel gemacht. Man kann die Zwetschgen auch samt den Kernen verwenden. Aber Vorsicht beim Essen! Ebenso können auch Kirschen oder anderes Steinobst verwendet werden. Man muss nur etwas mehr davon nehmen. Bei Kirschen zum Beispiel 3. Beim Kartoffelknödelteig kann man notfalls auch fertigen aus dem Packerl nehmen.